KB062964

벽과 꿈의 소나타

벽과 꿈의 소나타

박규현 장편융합소설

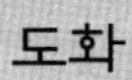

차 례

| 작가의 말 |

장편융합소설『벽과 꿈의 소나타』는 1991년 경인일보 신춘문예 단편소설 당선작『벽에 대한 노트 혹은 절망 연습』을 새로운 형식으로 개작한 작품이다. 단편소설 당선작을 기존의 형식으로 내용만 확대한 성격의 작품이 아니다. 획기적으로 형식을 새롭게 해서 확대한 내용을 담았다. 소설의 작품성은 대부분 형식의 예술성 확보 여부에서 판가름 나는 것으로 알고 있다. 같은 내용(이야기)을, 여러 작가가 같은 형식을 이용하여 같은 수준으로 형상화한다면 작품성의 우열을 가릴 수 없을 것이다. 그러니까 소설의 작품성은 형식의 절차탁마에서 결정된다고 보고 있다. 이 점에 천착하여 본 장편융합소설을 집필하기에 이르렀다.

필자가 평소 고민하고 있었던 것은 같은 내용이라도 어떤 형식으로 어떻게 옷을 입혀야 하느냐, 하는 문제였다. 소설 작법은 없다. 필자는 그 말을 신봉한다. 새롭게 창의적으로 쓰는 것이 제일 좋은 방법이며 기존의 방법을 무너뜨리는 것은 작가의 몫으로 알고 있다. 기존의 작품을 따라가는 것이 아니라 새롭게 쓰는 것이 창의적 소설 작법이라면 과거 알려진 방법을 답습하는 것은 좋은 소설 작법이라고 할 수 없다. 창의적 소설 작법은 미개척 분야이다. 그렇다면 소설 작법은 없다는 것이 타당하다고 하겠다.

누구나 사람에게는 꿈이 있다. 그 꿈의 실현을 위하여 고군분투한다. 그렇지만 대부분 벽에 부딪혀 꿈을 실현하지 못하는 경우가 많다. 그때 절망감에 사로잡히는 경우도 있다. 그러면서 사람은 성숙해 가는 것이다. 꿈이 깨지면 또 다른 꿈이 탄생한다. 우리에게서 꿈이 자취를 감추는 경우는 거의 없다. 그러니까 삶 자체가 꿈이라고 할 수 있다. 사람은 죽을 때까지 꿈을 꾸며 살아가니까. 그런데 목표로 하는 꿈을 성취하지 못하고 좌절과 회한 속에서 방황할 수도 있다. 손에 잡힐 듯하지만 쉽게 이루어지지 않는 꿈. 좌절하고 새로운 꿈을 설정하고 또 좌절하고 또 새로운 꿈을 설정하고. 그렇게 굽이치면서 삶이 전개된다. 그래서 우리의 삶을 고로 본 사람도 있다. 필자는 본 장편융합소설에서 바로 그 이야기를 하고 싶었다. 우리네 삶이 전개되는 방식을.

오해 때문에 죄인으로 몰려 수감 되었다가 풀려난 주인공은 새벽 찬바람을 맞으며 거리를 저벅저벅 걸어가고 있다. 그에게는 밝은 태양이 떠올라 그의 앞을 환하게 비출 것이다. 내일도 모레도. 그가 지금 그곳으로 가고 있다. 아이와 아내가 있는 곳으로. 소곤소곤 속삭이는 가족들의 말소리가 들리는 곳으로.

2023년 10월 안양 비산동 서재에서

벽과 꿈의 소나타

1

나무와 벽과

안개 등을 타고
키 재기 하는 연대

들판으로
달려가고 싶었던 시절
샐녘 아침의 기차는
꿈속에 평행선을 긋곤 했다

젖은 등이 따뜻해
돌아서 보면
햇빛이 빗금으로 쏟아지고 있었다

손을 뻗으면 와닿는 육신
한낮의 보자기 속에 기다림을 담고
부활을 꿈꾸었다

벽에 붙은 달력에서 문득 2라는 숫자가 눈에 띄었다. 그 순간 그는 질끈 눈을 감으면서 씹는 동작을 멈추고 고개를 좌우로 세차게 흔들었다.

'안 된다구. 장성기, 그놈에게 또 질 수는 없다니께.'

그는 2라는 숫자가 싫었다. 2등만 할 수는 없지 않은가. 장성기에게 1등을 빼앗기고 늘 2등만 했다는 사실이 강한 수치감으로 다가왔다.

'이번에는 1등을 헐 수 있을 것이구만. 자신 있다니께. 그렇게 되면 어머니 아버지도 무척 좋아허실 거구 말이여.'

그는 우물거리며 빠르게 밥을 먹기 시작했다. 김치와 깍두기, 계란부침이 반찬의 전부였지만 그는 맛있게 밥을 먹었다.

"우리 상구가 솔찬히 컸다니까. 중학생이 되더니 어른처럼 수염도 나구 말이여."

어머니는 빙긋 웃으며 그의 머리를 쓸어주곤 했다.

어머니는 많이 먹으라고 하면서 상 위에 밥을 한 그릇 더 올려놓았다.

그는 싫다고 하지 않았다. 왼손으로 밥그릇을 움켜잡고 두 그릇째 숟갈질하기 시작했다.

'만약 또 2등을 허면 어떻게 허지?'

마음 한구석에 불안감이 없지 않았다. 만약 2등을 한다면 다음 시험에서 분발하는 것 외에는 다른 방도가 없지 않은가.

오늘은 중간고사 시험 결과를 발표하는 날이다. 담임 선생님은 시험 결과를 석차 순으로 벽에 붙이신다. 그때마다 그는 장성기에게 밀려 1등을 놓쳐야 했다. 그는 장성기가 미웠다.

그는 깍두기 하나를 입에 넣고 잘근잘근 씹었다.

'장성기 이놈 두고 보자구. 나는 기어코 너를 누르고 말 것이니께 그렇게 알고 있거라잉.'

꼭꼭 씹은 음식물을 꿀꺽 삼켰다. 배가 더부룩하게 느껴졌다. 왼 손바닥으로 배를 쓸었다. 부풀어 오른 풍선처럼 복부가 팽만했다.

'그만 먹어야지.'

그는 수저를 상 위에 놓았다. 옆에서 지켜보고 있던 어머니는 더 먹으라고 성화였다. 그는 복부를 탁탁 치면서 더 먹을 수 없음을 표했다.

마당에서 컹컹 개 짖는 소리가 들렸다. 몸을 돌이켰다. 가방을 들고 거울 앞에 섰다. 그는 학교에 가기 위해 집을 나서기 전 버릇처럼 거울 앞에 서곤 했었다. 단추는 떨어지지 않았는지, 잇새에 고춧가루가 끼어 있지는 않은지, 몸 구석구석을 살피곤 했었다. 그는 몸을 돌려가며 복장 상태를 요모조모 유심히 살폈다. 단추는 제 구멍에 제대로 꿰어져 있었다. 눈에 거슬리는 때가 옷에 묻어 있지도 않았다. 다만 잇새에 고춧가루가 두어 개 끼어 있었다. 이, 하고 입을 벌린 채 손끝으로 고춧가루를 떼어내었다. 그런 다음 손을 들어 허공중에 거칠게 털었다. 터는 동작을 멈추고 손끝을 쳐다보았을 때 고춧가루는 온데간데없었다. 그는 교모를 눌러쓰고 방을 나섰다. 햇살은 마당에 쌓여 있는 두엄 더미 위에 질펀히 깔려 있었다. 토방으로 내려서 신발을 꿰고 있을 때였다. 황구가 다가와 그의 바지깃을 핥으며 꼬리를 쳤다.

"저리 가 있거라."

그는 발끝으로 황구의 몸체를 밀었다. 눈치가 빠른 녀석이었다. 녀석은 꼬리를 내두르며 대문 쪽으로 달렸다. 그는 부엌에 있는 어머니에게 학교에 다녀오겠다는 인사를 건넸다. 어머니는 바쁜지 다녀오라고 짧게 대답하고는 내다보지도 않았다. 밖에 나갔는지 아버지는 눈에 띄지 않았다.

그는 대문 쪽으로 걸음을 옮겼다. 병풍을 두른 듯 마을을 둘러싼 산들이 거대한 벽처럼 거만한 자세로 버티고 있었다. 어느 순간 숨이 콱 막힐 것만 같았다. 우뚝 걸음을 세우지 않을 수 없었다. 그는 심호흡하며 숨을 골랐다.

'나는 어떻게 허든지 민하동 골짜기를 빠져나가야 헌당게. 대를 이어 지게질을 헐 수는 없지. 삼대처럼 가는 허리로 농사일헌다는 것은 무리라구. 나는 공부를 열심히 혀야 헌당게. 그리서 아나운서가 되어야 헌다구. 이광재나 임택근과 같은 유명헌 아나운서가 되어야 헌다니께.'

그는 민하동 골짜기에서 아나운서가 되겠다는 꿈을 꾸었다.

'그러기 위해서는 우선 장성기를 누르고 일등을 허는 거여. 나는 저 우

람허게 버티고 서 있는 산들을 넘어 대처로 나가야 헌다구.'

우뚝우뚝 솟아 있는 산들은 그에게 뛰어넘어야 할 장애물로 다가왔다. 그는 주먹을 힘 있게 그러쥐었다. 발걸음을 빠르게 떼어놓기 시작했다. 황구가 그를 앞질러 지날재 쪽으로 가고 있었다. 면 소재지에 있는 학교에 갈 때 재를 넘으면 한길로 가는 것보다 30분이나 덜 걸린다. 그래서 민하동 아이들은 국민학생, 중학생 할 것 없이 대부분 지날재를 많이 이용하였다. 지날재 고갯길은 아이들의 발길이 끊이질 않아 먼 데서 보면 참기름을 바른 듯 자르르 윤기가 흘렀다.

진로를 예측하고 앞서가는 황구가 기특했다.

'영리한 녀석이라니까.'

그는 걸음을 옮기며 가방 속에서 수첩을 꺼내었다. 그 수첩에는 영어 단어가 빼곡하게 씌어 있었다. 깨알 같은 글씨들이 어깨를 맞댄 채 다닥다닥 붙어 있었다. 그는 학교에 갈 때나 집에 돌아올 때 시간을 유용하게 활용했다. 그는 등하교 시간에 늘 영어 단어를 외웠다. 그것은 그에게 습관처럼 되어 버렸다. 단어 스펠링을 중얼거리며 지날재 초입에 들어섰다. 황구는 어디로 갔는지 보이지 않았다. 황구는 그를 배웅하다 지날재 정상까지 올라온 적도 있지만 대부분 지날재 초입에서 스스로 돌아서 집으로 가곤 했었다.

'집으로 돌아갔겄지.'

비탈길을 오르자 숨이 턱 끝에 차올랐다. 그는 가쁜 숨을 토해내면서도 가는 걸음 멈추지 않았다. 비탈길은 개울을 끼고 S자 모양으로 길게 이어져 있었다. 졸졸 흐르는 물소리가 청아하게 들렸다. 걸음을 옮길 때마다 양 무릎에서 먹먹한 통증이 전해졌다. 그렇지만 그는 그런 정도의 아픔은 참을 수 있다고 생각했다. 지날재 정상에 오르면 언제 그랬느냐 싶게 통증이 말끔히 가신다는 사실을 그는 알고 있었다.

잠시 쉬어 갈 요량으로 걸음을 멈추고 몸을 돌려 마을을 내려다보았다. 마을의 집들은 산속에 도토리껍질을 엎어놓은 것 같은 모습으로 조악하기 그지없었다.

'민하동 골짜기를 벗어나야 헌다. 그 길은 공부뿐이다. 백도 돈도 없지 않은가. 실력을 갖추어서 시험에 합격허면 된다.'

그는 문득 손에 들고 있는 수첩을 발견하고 자신이 영어 단어를 외우다 말았다는 사실을 깨달았다. 중얼중얼 단어의 스펠링을 외우다 아나운서라는 낱말을 떠올렸다. 아나운서가 되려면 필기 실험도 잘 보아야 하지만 음성이 곱고 말을 잘해야 한다고 하지 않았던가.

뉴스를 말씀드리겠습니다. 김대균 육군참모총장은 오늘 오후 동부전선을 시찰하고 장병들에게…….

그는 아나운서 흉내를 내다 산 밑에서 자신의 뒤를 쫓아 올라오는 아이들을 발견했다.

'쟤들보다 먼저 고개를 넘어야 헌다구. 국민학교 꼬맹이들헌테 질 수는 없지.'

그는 재를 오르기 시작했다. 목덜미에 와닿는 바람 끝이 차가웠지만 재를 오르는 열기 때문인지 추위를 느낄 수 없었다. 겨울을 난 산에는 마른 나뭇가지들만 서걱거리고 있었다.

정상에 서자 면 소재지가 한눈에 내려다보였다. 그는 거친 숨결 때문에 헉헉거리지 않을 수 없었다. 넓게 펼쳐진 들녘에 국민학교, 중학교, 면사무소, 농협 등 옹기종기 머리를 맞대고 있는 건물들이 한 폭의 그림처럼 다가왔다.

내리막은 오르막보다 훨씬 힘이 덜 들었지만 그렇게 수월한 것만은 아니었다. 밑으로 내려가려고만 하는 몸에 가속이 붙어 신체의 균형을 잡기가 여간 쉽지 않았다. 그는 몸의 방향을 자유자재로 틀면서 고갯길을 내닫고 있었다. 그렇게 내려가다 그는 밤나무 가지에 올라와 있는 다람쥐 한 마리를 발견하였다. 우뚝 걸음을 세우고 손을 내두르며 녀석을 쫓았다. 우우, 하면서 소리도 질러 보았지만, 다람쥐는 꼼짝하지 않았다. 녀석은 긴 꼬리를 치켜든 채 그를 빤히 쳐다보았다.

'짜아식, 꼭 장성기의 눈깔을 쏙 빼닮았구먼. 건방진 녀석. 어른이 학교에 가는디 어쩌자고 니가 나를 쏘아보는 거야. 니가 1등을 달린다고 혀서 그렇게 거만허게 나올 필요는 없잖니.'

그는 돌을 주워 녀석을 향해 힘껏 던졌다. 그러자 돌멩이는 탁, 소리와 함께 밤나무 가지를 맞히고 떨어졌다. 그때야 녀석은 날랜 몸짓으로 긴 꼬리를 내린 채 나무 아래로 쪼르르 내려갔다. 녀석은 나무 아래로 내려와서도 꼼짝하지 않고 그만 쳐다보았다.

'참, 이상허구만.'

그는 불길하다는 느낌을 떨굴 수 없었다.

'장성기 네 놈이 나를 짯짯이 쳐다보면 어쩌겠다는 거여.'

그는 발바닥으로 땅을 쿵, 소리가 나게 굴렀다. 그러자 녀석은 다복솔이 우거진 덤불 속으로 모습을 감추었다.

뒤따라오던 동네 아이들이 시야에 모습을 드러냈다. 그가 잠시 서서 지체하는 사이 아이들이 가까이 다가와 있었다. 그는 내리막길을 빠르게 내닫기 시작했다.

지날재를 넘어 한길로 들어섰다.

'이자 학교에 다 왔당게. 쪼깨만 가면 된당게.'

그는 힘든 고갯길을 넘어왔다는 뿌듯한 희열감을 맛보았다. 한길은 땅 표면이 고르지 못했다. 돌멩이들이 울퉁불퉁 불거져 있었다. 그는 중얼중얼 단어를 외우면서 가던 걸음 멈추지 않았다. 걸음을 옮기며 단어를 외우는 그의 머릿속으로 장성기의 얼굴 모습이 오롯이 떠올랐다. 그는 고개를 좌우로 세차게 흔들었다.

'기분 나쁜 녀석이라니까. 등굣길에 나타나 나를 괴롭히다니.'

무심코 주머니에 손을 넣었다가 눅눅하게 잡히는 물건을 집어내었다. 며칠 전에 넣어두었던 껌이었다. 하나를 뜯어 입에 넣고 우물우물 씹었다. 단맛이 감미롭게 다가왔다. 그러나 그것은 잠시였다. 단맛이 빠지자, 껌은 말랑말랑한 고무 조각에 불과했다.

'이 녀석에 질 수는 없지. 어디 두고 보자구. 니가 잘났으면 얼매나 잘났는가 보자니께. 괘씸한 녀석 같으니라구.'

그는 말랑말랑한 녀석을 잘근잘근 씹었다. 그러다가 길 가운데에 퉤, 하고 뱉었다. 발 뒷굽으로 문질러 짓이겼다. 통쾌했다.

면 소재지 농협 옆을 통과할 때였다.

"상구구나. 학교에 가니?"

장성기 아버지였다. 장성기네는 농협 옆에서 산외상회라는 구멍가게를 하고 있었다.

"안녕허세요!"

그는 장성기 아버지를 향해 꾸벅 인사를 올렸다. 그로서는 마지못해 올린 인사였다. 그러자 성기 아버지는 그가 자기 아들과 경쟁 상대라는 것을 아는지 쭈뼛쭈뼛 반갑지 않다는 표정이었다. 농협 옆을 통과할 때 장성기네 식구들을 만나지 않았으면 좋겠다. 그는 그동안 그런 바람을 갖고 농협 옆을 통과했었다.

교문에 들어서자, 운동장에서 놀고 있던 친구들이 다가와 그에게 물었다.

"확실히 오늘 중간고사 성적 발표허니?"

"그럴 거다."

그는 짧게 대답했다.

"벽에 또 붙이겄지?"

"그거야 공식 아니니."

"마음대로 허라구 그래. 성적이 밥 먹여 주니."

친구들은 공이 있는 곳으로 달려갔다. 그는 교실을 향해 걸음을 옮겼다.

'벽, 벽, 선생님은 왜 벽을 좋아허시는지. 벽에다 성적표를 붙이는 이유가 무엇인지. 경쟁시켜 공부허게 만들려는 단순헌 이유 때문인지.'

그는 가방을 들고 교실로 들어서면서 생각했다.

'나도 친구들처럼 공부에 신경 쓰지 않고 마음껏 뛰어놀 수 있다면 얼마나 좋을까잉. 아니여. 공부를 포기허고 무모허게 놀기만 허는 것은 의미가 없어. 누가 시켜서 허는 것도 아니고 내가 좋아서 허는 공부가 아닌가 말이여. 아나운서가 되려면 공부를 혀야 헌다니께. 그리고 장성기를 누르려면 더 열심히 혀야 헌다구.'

친구들은 삼삼오오 모여 웅성웅성 떠들고 있었다. 그의 시선은 먼저 장성기의 자리로 향했다. 자리에 가방이 놓여 있는 것으로 보아서 이미 등교한 것 같았으나 장성기의 모습은 보이지 않았다.

'어디로 갔지? 학교 뒷산이겄지. 거기서 공부를 허고 있겄지. 내 직감이 틀림없을 것이당게. 그리어 혀보자구. 나도 질 수 없당게.'

떠들어대는 친구들의 주요 관심사는 오늘 발표하는 시험 성적에 대한 것이었다. 그중에서도 장성기와 그를 공중에 띄워놓고 이럴 것이라는 둥 저럴 것이라는 둥 떠들어대었다.

친구 1: (자리에 앉아 있는 임상구를 힐끗 쳐다보며) 이번에는 상구가 일등 헐 것 같다. 걔가 노력을 많이 혔거든.

친구 2: 내 생각은 달라. 장성기 머리가 얼매나 뛰어난 줄 알기나 허니? 아이큐 140에 노력파 아니니.

친구 3: (상구를 의식한 듯 작은 소리로) 이번에도 장성기다. 틀림없을 것이라구. 성기가 직접 말혔다니께. 자신 있다구 말이여.

친구 1: (손뼉을 치며 친구들의 시선을 모은 뒤) 그럼 내기를 허자.

친구 2, 3: 그리어 허자구.

친구 1: 너희들이 그렇게 나오니께 쪼께 자신이 없어진다. 결과를 이미 알고 있는 것 아니니?

친구 2: 그건 아니니께 믿어라잉.

친구 4: 이번에도 장성기야. 너희들 웃기는 짓 그만 허라구.

친구 1: 그럼 내기 허자는 것 취소다, 취소!

껄껄 웃어대는 친구들의 웃음소리가 교실에 가득하다.

그는 가시방석 위에 앉아 있는 기분이었다. 조롱을 당한 것만 같은 기분이 들어 얼굴이 자꾸만 화끈거렸다. 더 이상 자리에 앉아 있을 수가 없었다. 자리에서 슬그머니 일어났다. 단어장과 영어 교과서를 들고 교실 밖으로 나왔다.

'학교 뒷산으로 가볼까? 아니여. 장성기 그 녀석과 만나면 난처허다니께.'

그는 매점 뒤에 벤치가 있다는 것을 떠올렸다. 매점 뒤로 걸음을 옮겼다.

'밤잠도 설치면서 공부를 혔는디 또 일등을 놓친다면 무신 창피야. 졸리면 찬물로 세수를 혀 가면서 공부를 혔단 말이여. 수학 과목이 쪼깨 찝찝허다니께. 고 방정맞은 방정식이 나를 괴롭힌다니께.'

그는 매점 뒤에 있는 벤치로 다가갔다. 낭패였다. 그곳에 장성기가 있었다. 장성기는 벤치에 앉아 영어 공부를 하고 있었다. 학교 뒷산에서 공부하고 있을 것으로 예상했던 그의 추리는 빗나간 셈이었다. 그는 장성기를 보는 순간 징그러운 지렁이를 발견했을 때 같은 거북스러움을 느꼈다. 곧바로 돌아서 학교 뒷산으로 향하고 싶었다. 그렇지만 그렇게 할 수는 없었다. 두 사람은 한동안 침묵으로 일관했다. 장성기도 그를 경계하고 있는 눈치였다.

“열심히 헌다.”

그는 무표정한 얼굴로 말했다.

“그건 너도 마찬가지 아니니.”

장성기는 그를 한 번 힐끗 쳐다보더니 먼 산을 응시했다. 그는 어색한 표정으로 장성기 옆에 서 있었다. 벤치에 앉아야 할지 돌아서 뒷산으로 가야 할지 결정을 내리지 못하고 머뭇거렸다. 장성기는 달갑지 않은 표정으로 먼 산만 쳐다보며 앉으라는 말을 하지 않았다. 그러던 장성기가 책을 들고 자리에서 벌떡 일어났다.

“여기에 앉아. 나 갈 테니께.”

장성기는 교실 쪽으로 총총히 걸음을 옮겼다.

‘그리어 잘 가거라.’

그는 장성기의 뒷모습을 못마땅한 표정으로 바라보았다. 벤치에 앉아 영어 단어를 외우기 시작했다. 그렇지만 단어가 머리에 잘 들어오지 않았다. 한적한 곳에서 장성기와 단둘이 만났다는 사실이 재수 없게 똥을 밟았을 때처럼 영 기분이 나빴다.

그는 조회 시작을 알리는 벨 소리가 들리자, 자리에서 몸을 일으켰다. 담임 선생님은 학급조회 시 교실에 들어오면 성적표를 교실 정면 벽에 부착하곤 했었다.

‘이번에는 일등을 혀야 쓸 것인디 말이여. 독사 같은 장성기 녀석을 눌러야 쓴당게.’

교실로 들어서자, 친구들은 이미 자리에 앉아 담임 선생님이 나타나기만을 기다리고 있었다. 그는 앞쪽에 앉아 있는 장성기의 뒷모습을 유심히 살폈다. 장성기는 그 순간에도 책에서 시선을 놓지 않고 있었다.

'그리어 열심히 허는 사람이 이기는 것이여. 열심히 허는 것이라면 나도 질 수 없당게.'

그도 수학 교과서를 내놓고 공식을 외우기 시작했다.

"야, 선생님 오신다."

누군가 작은 소리로 말했다. 웅성거리던 교실 분위기는 금방 착 가라앉아 적막한 침묵이 흘렀다. 그는 고개를 들고 앞 출입문을 유심히 살폈다. 그러면서도 그는 친구들의 말이 거짓말일지 모른다고 생각했다. 거짓말로 선생님 오신다고 외치는 친구들이 종종 있었으니까. 친구들의 말은 거짓이 아니었다. 이마가 홀렁 벗겨진 담임 선생님이 문을 열고 교실로 들어섰다. 그 순간 반 친구들의 시선은 일제히 선생님의 손에 쥐어진 출석부와 출석부 위의 흰 종이에 꽂혔다. 실장이 열중쉬어, 차렷, 이란 구령을 외치는 사이 선생님은 교탁 앞에 막대기처럼 우뚝 서 있었다. 선생님은 무표정한 얼굴로 눈동자를 좌우로 굴렸다. 혹시 결석한 사람이 있나 알아보고 있을 것이라고 생각했다.

인사가 끝나자, 선생님은 제일 먼저 여느 때와 같이 출석부를 펼쳤다.

"결석 없지?"

선생님의 물음에 아무도 대꾸가 없었다. 결석생이 없다는 뜻일 거였다. 그러자 선생님은 볼펜으로 몇 자 끄적거리더니 출석부를 덮었다. 교실에는 무거운 침묵이 흘렀다.

"왜 이렇게 조용허지? 오늘이 무슨 날인가?"

선생님의 시선은 학생들 하나하나에게 투망질을 하고 있었다.

"시험 성적 발표 안 허시나요?"

한 학생이 큰 소리로 말했다.

"아, 그것 때문이구나. 발표혀야지. 준비혀왔다구. 약속은 지켜야 허니까."

"누가 일등 혔습니까?"

"성질 급허구만. 시방 당장 붙여놓을 테니까 나와서 보라구. 실장, 앞으로 후딱 나오라구."

선생님은 교탁 밑에서 스카치테이프를 꺼내었다. 실장에게 성적표와 테이프를 건네주었다. 실장은 지금껏 해왔던 대로 스카치테이프를 이용하여 성적표를 교실 정면 시간표 옆에 붙였다.

"손으로 만지작거리다 지난번처럼 성적표가 찢겨지지 않도록 주의헌다. 만지지 말고 눈으로만 보도록. 알겄나?"

선생님은 위엄 있는 목소리로 말했다.

"네, 알겄습니다."

학생들은 일제히 큰 소리로 절도 있게 대답했다.

"학급조회는 이상이다. 실장, 뭐 허나?"

그러자 실장이 벌떡 일어나 열중쉬어, 차렷, 경례, 구령을 붙였다. 구령 소리가 우렁우렁 교실 안을 울리었다. 인사가 끝나자, 선생님은 교실 밖으로 나갔다. 학생들이 웅성웅성 떠들기 시작하더니 모두 일어나 성적표 앞으로 몰려갔다. 그도 자리에서 일어나 앞으로 향했다. 그러나 그는 교실 중간 지점에서 걸음을 세웠다.

먼저 뛰어나갔던 장성기가 활짝 웃으며 성적표 앞에 서 있었던 것이다.

'또 틀려 버렸당게.'

시야가 가물거렸다. 귓속에서는 이명 소리가 들렸다. 그는 심한 현기증을 느꼈다. 친구들과 성적표가 좌우로 기우뚱거리고 있었다. 그는 간신히 자리로 돌아올 수 있었다. 책상 위에 얼굴을 묻고 눈을 감았다. 주절주절 떠들어대는 친구들의 말소리가 짐승의 울음소리처럼 들렸다.

실장의 구령 소리에 깜짝 놀라 고개를 들었다. 영어 선생님이 교탁 앞에 서 있었다. 책상 위에 얼굴을 묻고 한참 동안 있어서 그런지 현기증은 거의 느낄 수 없었다.

'왜 뜻대로 안 되는지 모르겄어. 돌머리라서 그럴까? 그럴지도 모른다구.'

그는 심한 무력감에 빠졌다.

'1교시 영어 시간을 어떻게 보내지?'

공부도 때려치우고 밖으로 나가 조용한 곳에서 혼자 있고 싶었다.

'장성기는 얼마나 기분이 좋을까잉. 훨훨 날아가고 싶겄지. 그리어 훨훨 날아보라구. 어찌 요로콤 내 가슴이 답답허대야잉.'

그는 자리에 똑바른 자세로 앉아 있지를 못했다. 좌우로 몸을 뒤틀며 불안한 모습을 보였다.

"임상구 왜 그러나. 어디 아프나?"

영어 선생님이 그를 빤히 쳐다보며 물었다.

"아닙니다."

그는 엉겁결에 큰 소리로 외쳤다.

그는 집으로 들어섰다. 시무룩한 표정으로. 책가방을 마루 위에 던지듯 거칠게 내려놓았다. 그러고는 그 옆에 벌렁 누웠다. 황구가 마당에서 서서 그를 물끄러미 쳐다보고 있었다.

"상구야, 어디 아프니?"

어머니가 놀란 표정으로 다가와 그의 팔을 흔들었다.

"아프지 않아요. 시방 속이 부글부글 끓고 있으니께 저리 가세요."

"속이 부글부글 끓으면 소화제를 먹어야 쓴다."

"어머니는 알지도 못허면서 그러요. 성질나게. 그런 속이 아니란 말이어요."

"그럼 무신 속이다냐. 폭폭허다, 폭폭혀."

"몰라도 된단 말이어요. 저리 가세요."

"그리어 알았다."

어머니는 고개를 갸웃거리며 텃밭으로 가고 있었다.

그는 마루에 누워 뒤척거리다 벽에 걸린 달력에서 '2'라는 숫자를 발견하였다. 2 · 12 · 20 · 21 · 22 · 23 · 24 · 25 · 26 · 27 · 28 · 29. '2'가 붙은 숫자는 모두 12개였다. 그에게는 그 숫자들이 강한 거부감으로 다가왔다. 달력에 한참 동안 시선을 박고 있자 그 숫자들이 개미로 변해 꿈틀꿈틀 움직이는 것이었다.

'집안에 무신 개미 떼래야. 불길허구만.'

그는 자리에서 일어나 벽에 붙은 달력을 잡아떼었다. 이물질처럼 느껴지는 달력을 손으로 움켜쥐었다.

'개미들이 팔을 타고 기어 올라와 가슴까지 침투헌다면 낭패지. 그리어 낭패란 게.'

이른 시일 안에 달력을 없애 버려야 한다고 판단했다. 달력을 들고 부엌으로 향했다. 부엌 아궁이 속에 달력을 집어넣었다. 성냥을 꺼내 달력에 불을 붙였다. 불이 벌겋게 타올랐다. 불꽃이 긴 혀를 널름거리며 활활 타올랐다. 막혔던 속이 뻥 뚫린 것처럼 통쾌했다.

'그리어 2라는 숫자는 생각만 혀도 비위가 상헌다니께. 장성기 걔만 누르면 되는디 말이여.'

달력은 완전히 연소하여 한 줌의 까만 재로 남았다.

그는 부엌 밖으로 나왔다.

'장성기를 연구헐 필요가 있다구. 1등만 허는 결정적인 이유가 뭘까? 머리가 좋아서? 노력을 많이 혀서? 시험에 대한 정보가 빨라서?'

머리라든가 정보에 대해서는 장성기를 앞설 수 있다고 판단했다. 아이큐가 장성기보다 높고 장성기와 선생님들이 소지하고 있는 참고서를 그도 모두 갖고 있었으니까. 다만 장성기가 얼마만큼 노력하는지 그것에 대해서는 알 길이 없었다.

'그리어 그걸 알아보아야 쓴다구.'

그는 집에 돌아오면 농사일을 돕고 남는 시간 공부를 했다. 소 꼴도 베어야 하고 겨울에는 산에서 땔나무를 해야 했다. 그의 손바닥은 굳은살이 박혀 거칠었다. 구멍가게를 해서 자질구레한 집안일을 하지 않고 공부만 전념하는 장성기와는 판이하게 달랐다.

'내가 2등만 허는 디는 다 그만한 이유가 있을 것이구만.'

해가 서산에 걸렸다. 해가 서녘으로 기울어지면서 거세게 불던 바람이 잠잠해졌다. 그는 방으로 들어가 교복을 벗고 작업복으로 갈아입었다. 집에 들어오면 작업복을 입고 농사일을 거들어 주는 것은 이제 습관처럼 되었다.

마루로 나오자, 구석에 있던 라디오에서 축구 중계방송이 흘러나왔다. 그는 목소리를 듣고 아나운서의 이름을 금방 알아낼 수 있었다. 그가 좋아하는 원성관 아나운서였다. 그의 목소리는 낭랑했다. 옥구슬들이 서로 부딪쳐 나오는 소리처럼 청아했다. 그는 라디오 가까이 바싹 다가가 귀를 기울이었다. 만약 아나운서가 된다면 축구 중계방송을 듣는 국민들이 흥분하여 엉덩이를 들썩거리게 하고 싶었다. 온 국민을 긴장 속으로, 때로는 흥분 속으로, 아니면 분노 속으로, 아니면 기쁨 속으로, 몰아가는 탁월한 아나운서가 되고 싶었다. 라디오에서 흘러나오는 원성관 아나운서의 음성이 격렬해지고 있었다.

"한국 팀 중앙선을 넘어 일본 팀 진영으로 공격해 들어가고 있습니다. 김정남 선수 김진국 선수에게 롱패스. 김진국 선수 한 사람, 두 사람 제쳐 차범근 선수에게 패스. 차범근 선수 볼을 잡는 순간 일본 나카무라 선수의 반칙입니다. 그래서 한국 팀의……."

축구 중계방송을 계속 듣고 싶었지만, 쇠죽을 끓여야 한다는 당위성이 압박감으로 다가왔다. 그는 마루를 내려서 발에 신발을 꿰어신었다.

"한국의 차범근 선수 쇼오옷……."

원성관 아나운서가 악을 쓰며 소리를 높였다. 그 순간 그는 움직이던 동작을 멈추고 라디오에 귀를 모았다.

"그러나 노오골입니다. 골포스트를 맞고 살짝 비껴가는군요."

아직 0:0 득점 없이 경기가 진행되고 있었다. 그에게는 경기 내용보다 아나운서의 목소리와 중계방송 요령에 더 관심이 갔다. 그렇다고 중계방송만을 듣고 있을 수가 없었다. 걸음을 옮겨 쇠죽솥이 걸려 있는 아랫방 방문 앞으로 갔다. 마당에서는 닭들이 모이를 쪼아대고 있었다. 밖에 나갔다 들어온 황구가 쇠죽솥 옆에 앞발을 세우고 앉아 있었다. 황구는 그가 하는 행동을 물끄러미 바라보았다. 그는 쇠죽솥 옆에 놓여 있는 양동이를 집어 들었다. 양동이 둘레에는 쇠죽 찌꺼기들이 덕지덕지 붙어 있었다. 부엌 앞 구정물 통(옛날 시골 집마다 부엌문 앞에 비치되어 있는 통으로 실기지물은 물론, 음식 찌꺼기, 나물 다듬은 찌꺼기, 과일 찌꺼기 등등을 여기에 모아서 쇠죽 끓일 물로 사용했다)이 있는 곳으로 걸음을 옮겼다. 황구가 꼬리를 치며 그의 뒤를 따랐다. 구정물 속에는 음식 찌꺼기들이 가라앉아 있었다. 바가지를 구정물 통에 넣고 휘휘 저었다. 바가지로 구정물을 퍼 양동이에 담았다. 양동이에 찰랑찰랑하게 구정물이 담기자, 그는 그걸 들고 쇠죽솥 있는 곳으로 뒤뚱거리며 걸음을 옮겼다. 양동이의 구정물이 출렁거렸다. 넘친 구정물이 질금질금 땅으로 떨어졌다. 쇠죽솥 뚜껑을 열고 양동이 속의 구정물을 부었다. 그렇게 하기를 세 번. 쇠죽솥 안에 구정물이 방방하게 차올랐다. 그런 다음 짚을 썰어 만든 여물을 솥 안에 부었다. 낫으로 꾹꾹 누르면서 솥 안에 여물을 빼곡하게 쟁이었다. 그 위에 쌀겨를 한 바가지 뿌렸다. 다시 낫으로 꾹꾹 눌러주었다. 그러고는 솥뚜껑을 덮었다. 황구는 밖으로 나갔는지 눈에 띄지 않았다. 밖에 나간 동생들은 노는 것에 취해 있는지 지금껏 집에 들어오지 않았다. 그는 쇠죽솥 아궁이 앞에 앉았다. 마른 솔가지를 꺾어 아궁이 속에 넣고는 성냥을 그어 불을 붙였다. 탁탁 튀는 소리를 내면서 불꽃이 벌겋게 일었다. 검은 연기가 눈 속으로 들어와 동공에 심한 통증을 동반했다. 그는 손등으로 쓱 눈가를 훔쳤다. 라디오에서 흘러나오는 중계방송은 아랫방 아궁이 있는 데까지 또랑또랑하게 들렸다. 나뭇가지를 꺾어 아궁이에 불을 지피면서도 그의 관심은 중계방송에 있었다.

"센터서클 한복판, 일본팀의 공격입니다. 사또 선수 볼 잡았습니다. 단독 드리블. 한국팀 위험합니다. 사또 선수 가마모도 선수에게 백패스. 가마모도 롱슛하기 직전……."

중계방송을 들으며 경기 속으로 빨려 들어가자, 아까보다 마음이 훨씬 가벼워졌다. 어깨를 들썩이며 중계방송을 듣느라 불을 지피는 것은 뒷전에 가 있었다. 아궁이 속의 불꽃이 수그러져 자울자울 졸고 있었다.

형광 불빛 아래에서 식구들이 다정하게 이야기를 나누며 저녁을 먹고 있다.

아버지: (상구를 바라보며) 너 시험 결과 나온다 허더니 어떻게 되았냐.

상구: (밥을 먹다 고개를 숙인다) 죄송허구만요.

아버지: 1등을 또 놓친 모양인디 너무 걱정 말거라. 공부가 인생의 전부는 아니니께 말이여.

어머니: 장터 장성기인가 뭔가 허는 걔헌티 또 1등을 빼앗긴 것이겄지. 갸가 천재라고 허두만. 보통내기가 아니라구 허든디.

아버지: 니가 1등을 혀도 아비는 걱정이다. 대학교까지 가르칠 자신이 없단 말이시. 농촌 살림이라는 것이 뻔한 것 아니겄냐. 손바닥만 한 논배미와 쥐 낯바닥만 한 밭뙈기에서 무신 돈이 나오겄냐.

어머니: 그리어 너무 무리허지 말거라. 너는 장남이라는 것을 명심혀야 쓴다. 아버지를 도와야 쓴단 말이시. 아, 막말로 공부헌다고 밥 나오니 일을 혀야 밥이 나오지.

상구: 내가 2등을 혀서 다행이란 말인가요. 쪼깨 서운허네요.

아버지: 오해는 말거라. 어디 그런 부모가 있겄냐. 돈이 없어서 그렇지.

어머니: 그리어 가난이 웬수다. 동생들도 생각혀야 쓰지 않겄냐. 공부를 잘 헌다고 너만 가르칠 수 없단 말이시. 골고루 가르쳐 놓아야 허지 않겄냐.

아버지: 어머니 말이 맞다. 아비는 너희들을 중학교까지만 가르쳐 놓을 팅게 나머지는 너희들이 알아서 혀야 쓴다. 중학교를 졸업허고 기술을 배우든가, 농사일을 허든가, 하나를 선택혀야 쓴다 이 말이여.

동생 1: 약속이 틀리네요. 아버지, 옛날에 대학교까지 가르쳐준다고 허지 않았나요. 말씀혀보세요.

동생 2: 그 약속은 지도 알고 있구만요.

아버지: (빙긋 웃으며) 그런 약속을 헌 기억이 있기는 허지만 어디 그게 마음대로 되는 일이냐. 시방은 달라졌은게 그렇게들 알고 있거라잉.

동생 1: (수저를 상 위에 소리나게 놓으며) 열심히 공부헐 필요가 없어졌네요. 놀기만 헐 것이구만요.

동생 2: 나두요.

아버지: 그렇다고 공부를 열심히 안 허면 쓰냐. 허는 디까지는 혀야지. (아이들의 어깨를 다독거려 준다)

상구: 지는 꿈을 포기헐 수 없어요. 꼭 아나운서가 될 것이구만요. 고등학교, 대학교까지 어떻게 혀서라도 졸업허고 말 것이구만요. 내가 벌어서 학교에 다닐거라구요. 거기까지는 막지 안 허겄지요?

아버지: 니 말대로 그게 쉬운 것이 아니란다. 뱁새가 황새를 따라가려고 허면 가랑이가 찢어지는 벱이란다. 중학교 졸업허면 너는 이 아비를 도와야 헐 것인 게 그렇게 알고 있거라잉.

상구: 절대로 그렇게 헐 수 없구만요. 지 일은 지가 알아서 허겄어요.

상구가 던지듯 수저를 놓고 씩씩거리며 방을 나간다. 두 동생도 불만스러운 표정으로 수저를 상 위에 놓고 자리에서 일어나 마루로 나간다.

어머니: 당신 따라서 민하동 골짜기로 들어온 게 잘못이었다구요. 내가 장사를 허자고 헐 때 따라왔으면 지금쯤 도시에다 기반을 잡았을 것이구만요. 어느 부모가 자식 가르치고 싶지 않겠어요. 미치고 환장허겄당게요. 가난이 웬수라구요. 모든 것은 당신이 책임지라구요. (눈물을 훔치며 돌아앉는다)

아버지: (천장을 쳐다보며) 그리어 그것은 당신 말이 맞어. 그렇지만 인제 와서 어떻게 허겄는가. 내 능력이 이것뿐인 것을. 속이 뒤집어지기는 나도 마찬가지라구. 모두가 못난 나를 만난 죄여. (담배를 피워물더니 문을 열고 방 밖으로 나간다)

어머니: (눈물을 훔치며) 고향이 좋다구 똥구멍 빨건 민하동 골짜기로

내려오더니 이 꼬락서니가 되얐구만. (그녀는 한숨만 쉬면서 상 앞에 우두커니 앉아 있다)

아나운서의 꿈을 성취하기 위해서는 우선 공부를 잘해야 하고, 공부를 잘한다는 증거로서 장성기를 꺾어야 했다. 그러기 위해서는 장성기를 잘 알아야 한다고 판단했다. 그는 장성기에게 바싹 접근하기로 하였다.

먼저 장성기에게 거리감이 느껴지지 않도록 매사 친절하게 대해 주었다. 영어 자습서, 수학 자습서를 수시로 빌린 다음 고맙다는 뜻으로 카스텔라를 하나씩 사주곤 하였다. 장성기는 그의 그러한 태도를 거부감 없이 받아들였다. 그렇다고 희희낙락거리며 허물 없이 대하는 것은 아니었다. 거부하지는 않지만 그렇다고 반가워하지도 않는 어정쩡한 태도였다.

'장성기가 나를 경계허고 있구나.'

딱 꼬집어 말할 수는 없지만 그는 감각적으로 그렇게 느꼈다.

일요일 전화를 건 다음 의도적으로 장성기네 집을 방문하였다. 장성기네 부모님을 비롯한 식구들이 그의 갑작스러운 방문에 대해 뜻밖이라는 듯 의아스러운 표정이었다. 장성기 아버지가 어쩐 일로 왔냐며 용무를 물었다.

"그냥 놀러왔구만요."

그는 가게 안을 둘러보며 가볍게 말했다.

"방으로 들어가 성기허고 놀거라."

장성기 아버지가 떨떠름한 표정으로 방문을 열어주었다. 장성기네는 방이 모두 3개였다. 성기는 따로 공부방을 갖고 있었다.

"들어와."

성기가 굵고 짧게 말했다.

그는 방으로 들어가 책꽂이에 꽂혀 있는 책들을 유심히 살폈다. 교과서, 자습서, 문제집, 소설책, 월간 잡지 등 특이한 책들은 발견되지 않았다. 그의 공부방 책꽂이에 꽂혀 있는 책들과 크게 다르지 않았다. 유독 눈에 띄는 것은 책상 위에 놓여 있는 고급스러운 전기스탠드였다.

'저걸 켜놓고 밤늦게까지 공부허는 것일까?'

"너 보통 저녁 몇 시까지 공부를 허니?"

"왜 묻니?"

장성기는 싱글싱글 웃기만 할 뿐 물음에 대답하지 않았다.

"그냥 궁금혀서."

"일찍 자는 편이야. 일정한 시간이 없어. 늦게 잘 때도 간혹 있으니까."

"늦게 잘 때가 언제이니? 그게 쪼깨 궁금허다."

"왜 꼬치꼬치 묻니? 형사처럼."

"내가 그랬나. 평소 무척 궁금혔었거든."

"정해져 있지 않아. 손님이 왔다든가 많은 숙제를 혀야 헐 때 늦게 자는 편이야."

'짜아식 피하는구나. 시험공부 헐 때 늦게 잔다고 허면 어디 덧나니.'

"그럼, 구체적으로 늦게 잘 때는 몇 시이니?"

"……."

장성기는 대답하지 않고 그를 찬찬히 쳐다보았다. 조금은 불만스러운 표정으로.

"말허기 싫으면 그만두어도 되고."

"아니야, 말헐게. 새벽 2시에 자지. 5시간만 자도 다음날 견딜만 허드라."

그는 나름대로 장성기의 공부 습관을 유추해 볼 수 있었다. 시험공부를 한다고 밤늦게까지 책상 앞에 앉아 있는 장성기의 모습을 떠올렸다. 또 하나 궁금한 것이 있었다. 장성기는 예습과 복습 중 어느 것에 더 치중하는지. 그는 먼저 자신이 치중하고 있는 쪽을 밝혔다.

"나는 왠지 복습은 싫더라. 그렇다고 복습 쪽을 무시허는 것은 아니여. 복습에 비해서 예습을 더 많이 허는 편이라니까. 예습을 안 허고 그냥 학교에 가면 선생님 말씀을 듣고 이해허기가 어렵더라니까."

"나는 너허고 많이 다르구나. 나는 복습 쪽에 치중허고 있어. 예습은 거의 안 혀. 복습만 허는 거야. 예습헐 필요가 있냐. 그건 시간 낭비여. 너도 복습만 허는 것으로 알고 있었는디."

"너도 알다시피 나는 발표를 많이 허지 않니. 그러다 보니까 예습을 많이 허게 되드라."

"그건 나도 인정허고 있어. 니가 우리 반에서 발표는 짱이잖아."

장성기의 말을 듣고 깨달아지는 것이 있었다. 그와 장성기의 공부하는 방법이 판이하다는 것, 그것 때문에 시험 결과가 다르게 나올 수 있다는 것. 그는 장성기네 집을 찾아와 충분한 소득이 있었다고 생각했다.

"성기야, 우리 나가서 탁구 좀 칠까?"

"싫다. 나가서 노는 것 별로 좋은지 모르겄더라. 집에서 책 보는 것이 제일 좋다니까."

그는 장성기가 자신과 어울리고 싶어 하지 않는다는 뜻으로 받아들였다.

'시방 장성기는 내가 후딱 나가주기를 바라고 있는지도 모른다구. 그렇다면 나를 몸에 박힌 가시쯤으로 여기고 있는 것이 아닐까.'

그런 생각에 미치자, 장성기 공부방에 앉아 있기가 몹시 거북스러웠다. 목이 굳은 것처럼 빳빳하게 느껴졌으며 쥐가 난 것처럼 손과 발이 찌릿찌릿 저려왔다. 그러면서 앞에 앉아 있는 장성기가 얼음덩이처럼 차갑게 느껴졌다. 그는 견디지를 못하고 자리에서 몸을 일으켰다.

"왜 일어나니?"

"가야 안 쓰겄냐. 니 시간을 빼앗아 가면서 앉아 있기가 쫌 그렇다."

"니가 내 시간을 빼앗고 있는 것은 아니여. 원래 이 시간은 휴식 시간이었거든. 그럼, 내일 학교에서 보자."

장성기는 그에게 더 앉아서 놀다 가라고 말하지 않았다. 그는 장성기네 식구들에게 작별 인사를 건네고 가게 밖으로 나왔다. 장성기는 가게 밖에까지 나와보지 않았다.

그는 면사무소가 있는 쪽으로 터더터덜 걸음을 옮겼다. 부릉거리는 소리가 뒤에서 들리더니 버스가 구름 같은 흙먼지를 끼얹고는 네거리 쪽으로 사라졌다. 그는 캑캑거리며 코를 싸쥐었다.

'더럽게 재수 없는 날이구만. 기분이 찝찝허더니 결국 먼지를 뒤집어쓰는구만.'

장성기에게 많은 것을 기대하지는 않았었다. 친선 방문이 아니라 목적을 가지고 방문하지 않았던가. 소기의 성과는 충분히 거두었다고 판단했다. 문제는 그를 상대해 주는 장성기의 태도였다. 친절한 듯하면서도 어딘가 가까이하기를 꺼리는 듯한 말과 행동. 그는 그걸 느낄 수 있었다. 그는 집으로 돌아오면서 장성기를 꺾기 위해 실천해야 할 일 몇 가지를 다짐해 두었다.

*철저히 복습만을 한다.
*밤 12시 안에는 절대 자지 않는다.
*문제집을 많이 풀어본다.
*학교에서 배운 모든 학습 내용을 머릿속에 100% 암기해 놓는다.
*일단 시험 날짜가 발표되면 그때부터 5시간 이상 잠을 자지 않는다.

장성기가 전학 간다는 소문을 들었다. 그 소문은 반 친구들에게 쫙 퍼져 있었다. 그러나 장성기 본인은 그 사실을 부인하였다.

"집을 팔려고 내놓은 것은 사실이야. 그렇지만 집이 팔리지 않아 전학을 못 가고 있어. 결정된 것은 아무것도 없어."

장성기가 전학 간다면 그에게는 사건일 수 있었다. 그의 경쟁 상대가 없어지니까. 만약 그렇게 된다면 그에게 기쁜 일 같지만, 곰곰 생각해 보면 그것도 아니었다. 장성기가 없는 상태에서 1등은 무의미했다. 장성기가 건재해 있는 상태에서 1등을 하고 싶었다. 그는 장성기의 전학 문제에 관심을 두지 않을 수 없었다.

"전학을 어디로 가려고 하는데?"

장성기에게 구체적인 것을 물어보았다.

"광주로 갈 거다."

"이유라도 있니?"

"아버지의 고향이 광주거든. 자세한 것은 모르겄어. 무신 돈 문제 때문에 그런 것 같기도 허구 말이여."

수업이 끝난 후 종회 시간에 들어온 담임 선생님의 표정은 밝지 못했다. 선생님은 출석부를 들고 한참을 서성거리다가 교탁 앞에 섰다. 학생들은 바짝 긴장한 채 숨을 죽이고 있었다. 학생들의 시선은 일제히 담임 선생님의 표정에 모아졌다. 선생님이 무겁게 입을 열었다.

담임 선생님: 중요한 소식을 전하겠다. 반갑지 않은 소식이다. 그렇지만 여러분에게 발표하지 않을 수 없다. 장성기 군이 광주광역시로 전학을 가게 되었다. (학생들 잠시 수런거린다) 자, 조용히 하도록.

학생 1: (자리에서 일어나며) 여러분 조용히 혀주십시오.

교실엔 무거운 침묵이 흐른다.

담임 선생님: 우리로서는 인재를 놓친 셈이다. 나는 장성기 군을 전학 보내고 싶지 않다.

학생 2: (자리에 앉아 성기 쪽을 응시하며) 성기는 전학을 가지 않는다고 혔는디요.

담임 선생님: 갑자기 집이 팔려 전학을 가게 되었다. 그것은 사실이다. 그럼, 전학 가는 성기 군의 마지막 인사말을 들어보겠다. 장성기 앞으로 나오도록.

장성기: (자리에 서서 머뭇거리며) 별로 헐 말이 없는디요.

담임 선생님: 그래도 일단 나와봐라. 마지막이다. 간단히 한마디 하는

거다. 사내대장부가 수줍어해서 어디다 쓰나.

장성기: (걸어 나와 교탁 앞에 서서) 헐 말이 없구만요. (뒷머리를 긁적인다)

학생들 히히대며 웃는다. 잠시 소란이 인다.

담임 선생님: (입술에 손가락을 세우며) 자, 조용히 하도록.

장성기: (침묵을 가르며) 전학을 가고 싶지 않았지만, 집안 사정상 어쩔 수 없었습니다. 여러분과 함께 생활허며 쌓아온 지난날의 우정을 잊지 않겄습니다. 그동안 지가 실수를 헌 점이 있었다면 기꺼이 용서하여 주십시오. 우리 열심히 공부헙시다. 그리하여 사회의 일꾼이 됩시다. 그때 우리 활짝 웃는 얼굴로 다시 만납시다. 감사헙니다. (인사를 하고 들어가는 장성기는 눈가를 연신 손등으로 훔친다)

2

뛰어넘을 수 없는 것에 대하여

명의 변경 불가
견고한 콘크리트 입간판은
강촌 마을 입구를 지켰다

성형외과로 가는 길이
원천적으로 막혀 있는
수몰 지구 그리운 고향

거울 앞에 앉아 있으면
한 폭의 소박한 수채화
뒷배경 강촌 마을은
물속으로 조금씩 가라앉고 있었다

누굴까
낯선 이방인
낯선 등기부등본

일요일 아침 일찍 바지게를 등에 지고 소낭골로 향했다. 하늘은 낮게 가라앉아 있었다. 잿빛 구름이 북서쪽으로 빠르게 움직였다. 후텁지근한 날씨였다.

'장성기가 건재해 있는 상태에서 녀석을 누르고 1등을 혀보고 싶었는디 말이여. 그게 지나간 꿈이었당게. 성기가 전학을 가 버렸으니 말이여. 장성기와 관계 없이, 그리어 1등과 관계 없이 공부는 계속 열심히 혀야 쓴당게. 아나운서가 되려면 공부를 잘혀야 쓰니께 말이여. 그리고 틈틈이 스포츠 중계방송 연습도 혀보아야 쓴당게. 실기가 중요허니께 말이여.'

마이크를 잡고 중계방송하는 아나운서의 모습을 떠올리자, 가슴이 설레기 시작했다. 8·15 광복절을 맞아 산외국민학교 운동장에서는 리 대항 축구 대회가 개최된다고 했다.

'그날이 바로 오늘이란 말이여. 리 대항 축구 대회를 허면 본부석에서

마이크를 잡고 중계방송을 한번 해보는 거여.'

대회의 흥을 돋울 수도 있고 중계방송 경험도 쌓을 수 있어 좋은 기회라고 생각했다.

그는 바지게를 소낭골 묵정밭 가에 세워두고는 낫으로 소 꼴을 베기 시작했다. 풀잎 끝에는 아침 이슬이 대롱대롱 매달려 있었다. 자꾸만 손등에 물기가 흘렀다. 그의 손끝에서 풀줄기들이 맥없이 몸을 뉘었다. 매우 노련한 솜씨였다. 소 꼴을 베어다 놓은 뒤 아침밥을 먹고 산외국민학교 운동장으로 가기 위해 그는 아침 일찍 소낭골로 서둘러 나왔던 것이다. 낫 날이 돌멩이에 걸릴 때마다 몸체가 위로 튀어 올랐다. 위험한 순간이었다. 잘못하면 낫의 몸체가 튀어 올라오면서 낫 날이 손가락을 베어버린다. 그는 과거에 꼴을 베다 그렇게 손가락을 여러 번 베인 적이 있었다. 그는 눈을 크게 뜨고 신경을 손끝에 모았다. 풀줄기들이 자꾸만 손아귀로 들어와 더 이상 쥘 수 없을 정도의 양이 되면 그걸 둑 위에 조심스레 놓는다. 그런 행위를 반복하며 앞으로 나아간다. 그렇게 한참 동안 풀을 베어가다 보면 등 뒤로 풀더미들이 징검다리 형상으로 놓이게 된다. 어느 정도의 시간이 지났을 때 뒤에 놓인 풀더미들을 보고 그 양을 가늠해 본다. 저 정도면 한 바지게가 될 수 있다고 판단 될 때 낫을 들고 일어선다. 베어 논 풀을 안아다가 바지게 위에 쌓는다. 그의 예상은 크게 빗나가지 않는다. 바지게 위에 소복이 풀이 쌓이면 그걸 등에 지고 끙끙대며 언덕길을 내려간다. 그는 그렇게 해왔다.

그는 바지게 위에 가득 담긴 꼴을 등에 지고 소낭골 골짜기를 빠져나오고 있었다. 이슬에 젖은 바짓가랑이가 움직일 때마다 서걱서걱 소리를 내었다. 그는 심한 허기를 느꼈다. 뒷다리가 후들후들 떨렸다. 그래서 그는 언덕 위에 지게를 세우고 잠시 휴식을 취했다. 구름이 걷히면서 소낭골 골짜기는 차츰 밝아지고 있었다. 지게 밑에 앉아 긴 한숨을 내뿜았다.

'지게질이다 허면 이자 신물이 난다니께. 나는 지게질을 허면서 살 수 없당게. 몸이 약해서 지게질은 맞지 않어. 반드시 아나운서가 되어야 헌다니께.'

그는 바지게를 등에 지고 끙끙대며 오솔길을 내려왔다. 이마에서는 땀방울이 줄줄 흘렀다. 이미 몸은 땀으로 흥건히 젖어 있었다.

마을 입구로 들어서자, 황구가 그를 알아보고 꼬리를 치며 다가왔다. 풀밭을 뛰어다녔는지 황구의 다리는 물기로 젖어 있었다.

집에 들어서자, 부엌에서 나오던 어머니가 그를 보고 놀라운 표정을 지었다.

"니가 웬일이냐? 아침 일찍 풀을 베어 오고."

"오늘은 쪼금 볼일이 있어서요."

외양간 앞에 지게를 세우고 작대기로 받쳤다. 싱싱한 바지게 위의 풀을 보고는 외양간의 암소가 후두둑거리며 뛰어댔다.

'풀을 달라는 몸짓이구나.'

그는 금방 암소의 의사를 간파할 수 있었다. 바지게 위에 있는 풀을 한 아름 들어 구유에 놓아주자 암소는 입 안 가득 풀을 넣고 우직우직 씹기 시작했다.

"상구야, 어서 씻고 아침 먹거라."

어머니는 그의 옷에 붙은 풀잎을 손으로 떼어주었다.

"알았어요. 쪼깨 배가 고프네요."

"어디 가려고 아침 일찍 꼴을 베었니? 무신 일이 있는 거니?"

"모르셨어요? 오늘이 리 대항 축구 대회를 허는 날이잖아요. 구경가야지라우."

"이자 알았다. 글먼 가야 쓰지. 그런디 가서 친구들이랑 싸우면 안 된다. 알겄냐?"

"걱정허지 마세요. 지가 한두 살 먹었남요."

그는 세숫비누를 들고 집 앞 개울로 갔다. 개울에는 골짜기에서 나온 물이 졸졸거리며 흘러갔다. 물고기들이 촐랑거리며 헤엄을 치고 있었다. 개울 속에 두 발을 담갔다. 시원했다. 비누를 팔과 얼굴과 머리에 발랐다. 푸푸거리며 물을 끼얹었다.

'오매, 살겄네. 이렇게 시원헌 것을.'

마지막으로 발을 씻고 돌팍 위에 올라와 수건으로 물기를 닦았다. 상쾌했다.

마루에는 밥상이 차려져 있었다. 식구들은 이미 아침을 먹었다고 했다. 아버지는 밭에 나갔고 동생들은 모정으로 놀러 나갔다고 했다. 어머니는 토방에서 배추를 다듬었다. 황구의 모습은 보이지 않았다. 그는 밥상 앞에 앉아 수저를 들었다. 콩나물국에 밥을 말았다.

"아침 일을 혀서 그런지 입맛이 좋은디요. 밥이 꿀맛이랑게요."

"일을 혀야 건강허단다. 삭신은 들구 쓸수록 좋은 것이여."

"일은 싫어요. 힘들어서 노동은 못 허겄어요."

"어떡허겄냐. 니가 박복헌 탓으로 산골에서 태어났는디. 일을 안 허구는 못 사니께 그렇게 알거라잉."

"지는 넓은 곳으로 갈 것이구만요. "

"그럼사 오직 좋겄냐. 그게 쉽지 않단 말이지. 배워야 가능허단 말이시. 어미 아비는 너를 대학까지 보낼 수 없으니께 그렇게 알거라잉. 니 동생들도 조금씩은 가르쳐야 쓰지 않겄냐. 너만 가르침 사 대학까지 보낼 수 있지. 어미 말을 알아듣겄냐?"

"알았어요. 지는 혼자 힘으로 다 해결헐 거니께 걱정허지 마세요."

"거기까지는 어미가 모르겄다."

어머니는 배추를 다듬다 우두커니 앉아 한숨만 내쉬었다.

밥을 다 먹자 상 위에 수저를 놓고 자리에서 일어났다. 마루를 내려서 토방 위에 놓여 있는 신발을 꿰어신었다. 마당을 지나 아랫방으로 향했다. 그의 머릿속에는 옷을 갈아입고 빨리 산외국민학교 운동장으로 가야 한다는 생각밖에 없었다. 마이크만 떠올리면 몸이 붕 떠오르는 것만 같은 들뜬 기분에 사로잡힌다. 교복으로 옷을 갈아입었다. 더워서 모자는 쓰지 않았다. 까까머리를 손으로 더듬자 까칠까칠한 촉감이 손바닥에 전해졌다. 그는 거울 앞에 서서 요모조모 용모를 살폈다. 쑥색 바지에 반소매 흰 남방 상의가 거기 있었다. 옷은 대체로 깨끗하다고 판단했다. 턱 주위에는 벌건 여드름이 툭툭 불거져 있었다. 거기에 신경이 쓰였다. 그는 거울 앞에 얼굴을 바싹 들이댔다. 얇은 귀, 우뚝한 코, 벗겨진 이마, 두툼한 입술, 세모진 턱, 쭉 찢어진 눈, 새카만 눈썹.

"오빠허고 똑같다니께. 어찌 그리 쏙 빼닮았대여. 참말로 신기허구만."

고모는 그만 보면 오빠를 닮았다면서 얼굴 구석구석을 살피곤 하였다. 그도 고모의 말처럼 자신이 아버지를 많이 닮았다는 데는 동의할 수 있었다. 그러나 문제는 미남이 아니라는 데 있었다. 우뚝한 코와 새카만 눈썹 외에는 별로 내놓을 만한 것이 없다고 판단했다. 그는 거울로부터 한 걸음 뒤로 물러났다. 여드름까지 가세한 얼굴은 보기 흉한 모습으로 거기 있었다. 그는 몸을 돌려 거울을 등지고 섰다.

'쪼깨만 미남이면 여자 친구들이 졸졸 따라다닐 것인디 말이여. 이자 어떻게 허겄는가. 생긴 대로 살아야지.'

부모님이 조금 원망스러운 것이 사실이었다. 그러나 나름대로 개성이 있다고 생각했다.

'부모님을 탓허면 못 쓰지. 부모님도 이쁘게 낳고 싶었겄지. 그런 일이 어디 마음대로 되는 일인감.'

어머니에게 다녀오겠다는 인사를 건네고 리 대항 축구 대회가 열리고 있는 산외국민학교 운동장으로 가기 위해 집을 나섰다. 앞으로 내딛는 발걸음이 가벼웠다. 모정 느티나무 위에서 매미 울음소리가 왁자하게 들렸다. 느티나무 밑에서 더위를 피하고 있는 어른들이 댓 명 눈에 띄었다. 그는 지날재로 갈까 하다 발걸음을 돌렸다. 더워서 고개를 넘기가 여간 힘들지 않을 것이기 때문이었다. 그는 한길을 택해 가기로 하고 부산하게 걸음을 옮겼다. 길가 논배미마다 짙푸르게 자란 벼들이 물결처럼 출렁거렸다. 길바닥에서는 후끈한 열기를 뿜어냈다.

'산외국민학교 운동장에는 많은 사람이 나와 있겄지. 여러 사람이 보는 앞에서 마이크를 잡고 한번 신나게 중계방송을 허보는 거여.'

"지금 정량리 팀과 동곡리 팀의 축구 경기가 진행되고 있습니다. 정량리 팀이 1:0으로 리드한 가운데 후반전 경기 진행되고 있습니다. 양 팀 선수들 동곡리 팀 진영으로 서서히 움직이고 있습니다. 정량리 팀 5번 김상문 선수 7번 최길상 선수에게 롱패스, 최길상 선수 앞을 내다보고 있습니다. 동곡리 팀……."

그는 걸어가면서 입으로 중얼거리며 즉흥적으로 중계방송 흉내를 내보았다. 마이크를 잡고 본부석에 앉아 실제로 중계방송을 하는 기분이었다. 가슴이 두근거리고 긴장이 느껴지면서 발걸음이 가벼웠다. 이마 위에서는 연신 땀방울이 흘렀지만, 더위를 느낄 수 없었다.

장승백이 앞을 지날 때였다. 산외여중 3학년인 김순임을 만났다. 그녀는 까만 치마에 흰 남방 상의의 교복 차림이었다. 단발머리의 청순한 소녀. 그는 순임이를 보고 문득 그런 생각을 했다. 순임이는 말 붙이기가 어려운 상대라고 또래들에게 소문이 나 있었다. 그렇지만 그는 용기를 내었다. 모른 척하고 앞서가는 순임이에게 다가가 친절하게 말을 건넸다.

"순임이 아니니? 반갑다 야!"

조금은 멋쩍은 표정을 지으며 그녀에게서 시선을 놓지 않았다.

"상구구나. 어디 가니?"

순임이는 활짝 웃으며 그를 반갑게 대해주었다. 훤히 드러난 그녀의 이가 백설처럼 고왔다. 그녀의 친절은 기대하지 않았던 예상 밖의 것이었다.

"오늘 리 대항 축구 대회를 허거든. 그걸 구경허러 가는 길이야."

"그것 나도 들었어."

"너는 어디 가니?"

"읍내에 가는 길이야."

"무슨 일인디?"

"친구를 만나려구."

"무신 친구?"

"여자 친구지 무신 친구야. 심문허는 식이다."

"그렇게 되얐냐. 미안허다."

그의 가슴이 이유 없이 두근거렸다.

"순임아, 이번 달 월말고사 시험은 잘 보았니?"

"대충 보았다. 너는 1등 혔다면서. 내가 아는 니가 1등 혔다고 허니까 기분이 좋더라."

"말이라도 고맙다. 너허고는 학교도 다른데 어떻게 알았지?"

"아는 수가 있어. 장성기가 전학 갔다는 것도 들었어."

장성기라는 말에 그는 가슴이 뜨끔했다. 장성기가 없는 상태에서 1등, 그것을 그녀는 알고 있는 게 분명했다. 그로서는 1등 했다는 것이 자랑스럽지 않았다. 그래서 그는 재빨리 이야기의 방향을 다른 데로 돌렸다.

"너 영화 보는 것 좋아허니?"

"좋아해. 오늘도 친구허고 영화 보기로 혔거든."

"너 언제 나허고 영화 구경 가지 않을래?"

"미쳤니. 내가 왜 너허고 영화 구경 가니."

순임이는 얼굴이 벌게지면서 난색을 표하고 나왔다. 그녀는 그를 앞질러 빠르게 발걸음을 떼어놓았다. 그도 걸음을 빠르게 옮겨 그녀의 뒤를 바싹 따랐다.

"순임이 너 오해허지 말거라잉. 농담으로 헌 소리여."

쌀쌀맞은 순임이의 태도에 그는 긴장하지 않을 수 없었다. 순임이의 심사를 건드려서 하나도 이로운 것이 없다고 판단했다.

"알았어."

그녀는 아까처럼 밝은 얼굴이 아니었다. 그녀는 능암마을 앞에서 걸음을 멈추었다. 면 소재지 쪽을 응시하며 말했다.

"나 여기서 버스 타고 갈 거야. 너 먼저 가거라."

"소재지에 가서 타. 나허고 함께 걸어가자구."

"웃기는 소리 말어. 너허고 함께 걸어가기 싫어."

순임이는 짜증스러운 표정으로 그를 외면한 채 냉정하게 말했다.

"그럼, 읍내에 잘 다녀와라. 나 먼저 갈게."

그는 쭈뼛쭈뼛 어색한 표정으로 말했다. 면 소재지 쪽으로 성큼성큼 걸음을 옮겼다. 걸어가면서 뒤로 고개를 돌려 순임을 힐끗힐끗 쳐다보곤 하였다. 그에게는 왠지 순임이가 몹시 신경 쓰였던 것이다. 그의 머릿속으로 순임이의 귀엽고 예쁜 얼굴이 오롯이 떠올랐다. 학처럼 긴 목덜미와 우윳빛 고운 피부와 자르르 윤기 흐르는 머리와 오뚝한 코와 앙다문 입술과 훤한 이마와 그리고 긴 속눈썹. 순임이의 얼굴이 자꾸만 눈에 밟혔다. 그는 순임이와 깊이 사귀어 보고 싶었다. 그녀와 손잡고 가로수 길을 걸어가 보고 싶었다. 나란히 앉아 꼭 손잡고 영화 구경도 하고 싶었다.

'그리어 그런 것들이 불가능허다고 볼 수도 없다니께. 10번 찍어 안 넘어가는 나무 없다고 혔으니까 말이여.'

산외국민학교 운동장에는 많은 사람들이 나와 북적거렸다. 운동장 중앙에서는 축구 경기가 진행되고 있었다. 사람들은 천막 밑과 플라타너스 그늘에 많이 모여 있었다. 남자 어른들이 대부분이었다. 그는 천막 밑에 있는 본부석으로 갔다. 빈 의자에 앉아 잠시 축구 경기를 관전하였다. 목욕리 팀과 상두리 팀이 각기 다른 색깔의 옷을 입고 뛰었다. 선수들이 공을 몰고 뛰어갈 때마다 풀썩풀썩 먼지가 일었다. 공이 본부석으로 날아와 관전하고 있는 사람의 뒤통수를 때리기도 하였다. 그러면 한바탕 소란이 일었다.

본부석으로 구수한 음식 냄새가 날아왔다. 그는 킁킁거리며 코를 벌름거리지 않을 수 없었다. 운동장 둘레 군데군데 설치된 천막 식당에는 사람들이 북적거렸다.

본부석에는 면장을 비롯한 면 소재지 기관장들이 앉아 있었다. 낯이 익은 얼굴들이었다. 조합장, 우체국장, 지서장, 국민학교장, 중학교장, 여중학교장 등. 기관장들은 피로한 기색들이었다. 그들은 일제히 '체육대회'라고 쓰인 흰 모자를 쓰고 있었다. 그들은 발을 꼬고 앉아 손으로 연신 부채를 부처대었다.

그는 앞으로 나가 마이크를 잡고 싶었다. 구경꾼들을 흥분의 도가니로 몰아가고 싶었다. 그런 능력이 없다고 하더라도 경험 삼아 마이크를 잡아보고 싶었다. 마이크를 잡아본 경험이 있었지만, 선뜻 용기가 나지 않았다. 그래서 그는 잠시 머뭇거리지 않을 수 없었다. 마이크 옆에는 면사무소 산업계장이 앉아 있었다. 산업계장은 앞가슴에 '진행 요원'이라고 쓰인 리본을 달고 있었다. 그는 용기를 내어 산업계장에게로 다가갔다.

“지가 축구 중계방송을 한번 혀보고 싶습니다. 자신 있습니다. 기회를 주십시오.”

그는 산업계장을 뚫어져라 쳐다보며 간절하게 말했다.

“중계방송?”

산업계장은 그를 빤히 쳐다보며 빙긋 웃었다.

“한번 혀보고 싶습니다. 자신 있습니다. 경험도 있습니다.”

“민하동에 사는 학생이 중계방송을 잘 헌다고 들었는디 그게 바로 자넨가?”

“네, 그렇습니다.”

“글먼 한번 혀보소. 자네 이름이 뭔가?”

“산외중학교에 다니는 3학년 1반 임상구입니다.”

산업계장이 마이크를 잡더니 잠시 안내 방송을 하였다.

“지금부터 산외중학교에 다니는 3학년 1반 임상구 군이 축구 중계방송을 허겄습니다. 혹 실수를 허더라도 따뜻한 애정으로 가볍게 보아주십시오. 중계방송 도중 잘헌다고 생각되면 힘찬 박수를 부탁드리겄습니다. 그럼, 마이크를 임상구 군에게 넘기겄습니다.”

“여러분 안녕하십니까. 저는 산외중학교에 다니는 3학년 1반 임상구입니다. 산외면 리 대항 축구 대회를 빛내 주기 위해 바쁜 중에도 이렇게 대성황을 이루어 주신 면민 여러분에게 먼저 감사드립니다. 그리고 대회를 주관하고 계시는 면장님과 직원 여러분에게도 면민을 대표해서 감사의 말씀 올립니다.

그럼 지금부터 축구 중계방송을 시작하겠습니다. 본부석을 중심으로 오른쪽에서 왼쪽으로 공격하는 팀이 목욕리 팀입니다. 흰색 상의를 입고 있습니다. 상두리 팀은 본부석을 중심으로 왼쪽에서 오른쪽으로 공격하고 있습니다. 검정 상의를 입고 있습니다. 현재까지 양 팀 0:0 득점 없이 진행되고 있습니다. 센터서클 한복판입니다. 공격하는 상두리 팀 중앙선을 넘고 있습니다. 키가 큰 5번 선수의 단독 드리블입니다."

중계방송 도중이었다. 산업계장이 그에게 쪽지를 건넸다. 거기에는 양 팀 선수 명단이 쓰여 있었다. 좋은 자료라고 생각되었다.

"상두리 6번 선수 일단 볼을 멈추었습니다. 그 순간 목욕리 팀 8번 김철수 선수의 반칙입니다. 상두리 팀의 프리킥 되겠습니다. 좋은 위치입니다. 목욕리 팀 선수들은 모두 수비에 가담하고 있습니다. 상두리 팀 좋은 찬스입니다. 골인으로 연결할지 손에 땀을 쥐게 하고 있습니다. 페널티에어리어에서 가까운 위치입니다. 바로 슛할지 아니면 패스해서 슛할지 궁금합니다. 목욕리 팀 선수들은 어깨를 맞댄 채 나란히 서서 밀집 방어를 하고 있습니다. 목욕리 팀 골키퍼 자세를 낮춘 채 바짝 긴장하고 있군요. 드디어 심판이 휘슬을 길게 불었습니다. 상두리 팀 9번 차호진 선수 슛! 그러나 안타깝게 되었습니다. 높이 뜬 볼 골대를 훨씬 넘었군요. 상두리 팀 좋은 기회를 놓치고 말았습니다. 목욕리 팀의 골킥이 되겠습니다. 양 팀 선수들은 중앙선 지점으로 서서히 움직이고 있습니다. 강렬한 햇볕 속에서도 우리 산외의 건아들은 피로한 기색 없이 열심히 뛰고 있습니다. 구슬땀을 흘리는……."

리 대항 축구 대회는 산외에서 해마다 열리는 연례행사였다. 우승팀에게는 상금도 없이 트로피만 돌아가지만, 관심과 참여 의욕은 높았다.

서녘 하늘에 저녁노을이 붉게 타올랐다. 노을은 차츰 검붉은색을 띠어 갔다. 운동장은 사람들이 많이 빠져나가 한산했다. 늦게까지 남아 있는 사람들은 우승을 차지한 정량리와 준우승을 한 목욕리 소속 청년들이 대부분이었다.

그는 목이 잠기어 말을 하기가 힘들었다. 목소리의 톤을 높여 두 경기를 중계방송한 탓이었다.

교문을 빠져나오다 청년들이 웅성거리는 장면을 목격하였다.

"임상구인가 뭔가 허는 그 녀석 말 잘허든디. 싹수가 쪼깨 보이더라구. 누가 아는가. 산외에서 유명헌 아나운서 하나 나올지 말이여. 중학생이라고 혔으니께 그 정도면 잘혔다고 보아야 헌다구. 야무진 구석이 있더구만. 근디 말이여. 목이 쪼깨 아플 것이구만. 혼자 많이 떠들었으니까 말이여."

"무난허게 말을 혔다고 봐야 쓰제. 말만 잘헌다고 싹수가 있다고 보기 어려워. 지금은 옛날과 아주 다르거든. 이광재, 임택근 시대가 아니란 말이시. 지금은 TV 시대 아닌가. 무신 말인고 허니 얼굴이 반반허게 생겨야 쓴다 이 말이여. 카메라를 의식해야 쓴다니께. 상구가 말이여, 예쁘게 생긴 것은 아니지. 그게 문제라구."

"중학교 3학년이라고 혔으니까, 앞으로 활짝 피면 얼굴이 달라지지 않을까?"

"중학교 3학년이면 거의 다 피었다고 봐야제. 더 기대허는 것은 욕심일 뿐이지 가능헌 것은 아니여."

그는 청년들의 말을 듣고 부끄러워 재빨리 전봇대 뒤로 숨었다.

'나에 대해서 관심이 많구만. 기분이 나쁜 것은 아니여. 근디 마음 한 구석이 찝찝허단 말이여. 내가 그렇게 못생겼다는 말인가. 그리어 옛날 허고는 틀리제. 라디오 시대허고 TV 시대허고 다르겄제. 이광재는 라디오 시대의 아나운서였지. 이제 못생긴 사람은 TV에 나와서 인기를 얻기가 어렵단 말이시.'

한참 후 전봇대 뒤에서 나오자 청년들은 보이지 않았다.

'어두워지기 전에 집으로 돌아가자.'

그는 집으로 가기 위해 한길 쪽으로 빠르게 걸음을 떼어놓기 시작했다. 침을 삼킬 때마다 따끔따끔 목이 아팠다. 재수예식장 앞을 통과할 때였다. 한 떼의 청년들이 말다툼하고 있었다.

재수예식장 앞. 다투는 소리로 주위가 소란하다.

청년 1: (삿대질하며) 너 때문에 우리가 목욕리 팀에게 졌단 말이여. 그걸 알기나 허냐?

청년 2: (맞받아 삿대질한다) 그러니께 내가 심판을 엉터리로 보았다 이것 아니여.

청년 1: 알기는 허구만. 그러면 반성을 혀야지. 사과를 혀야 쓴다 이 말이여.

청년 2: 웃기는 소리 말어. 다른 사람들은 이의가 없는디 너만 유독 그러니. 너 나허고 무신 감정 있니? 나는 심판을 똑바로 보았다구. 조금도 양심의 가책이 없다니께.

청년 3: (청년 2를 다독이며) 자가 술 마시고 취했다니께. 이자 다 끝난 거라구. 이의를 제기헐려면 아까먹새 혀야지 이자 와서 무신 소리인가 모르겼당게. 이해혀야 쓰겼어.

청년 1: 나 너허고 감정 없어. 취헌 것도 아니여. 정신 말짱허다니께. 억울허고 분혀서 그러는 것이여.

청년 2: 그럼 뭐가 억울허고 분허니?

청년 1: 후반 10분쯤 되었을 때 우리 상두리 팀의 코너킥인데 왜 목욕리 팀의 골킥을 선언혔지? 이유가 뭐지?

청년 2: 너 취혔구나. 너희 팀이 패스허다 실수혀서 골아웃 된 거라구. 목욕리 팀 선수의 몸에 맞고 공이 코너아웃 된 것이 아니라구.

청년 1: 너는 나쁜 놈이야 새꺄! (달려들어 청년 2의 멱살을 잡는다)

청년 2: (맞받아 멱살을 잡으며) 너 한번 죽어볼래?

청년 3: (두 사람을 떼어놓으며) 씹헐 싸울 거여. 내가 누군지 알기나 허냐구.

청년 1과 청년 2는 씩씩거리다 주저앉는다. 청년 3은 그 가운데 서서 주먹에 퉤퉤 침만 뱉고 있다.

구경꾼들이 하나, 둘 떠나가자, 그도 집을 향해 성큼 발걸음을 떼어놓았다. 어스름이 먹물처럼 풀어져 내렸다.

'나는 왜 못생긴 것일까. TV 시대에 안방을 흔드는 유명헌 아나운서가 될 수 있을까?'

그는 자신이 없었다. 그는 미처 얼굴에 대해 생각하지 못했었다. 말을 잘하고 실력만 있으면 유명한 아나운서가 될 수 있을 것으로 여겨왔다. 그는 하체에 힘이 쭉 빠지는 무력감을 느꼈다.

집으로 들어서자, 식구들은 평상에 앉아 저녁을 먹고 있었다. 그는 씻을 생각도 하지 않고 아랫방으로 가서 길게 누웠다. 몸이 물 먹은 종이처럼 축 처져 아래로 가라앉는 것만 같았다.

'아나운서가 되고 싶었는디 그 꿈을 접어야 쓴단 말인가. TV 시대, TV 시대, 그리어 그 TV 시대가 나를 울린다니께.'

그는 불도 켜시 않고 어둠 속에 누워 몸을 뒤척거렸다.

"상구야, 밥 먹어야지. 무신 일이 있었냐?"

문 앞에서 어머니의 음성이 들렸다.

"생각 없네요."

"그럼 씻기라도 허고 자야지."

어머니는 방으로 들어와 불을 밝혔다.

"알았어요."

그는 어머니가 서 있는 반대쪽으로 돌아누웠다.

"무신 일이야. 이야기혀 봐."

어머니는 그의 어깨를 잡고 흔들었다.

"몸이 아파요. 나가주세요. 혼자 있고 싶어요."

"어디가 아프니?"

"신경질 나게 꼬치꼬치 묻고 그러세요. 몸이 나른허게 아프다니께요."

그는 벌떡 일어나 앉아 어머니를 노려보았다.

"어미헌티 신경질 부리지 말거라. 어미가 무신 죄 있니?"

"괜히 간섭허니까 그렇지요. 저도 다 컸다구요."

"그리어 알았다. 니 마음대로 허거라."

어머니는 돌아서 문을 열고 밖으로 나갔다. 조심스레 돌아서는 어머니의 뒷모습을 보자 측은한 생각이 들었다. 죄 없는 어머니에게 화풀이한 것 같아 마음이 편치 않았다.

'참말로 그렇게 못생긴 것일까?'

그는 거울 앞에 서서 얼굴을 요모조모 뜯어보았다. 작은 귀와 두툼한 입술과 뾰족한 턱과 갸름한 눈매가 거기 있었다.

'그리어 확실히 미남은 아니여. 만약 아나운서가 된다면 이런 얼굴로 TV 시대에 인기를 얻을 수 없을 것이랑게.'

어른이 되어서 꼭 아나운서가 되겠다던 그의 꿈이 흔들리고 있었다. 다시 한번 생각해 보아야 할 것 같았다. 피로가 몰려와 몸이 무거웠다. 그는 자리에 누웠다. 형광 불빛이 파르르 떨고 있었다. 눈을 감았다.

그의 영상 속으로 거대한 산이 와그르르 무너져 내렸다. 천둥소리가 들렸다. 굵은 빗방울이 거대한 산을 혹독하게 난타하고 있었다. 토사가 누런 빗물을 타고 콸콸 쏟아져 내렸다. 그는 토사에 묻혀 몸을 가누지 못하고 허우적거렸다. 시간이 가면서 토사의 양이 엄청나게 불어나기 시작했다. 그는 허위적이며 결사적인 몸부림을 하다 눈을 떴다.

그는 우울의 늪 속에 빠져 있었다. 매사에 의욕을 잃고 무력감 속에 빠져 있었다. 공부도, 노는 것도, 농사일을 거드는 것도 다 싫었다. 학교에 가면 공부에 충실하고 집에 돌아오면 집안일을 보살폈지만, 그의 얼굴에는 생기가 없었다. 누구보다 어머니가 그걸 걱정했다.

"상구야, 너 요즈음 왜 그러니? 어디 아프니? 말을 해보거라잉."

"아픈 데는 없는디요. 그냥 매사에 짜증이 나요. 다 싫어요."

"그럼 안 되는디."

"걱정 마세요. 지 일은 지가 알어서 헐 거라구요."

그는 학교에 가서도 친구들과 어울리기를 꺼려했다. 주로 혼자 자리에 앉아서 멍하니 있거나 아니면 공부를 했다. 영어 단어를 외우고, 수학 문제를 풀어보고. 그렇게 해왔으니까 그렇게 하고 있을 뿐이었다.

글짓기 대회 결과에 대한 시상식이 있다는 사실도 잊고 있었다. 그는 글짓기에 별로 관심이 없었다. 운동장 조회에 참석해 친구들이 수군거리는 소리를 듣고 그 사실을 알았다. 조회대 위에는 시상대가 놓여 있었다. 학생들은 학급별로 종대대형을 유지한 채 시상대 쪽만 바라보고 있었다.

교장 선생님이 조회대로 나오자, 교무주임이 전체 차렷, 이란 구령을 붙였다. 그 구령 소리는 확성기를 타고 학교 주변 일대를 뒤흔들었다. 그는 어깨를 축 늘어뜨리고 맥없이 동작을 취했다. 국기에 대한 경례, 국기에 대한 맹세, 애국가 제창 순으로 국민의례가 진행되었다. 국민의례가 끝나자, 사회를 보는 교무주임이 말했다.

"그럼 교장 선생님의 훈화 말씀이 계시기 전에 지난주 실시한 교내 글짓기 대회 결과에 대한 시상이 있겠습니다."

교장 선생님이 시상대 앞으로 한 걸음 걸어 나왔다.

"운문부 최우수상 3학년 2반 함상수, 우수상 3학년 3반 최상무, 장려상

3학년 1반 임상구…….”

그는 자신의 이름이 호명되는 순간 어리둥절하지 않을 수 없었다. 상을 받을 것이라고는 전혀 예상하지 못한 탓이었다. 운문부 6명, 산문부 6명, 모두 12명을 호명하였다. 그는 시상대로 뛰어나갔다.

시상식이 끝나고 교장 선생님의 훈화 말씀이 이어졌다. 교장 선생님은 글짓기 대회 건에 대해 언급하였다. 사물이나 현상을 예사롭게 보지 말고 유심히 살펴보는 습관을 지녀야 하며 그 느낌을 글로 써보는 학생이 되어야 한다고 강조하였다. 그에게는 교장 선생님의 말씀이 귀에 잘 들어오지 않았다. 그는 열중쉬어 자세를 취한 채 손끝에 상장을 쥐고 연신 만지작거렸다. 손끝에 와닿는 상장의 감촉이 매우 부드러웠다.

교실로 들어오자 반 친구들이 선망의 눈초리로 바라보았다. 친구들은 축하한다면서 그에게 악수를 청하였다.

“장려상 탄 걸 가지고 그러니. 쪼깨 쑥스럽다.”

그는 대수롭지 않게 말했다.

3교시 국어 시간이었다. 시인이라고 알려진 국어 선생님이 그에 대해 언급했다.

“임상구 군은 언어 감각이 뛰어납니다. 자연스럽게 묘사함으로써 농촌 풍경을 잘 건져 올리고 있습니다. 조금만 노력하면 많은 발전이 있을 것 같습니다. 임상구 군은 꾸준히 시를 써보세요.”

그는 시를 많이 써보지 않았다. 칭찬받고 보니 그로서는 얼떨떨한 기분이었다.

수업이 끝나고 집으로 돌아가는 발걸음이 여느 때보다 가벼웠다. 그동안 기분이 착 가라앉아 있던 그에게 글짓기 대회 장려상은 청량음료 같은 역할을 해주었다.

도원교 다리를 건너기 직전이었다. 산외상회에서 나온 순임이가 다리 쪽으로 걸어오고 있었다. 반가웠다. 순임이를 불렀다. 그녀가 소리를 듣고 고개를 돌렸다.

"같이 가자. 심심헌디 잘 되었다."

"……."

순임이는 싱긋 웃기만 할 뿐 대답이 없었다. 그는 순임이와 나란히 걸었다. 가까이 서서 걷자, 이유도 없이 가슴이 두근거렸다.

"상구야, 너는 커서 아나운서가 될래?"

말이 없던 순임이가 침묵을 깨뜨렸다.

"왜 그걸 묻니?"

"들었어. 광복절날 산외국민학교 운동장에서 축구 중계방송을 혔다면서."

"그건 사실이야. 아나운서가 되려고 헌 것도 사실이구. 그러나 지금은 쪼깨 달라."

"그럼 꿈이 바뀌었다는 얘기니?"

"그건 아니여. 망설이고 있어."

"왜 그렇게 되얐제?"

"그럴 이유가 있어."

그는 못생긴 얼굴 때문이라고 말하지 않았다. 이야기의 방향을 다른 데로 돌리고 싶었다.

"순임아, 내가 니 가방 들어다 줄까?"

그의 마음은 진심으로 순임이를 돕고 싶었다.

"괜찮어. 신경 쓰지 마. 무겁지 않다구."

거절을 당하자 조금은 멋쩍은 느낌이 들었다. 그의 순수한 마음은 산산이 부서진 물거품이 되고 말았다.

그는 문득 하나의 꿈을 떠올렸다. 지금처럼 꿈속에서도 두 사람은 나란히 걷고 있었다. 두 사람은 시냇물이 졸졸 흐르는 냇가로 갔다. 길게 이어져 있는 냇둑을 따라 걸었다. 그는 순임이의 손을 잡았다. 순임이는 손을 뿌리치지 않았다. 그녀는 콧노래를 흥얼거렸다. 손에서 짜릿한 전율이 일었다.

"하얀 뭉게구름, 그리고 저 넘실거리는 푸른 물결!"

그녀의 들뜬 목소리였다.

"순임아, 저 안으로 들어가 걸어볼까?"

"저 깊은 디를?"

그녀는 화들짝 놀란 표정을 지었다.

"얕은 곳이 있잖아. 무릎도 닿지 않는 곳 말이여. 더우니께 한번 들어가보자구."

"그리어 얕은 곳은 들어갈 수 있지."

그들은 냇둑 아래로 내려가 찰방거리며 물 속을 걸었다. 물줄기는 넓게 퍼져 완만하게 흐르다 커브 진 곳에서 유속이 빨라지고 있었다. 물 속을 걸어가던 그녀가 어느 순간 뒤로 벌렁 넘어졌다. 그녀는 사람 살려, 라고 외쳤다. 그는 그녀에게로 급히 다가갔다. 그녀의 상체를 잡고 일으켜 세웠다. 그녀의 옷은 물에 흠뻑 젖었다. 그는 그녀를 등에 업었다. 찰방거리며 물 속을 걸어 나왔다. 온열 기구를 붙인 듯 등이 따뜻했다. 기분은 좋았지만 한참을 걷자 거친 숨결이 턱 끝에 닿았다. 끙끙대며 걷다 번쩍 눈을 떴다.

"순임아, 우리 냇가로 가서 쪼깨 쉬었다 가자."

"너 미쳤니."

"더우니께 쪼깨 쉬어가자 이 말이여."

"그렇게 혀봐라. 두 사람이 연애헌다고 산외 바닥에 소문이 쫙 퍼질 것이라구."

"소문이 겁나니?"

"겁난다. 나는 너허고 으슥한 곳에서 단둘이 있고 싶지 않다니께."

"나는 달러. 내가 너허고 니롱내롱헌다고 소문이 나면 좋겄다니께."

"너 완전히 미쳤구나."

"미친 것은 아니여. 한번 혀본 말이지. 근디 순임아, 내가 꿈속에서 너를 보았다. 물에 빠진 너를 업고 나왔다니께."

"니가 나를?"

"그리어 그렇다니께."

"아휴, 끔찍혀. 너 엉큼한 생각 품고 있었구나. 너 이자 나허고 끝이야. 그렇게 알고 있으라구. 너처럼 못생긴 것이 감히 나를!"

순임이는 팩 앵돌아지더니 그를 앞질러 성큼성큼 걸어 나갔다. 거리 간격이 차츰 커졌다. 그는 저만큼 앞서가는 순임을 따라잡지 않았다.

'되되허게 구는구만. 갈 테면 가보라구. 그러면 뭐 별 볼 일 있는 줄

아남.'

혼자 터덜터덜 걷는 기분이 영 젬병이었다. 그는 돌멩이를 발로 툭툭 차면서 앞으로 나아갔다.

'되는 일이 없다니께. 내가 그렇게 못생겼남. 기분이 더럽구만.'

그는 손끝으로 자신의 볼과 턱과 코와 이마와 귀를 어루만졌다.

'붙을 것 다 붙고, 뚫릴 것 다 뚫리고, 있어야 헐 자리에 다 있는디 못생겼다니.'

상장받을 때의 설레던 기분은 어디로 가고 없었다. 집으로 돌아가는 길이 멀게만 느껴졌다. 꽃뱀 모양으로 꼬불꼬불 이어진 길이 능암산 입구에서 꼬리를 감추었다. 팩 성을 내며 앞질러 갔던 순임이의 뒷모습이 시야에서 가물가물 흐려 보였다.

집으로 들어서자 없던 TV가 마루 위에 놓여 있다. 아버지와 어머니와 동생들이 TV 앞에 앉아 있다.

상구: (마루로 올라오며) 무신 TV야?

어머니: 너희들을 위혀서 아버지가 사오신 거란다.

아버지: 이자 남의 집으로 TV를 보기 위해 마실을 갈 필요가 없게 되얐다.

동생 1: (아버지의 팔을 흔들며) 우리 것이 동네에서 제일 새거지? 그치?

아버지: 그런 셈이다. 새것이니께 함부로 하면 안 된다.

동생 2: (아버지를 바라보며) 만지면 안 되지? 고장 나지?

아버지: 만지는 것은 괜찮지만 충격을 주면 안 된다. 발로 차면 안 된다 이 말이여. (동생들은 고개를 끄덕거린다)

상구: 돈 없다고 허던데 어떻게 샀어요?

아버지: 보리 수매 헌 돈으로 구입혔다. 눈 딱 감고 사 버렸어. 저녁마다 남의 집으로 TV 본다고 나가는 니들을 보고 안타까워 구입혔으니께 그렇게 알고 있거라잉.

상구: 글먼 민하동 골짜기에 TV가 10대나 있는 셈이네요.

어머니: 그런 셈이지야. 전체 열두 집 중에서 열 집이 테레비를 갖고 있다니께.

아버지: 곧 컬러 TV가 나온다고 허드라. 그때 칼라 TV를 살까 혔지만 너희들 때문에 사왔다.

상구: (한숨을 쉬며) 이자 완전히 TV 시대가 되었다니께요.

TV 화면에서는 흑인과 백인이 나와서 영어로 떠들고 있다. 알아듣지 못하면서도 식구들 모두 TV 화면에서 시선을 놓지 않는다.

아버지: (TV 화면을 가리키며) 이것이 미국방송이라는 거여. 하루 종일 방송을 헌다고 허든디.

상구: 저도 그건 알아요. 지금은 우리나라 방송도 나오겄는디요. 시간이 다 되었거든요.

아버지: (벽시계를 쳐다보며) 벌써 그렇게 되얐냐. 그럼 한번 틀어보자. (아버지가 채널을 돌리자 선명한 화면과 알아들을 수 있는 우리의 말소리가 TV에서 흘러나온다)

동생들: 야, 멋있다! (손뼉을 치며 기뻐한다)

그는 자리에 누워 몸을 뒤척거리며 잠을 이루지 못했다. 동생들은 곁에서 고운 단잠에 빠져 있었다. 동생들의 숨소리는 낮게 가라앉은 밤의 적막을 흔들어대었다. 방 안에는 농밀한 어둠의 입자들로 가득했다. 그는 큰대로 누워 눈을 크게 떴다. 그러고는 중얼거렸다.

"그래도 길은 있는 것이여."

'순임아, 네가 말한 대로 나는 못생겼다. 그래서 나는 니 가까운 친구가 될 수 없다. 니가 싫다고 허면 나는 니 가까이 가지 않을 것이니께 그렇게 알고 있거라잉. 못생긴 사람은 아나운서가 되어도 별 볼 일 없다고 허드라. 그래서 그 꿈도 포기헐란다. 지금은 이광재, 임택근 시대가 아니니께 말이여. 순임이, 너는 모를 것이다잉. 내가 글짓기 대회에서 상을 받았다는 것에 대해서 말이여. 작가가 되는 디는 얼굴이 필요 없다는 것을 알기나 허냐. 그러나 나는 작가가 되지 않을란다. 그게 싫단 말이시. 글먼 뭐가 되고 싶냐고? 궁금허냐? 나는 판사가 될란다. 공부는 잘허니께 가능허겄지야. 법대를 나와 사법고시에 합격허면 되지 않겄냐.'

3

황무지에서

가을이 오고
낙엽에 쓸려가던
아픈 기억이
겨울의 문턱에 걸려 있는 사연
해변의 묘지는 안다

낯선 땅 황무지
목마른 계절
꿈을 끌어안고
문 틈으로 보이는 세상을 향하여
자전거 페달을 밟으면
몽롱한 현기증
입에서는 자꾸만 쓴 물이 나왔다.

우두커니 앉아 있다가 거칠게 책장을 넘겼다. 그러다가 아예 책을 덮어 버렸다. 의자에서 일어나 방 안을 서성이었다. 그러자 방 바닥에 깔린 희끄무레한 어둠이 너울너울 일렁이었다.

'포기헐 수 없어. 절대 포기헐 수 없다니께. 판사가 되려면 우선 고등학교에 진학혀야 쓴다니께. 학교를 포기허고 주저앉아 농사를 지을 수는 없다구.'

그는 두 주먹을 힘있게 그러쥐었다. 힘이 들어간 팔 근육이 파르르 떨렸다. 큰방에서 작게 흘러나오는 TV 소리가 속삭임처럼 들렸다. 눈을 크게 뜨고 노란 전구를 노려보았다.

'말도 안 되는 소리여. 농사나 지으라구?'

강열한 빛을 발산하는 전구가 아버지의 부릅뜬 눈동자 같았다. 그는 그 전구의 불빛을 압도해야 한다고 생각하고 눈을 더 크게 뜨고 눈동자를 위아래로 굴렸다. 눈동자에 먹먹한 통증이 일었다. 눈을 질끈 감지 않을 수 없었다. 감았다 뜨기를 몇 번 반복한 다음 눈두덩을 손끝으로 지그시 눌러주었다. 그러자 조금 상쾌한 기분과 만날 수 있었다.

'가만히 있으면 안 된다구. 우는 아이 먼저 밥 준다고 혔으니까 말이여. 망설이고 망설이다 시간만 가면 나만 손해라니께. 하루빨리 아버지의 마음을 돌려놓아야 헌다구. 우리가 밥을 굶을 정도로 가난헌 생활을 허고 있는 것은 아니라구. 여유가 있는 것은 아니지만 나 하나 고등학교에 보낼 수 있는 힘을 가지고 있다니께. 내 판단이 틀림없을 것이랑게.'

방문을 열고 밖으로 나왔다. 황구가 큰방 마루 밑에서 기어나와 그의 바지 깃을 핥았다.

'재수 없게 걸리적거리는구먼.'

그는 발로 황구의 다리를 세차게 걷어찼다. 그러자 황구는 꼬리를 사리고 깨갱거리며 마루 밑 제집으로 기어들어 갔다. 큰방에서는 TV에 혼을 빼앗기고 있는지 누구도 문을 열고 내다보지 않았다.

그는 안방으로 들어가기 위해 마당을 지나 마루로 올라섰다. 마룻바닥이 삐거덕거리는 소리를 내었다. 문을 열고 안방으로 들어섰다. 윗목에 놓인 TV 앞에 식구들이 빙 둘러앉아 있었다. 식구들은 방으로 들어선 그에게 아무런 반응을 보이지 않았다. 식구들의 시선은 TV 화면에 착 달라붙어 있었다.

"TV 속으로 기어들어 가게 생겼네요. 내 진학 문제는 아무것도 아닌가요. 나는 농사를 지을 수 없단 말이어요."

그는 볼멘소리로 음성을 높였다. 그러자 TV를 시청하던 식구들이 놀란 표정으로 일제히 그를 응시하였다.

"너 시방 무신 소리를 허고 있냐?"

아버지가 당황하는 표정으로 눈을 슴벅거리며 말했다.

"상구야, 너 시방 흥분혔구나. 아, 그렇게 이야그혔으면 알아들어야지 어쩌자구 들구 깔작거리냐."

어머니는 상구가 무슨 말을 하려고 하는지 감을 잡은 눈치였다. 동생들은 관심 없다는 듯 TV로 다시 시선을 옮겼다.

"나 고등학교 안 보내주면 가만히 안 있을 거니께 그렇게 알고 있으시오잉. 내가 누구요. 상구란 말이라우. 똥고집 상구니께 그렇게 알고 있으시오잉."

그는 천장을 응시하며 허공에 삿대질하였다.

"너 아비에게 협박허냐?"

아버지가 발끈하여 얼굴을 붉혔다.

"니가 이자 아비, 어미도 몰라보는구나. 돈이 원수구나. 어찌 어미는 니를 가르치고 싶지 않겄냐. 니가 그러면 어미 가슴은 무너져 내리는겨."

어머니는 손으로 가슴을 치며 울상을 지었다.

"고등학교에 보내달라 그 말이지, 다른 뜻은 없구만요. 나는 꼭 고등학교에 가고 말 것이구만요."

"아비가 저번에 알아듣게 이야기 안 혔냐. 경제 사정이 어려워서 너를 고등학교에 진학시킬 수 없게 되얐다고 말이여. 그리고 동생들도 가르쳐야 허구 말이여. 동생들도 중학교까지는 가르쳐 놓아야 안 쓰겄냐. 너를 고등학교에 보내면 동생들을 중학교에 보낼 수 없다 그 말이여. 쪽박 살림을 깡그리 처분헐 수도 없고 어떻게 허겄냐. 니가 미워서 그러는 것이 아니여. 경제 사정이 좋지 않아서 그런 것인게 그렇게 알고 있거라잉. 니가 아비를 쪼깨 도와주어야 허겄다."

아버지가 톤을 낮추어 점잖게 그를 달래었다.

"통 귀에 들어오지 않는다니께요. 아버지는 여테까지 남들처럼 돈도 벌어놓지 않고 뭐 혔나요."

"이놈이 이자 못 허는 말이 없구만. 너 방금 뭐라고 혔냐?"

벌떡 일어난 아버지가 다가와 그에게 눈을 부릅떴다. 아버지는 금방이라도 그의 귀싸대기를 후려갈겨 버릴 태세였다.

"마음대로 허세요. 칵 죽어버려야 쓰겄구만요."

그는 울먹이는 음성으로 아버지에게 대들었다.

"아비 마음은 편헐 줄 아냐. 아비 가슴은 이미 산산이 찢어진 걸레가 되어 버렸어, 이놈아! 철없는 놈아! 아무리 그런다고 니가 아비의 아픈 곳을 찔러. 아비도 돈을 벌려고 노력혔다. 담배 하나도 마음대로 피우지 못혔다 이놈아! 너희들 먹이고 가르치려고 술도 끊었구 말이여."

"그건 지도 아는구먼요. 그래서 전주에 있는 학교에 가지 않고 집에서 가까운 대인고등학교에 가려고 허는 거라니께요. 집에서 통학허면 수업료, 차비 외에 뭐가 들어가겄어요. 대인고등학교도 안 된단 말인가요."

"안 된다. 돈이 없단 말이시."

"알았어요. 지가 벌어서 가고 말 것이구만요. 이자 다 필요 없당게요."

그가 침을 튀기며 큰 소리로 말했다. 동생들은 TV를 끄고 앉아 우울한 표정으로 아버지와 그를 겨끔내기로 바라보았다. 어머니는 천장을 쳐다보며 한숨만 내쉬었다. 그는 문을 박차고 밖으로 나왔다.

"돈이 없어서 고등학교도 못 간다는 게 말이나 되나요. 한 마디로 비참허네요!"

울먹이며 토방을 내려섰다. 마당에 발을 내딛자, 포진해 있던 저녁 어둠이 그를 덮쳤다. 그는 어둠 속에서 잠시 방향감을 잃고 서 있어야 했다. 그는 손등으로 눈물 · 콧물을 훔쳤다. 시간이 지나면서 어둠 속에 있던 사물들이 서서히 윤곽을 드러내기 시작했다. 아랫방 문짝이 어둠 속에서 뿌옇게 모습을 드러냈다.

'이자 나는 혼자다. 나는 혼자 진학 문제를 해결혀야 헌다.'

그는 자신이 홀로 이 세상에 버려진 듯한 느낌을 받았다. 이럴 때일수록 튼튼한 다리로 우뚝 서야 한다고 생각했다. 그렇지만 마음대로 몸이 말을 듣지 않았다. 하체에 힘이 쭉 빠지는 무력감이 엄습했다. 휘청거리며 걸음을 옮겼다.

문을 열고 아랫방으로 들어섰다. 스탠드 불빛이 그를 맞았다. 그는 방안을 바장이며 오늘의 문제를 어떻게 해결할 것인지에 대해 생각했다. 뾰족한 수가 떠오르지 않았다. 상황이 아무리 어려워도 그에게는 한 가지 확고한 것이 있었다. 그것은 열 번 생각해 보아도 바꿀 수 없는 확고부동한 것이었다.

'어떤 수를 써서라도 고등학교에 가야 헌다니께. 그리어 바로 그것이란 말이여.'

막막했다. 혼자 돈을 벌어 고등학교를 졸업해야 한다고 생각하자 걸어가야 할 앞길이 망망대해처럼 까마득하게만 느껴졌다. 실제로 망망대해에 홀로 버려져 있는 것만 같았다. 물에 빠져 숨을 헐떡이며 허위적이고 있는 자신의 모습이 떠올랐다. 그때 그의 방으로 어머니가 문을 열고 들어섰다.

"상구야, 일어나보아라."

어머니의 낮게 가라앉은 음성이었다. 그는 아무런 반응을 보이지 않았다. 어머니 쪽으로 등을 대고 돌아누워 꼼짝하지 않았다.

"상구야, 이놈아, 어미다."

어머니는 그의 어깨를 잡고 흔들었다.

"놓으라구요!"

"어미허고 이야기 좀 허자."

"싫단 말이어요. 뾰족헌 수라도 있다는 말인가요."

"상구야, 공부가 다는 아니란다. 이 어미 · 아비도 고등학교 문턱에 가본 적이 없다."

"그때허고 지금허고 시대가 다르잖아요. 고리타분헌 이야기 그만 허세요. 왜 들구 괴롭히세요. 나가라구요."

그는 벌떡 일어나 어머니를 매섭게 노려보았다.

"니가 정 그러면 이 어미가 식모살이라도 혀서 가르쳐주마. 그렇게라도 고등학교에 가면 되지 않겄냐. 어미의 진심인게 그렇게 알고 있거라잉. 이자 속 시언허냐?"

"웃기는 소리 그만 허세요. 그렇게는 배우고 싶지 않아요. 지가 혼자 벌어서 갈 것이구만요."

"상구야, 하늘이 두 쪽이 나도 꼭 고등학교에 가야 쓰겄냐?"

“그렇단게요. 갈 것이구만요. 반드시 가고 말 것이라구요.”

“그럼 꼭 그렇게 고등학교에 가려고 허는 이유가 뭐냐? 뭣 땀시 그러냔 말이여.”

“몸이 약해 노동은 못 허겄어요. 농사일은 힘에 부쳐요. 공부를 열심히 허고 있다구요. 나중에 판사가 되려구요. 쉽게 말허면 성공허려고 그런다니께요.”

“알았다. 그럼 네 마음대로 혀 보거라.”

어머니가 그의 어깨를 다독여 주고는 밖으로 나갔다.

그는 잠을 이루지 못하고 몸을 뒤척이다 소변을 보기 위해 밖으로 나왔다. 화장실을 가려고 할 때였다. 안방에서 도란도란 주고받는 이야기 소리가 들렸다. 말소리의 톤이 높은 쪽은 아버지였고 낮은 쪽은 어머니가 분명했다. 그는 발길을 돌려 살금살금 마루로 다가갔다. 황구가 마루 밑에서 나와 그의 바지 깃을 핥으며 꼬리를 쳤다. 그는 황구의 머리를 쓸어주었다. 그러자 녀석은 그에게 몸을 기대었다. 대문 쪽에서 나뭇가지 서걱이는 소리가 들렸다. 그는 마루에 기대앉아 몸을 잔뜩 웅크리었다. 안방에서 들려오는 말소리에 청신경을 곤두세웠다.

아버지: 당신은 상구 쪽이여?

어머니: 그건 아니구만요.

아버지: 그럼 뭣 땀시 당신까지 그러냔 말이여. 한두 살 먹은 것도 아니면서.

어머니: 상구 녀석이 단단히 각오를 허고 있습디다. 도저히 갸 뜻을 꺾

을 수는 없을 것 같은디요.

아버지: 어쩌고저쩌고할 것이 없다니께. 돈이 없어 못 가르친당게. 동생들도 가르쳐야 허구 말이여. 사정이 딱허니께 이해시켜야지 당신까지 그러면 어떡허란 말이여. 공부가 인생의 다는 아니잖어. 중학교만 나왔어도 갑부가 된 사람이 많다구.

어머니: 밑에 애들이 공부를 잘 헐지도 의문이니 우선 상구부터 가르쳐 놓고 봅시다. 죽은 사람 소원도 풀어준다는 말이 있습디다. 내가 도시로 가서 식모살이라도 혀볼 테니까 한번 가르쳐 봅시다.

아버지: 식모살이? 당신 시방 미쳤구만. 그렇게 애들 가르쳐서 뭐 허겄소. 애들 덕 볼 생각 아예 말아야 헌다니께 그리어. 저그들은 저그들이고 우리들은 우리들이여. 힘닿는 디까지는 가르치지만, 그 이상은 무리라구. 애들헌테 희생헐 필요 없다니께.

어머니: 상구를 고등학교에 보낸다고 혀서 우리가 굶어 죽는 것은 아니잖어요. 돈을 더 못 모아서 그렇지. 그런대로 살아갈 수 있을 것 같은디요.

아버지: 한 주먹도 안 되는 우리 살림인디 어쩌고저쩌고혀 봐, 금세 바닥 날 것이구만. 당신 말대로 그렇게 헌다고 가정혀보자구. 상구 가르치면서 아슬아슬허게 살아가다 집안에 우환이라도 덜컥 나봐. 그땐 어떡헐 것이여. 누가 아프기라도 혀서 큰 병원에 입원허면 어떡헐 것이냐 이 말이여. 그리구 애들은 골고루 가르쳐 놓아야 혀. 그려야 나중에 원망을 듣지 않는다니께. 누구는 자식 아닌감. 사람은 뒷일을 생각혀야 쓴다니께.

어머니: 그러니께 상구를 절대 고등학교에 보낼 수 없다 그것이요? 하

늘이 두 쪽 나도 어렵겠소?

아버지: 당신 말이 너무 극단적이구만. 상구허고 무신 웬수졌소. 하늘 두 쪽 운운허게. 상구도 귀헌 자식이란 말이요. 다만 살림이 어려워서 가르치기 버거울 뿐이지. 상구가 가사일을 조금만 돕는다면 집안 살림이 잘 풀려나갈 것이라구. 이 아비도 농사짓기가 수월헐 것이구 말이여.

어머니: 당신도 어지간허요. 바늘로 이마를 찌르면 피 한 방울 안 나올 것이구만요. 끝내 대답을 안 허네요. 상구가 못된 생각을 품을지도 모르는디 큰일이네요.

아버지: 당신 그게 무신 소리여?

어머니: 죽을지도 모르잖아요. 고등학교 안 보내준다고 쥐약이라도 먹고 칵 죽어 버리면 어떡헐 것이요.

아버지: 입이라고 참 방정맞구만. 재수 없는 소리 그만 허라구. 어디 죽기가 쉬운 것인가. 그 녀석은 절대 죽지 않을 것이구만.

어머니: 돈이 웬수여, 웬수! 돈이 이녁 가슴을 찢어놓는구만.

들려오던 말소리가 끊어지자, 그는 조심스레 마루를 내려서 사타구니를 움켜잡고 변소로 향했다. 손바닥에는 땀이 촉촉하게 배어 있었다. 황구는 눈에 띄지 않았다.

변소를 다녀와 자리에 누웠다. 두 분의 말을 듣고 보니 그의 마음이 착잡했다. 일리가 있는 아버지의 말대로 고등학교 진학을 포기할 수는 없는 것이고 인정이 많은 어머니의 말대로 당신을 식모살이 시키면서까지 고등학교에 갈 수도 없지 않은가.

'그리어 나 스스로 문제를 해결허는 것이여. 쪼깨 힘들기는 혀도 조금만 생각혀보면 어떤 묘책이 있을 것이구만. 일단 고등학교 진학을 보류허는 거여. 중학교 졸업허고 도시로 나가서 공장에 취직혀 돈을 버는 거여. 그럼, 길이 있을 것이구먼. 돈 먼저 벌고 보아야 쓴당게. 그래야 재수혀서 고등학교를 갈 수 있당게. 아니면 공장에 다니면서 야간 고등학교에 입학허는 길도 있을 것이구 말이여. 근디 도시로 나가면 벽에 부딪히는 것이 있어 걱정이구먼. 백이 없어 취업헐 길이 없당게. 아, 생각나는 것이 있구만. 선생님이 알려준 것 같은디 말이여. 도시 공업단지에 가면 공원을 모집헌다는 광고가 거리 곳곳에 덕지덕지 붙어 있다고 혔단 말이여. 긍게 취직도 쉽게 헐 수 있을 것이구만. 괜한 걱정혔다니까. 그리어 뜻이 있는 곳에 길이 있다고 혔어. 나는 그걸 믿는다니께. 아버지, 어머니, 쪼깨 서운허겠지만 나는 집에 붙어 있지 않을 것인 게 그렇게 알고 있으시오잉. 취직혀서 돈을 벌라요. 그렇게 혀서 반드시 고등학교에 가고 말 것이구만요. 알겄지라우? 내가 누구요, 임상구 아니요. 아버지의 큰아들 상구란 말이라우. 상구는 절대로 농사꾼이 될 수 없응게 그렇게 알고 있으시오잉. 똥고집 임상구는 진돗개란 말이요. 물면 놓지 않는당게요. 두고 보시오잉.'

중학교를 졸업하고 나서 날이면 날마다 도시로 나갈 기회만을 엿보았다. 그의 머릿속에는 취직과 돈, 그리고 고등학교라는 낱말만이 살아서 꿈틀꿈틀 움직이었다. 그에게는 하루가 급했다. 그 하루가 그에게는 돈으로 보였다. 하루라도 빨리 취직하면 손에 돈을 쥘 수 있는 시간이 그만큼 앞당겨진다고 생각하고 있었다.

산외 장날이었다. 장에 나왔다가 면사무소 게시판에 붙은 구인 광고를 보았다.

사람을 구합니다.
직종: 면사무소 사환.
자격: 17세 미만의 건강한 남자.
학력: 제한 없음.
보수: 기본급 및 각종 수당 지급.
정직하고 성실한 남자이면 됩니다. 뜻이 있으신 분은
면사무소 총무계 48-6274로 문의 바랍니다.
0000년 0월 0일
산외면장 권종수

그는 면사무소 앞을 지나다 그 광고를 보고 오랫동안 서성이며 떠나갈 줄을 몰랐다. 그의 입장에서 자격 조건에 걸리는 것은 없었다. 다만 보수가 적다는 것과 친구들이 가까이 있는 산외 땅에서 사환 노릇을 할 때 나타날 자존심의 훼손이 문제였다. 친구들은 깔끔한 교복을 입고 고등학교에 다니는데 그만 혼자 사환 노릇을 한다면 사람들이 입을 가만히 두지 않을 것이었다.

'딱허게 되얐구만. 공부를 잘 헌다고 허던디 말이여.'

어른들은 모였다 하면 입방아를 찧어댈 것이었다. 사람들이 보내올 시선에 신경이 쓰였다. 그는 한참 동안 그런 생각을 하다가 자신이 처해 있는 긴박한 상황을 깨달았다. 하루라도 빨리 취직해서 돈을 벌어야 내년에 고등학교에 갈 수 있을 것이었다. 찬밥 더운밥을 따질 때가 아니었다. 보수가 적지만 용돈을 줄이고 최대한 저축한다면 그 돈으로 고등학교 가는 데 필요한 입학금과 수업료 일부를 충당할 수 있다고 판단했다. 그렇게 충당하고 조금 모자라는 돈이 있다면 부모님께 매달려 협조를 구할 생각이었다.

그는 용기를 내었다. 면사무소 정문 안으로 들어섰다. 걸어가다가 잠시 서서 자신의 용모를 위아래로 내리훑었다. 흙이 덕지덕지 묻은 운동화, 우중충한 검정 바지, 그리고 땟국이 흐르는 회색 잠바. 그는 자신의 차림이 남루한 정도는 아니지만 꾀죄죄하기 이를 데 없다고 생각했다.

'그냥 가는 거여. 사환이라면 약간 꾀죄죄헌 것이 좋을지도 모른다구.'

청사 안으로 들어가 총무계를 물었다. 아가씨가 가리키는 손끝 지점에 총무계장님인 듯싶은 신사가 앉아 펜으로 글씨를 쓰고 있었다. 다가가 인사를 건네자, 신사가 그를 위아래로 내리훑었다.

"어찌 왔지?"

"광고를 보고 왔는디요."

"그래?"

신사가 반갑게 그를 맞았다. 신사는 그에게 악수를 청했다. 그는 악수하는 신사의 손이 매우 부드럽다고 느꼈다. 그는 신사의 안내를 받아 면장실로 들어갔다. 면장과 수인사를 나눈 뒤 탁자를 가운데 놓고 마주 앉았다. 그는 낯선 면장실에서 바짝 긴장하지 않을 수 없었다. 몸이 딱딱하게 굳어가는 것만 같았다. 면장이 하늘만큼 높아 보였고 그와 반비례해서 자신은 초라하게만 느껴졌다. 그는 면장실에서 면장이 신사에게 호칭 쓰는 것을 보고 신사가 총무계장이라는 사실을 확인할 수 있었다.

"잘 말씀드리라구. 면장님이 채용 여부에 대한 최종 결정을 내리니까."

그의 옆에 앉은 총무계장이 그의 팔을 다소곳이 잡아주었다.

면장: 학생 이름이 뭐지?

상구: 임상구이구만요. 학생이 아닌디요. 금년에 중학교를 졸업혔구만요. (그는 머리를 손으로 만진다)

면장: 그리어, 졸업했으니까 학생은 아니지. 집은 어디야?

상구: 정량리 민하동이구만요.

면장: 아버지 이름은?

상구: 임자 금자 식자이구만요.

면장: (알 것 같다는 듯 고개를 끄덕거리며) 광고를 보았겠지만, 보수가 적은디 근무헐 수 있겄어?

상구: 가능허구만요.

면장: 면사무소 숙직실에서 자야헌다구. 그러니까 24시간 근무허는 셈이지. 밥 먹고 오는 시간 외에는 계속 면사무소에 있어야 허거든. 온갖 잡심부름을 다 허는 거야. 집이 멀어서 밥 먹고 다니기가 어렵겄는디. 밥 먹고 오는 시간이 40분 이상 걸리면 안 되거든. 가능헐까?

상구: 가차운 평사리에 큰집이 있어라우. 거기서 밥 먹고 다니면 될 것 같은디요.

총무계장: (면장을 응시하며) 큰집이 있어요. 저도 알지오.

면장: 그럼 되었네. 문제가 없구만. 함께 생활혀 보자구.

상구: 고맙구만이라우.

면장: (악수를 청하며) 잘 지내보자구. 조금 힘들 거야.

총무계장: (그의 어깨를 다독이며) 내일부터 당장 나오라구. 그럴 수 있겄는가?

상구: (빙긋 웃으며) 그렇게 허겄습니다.

돈을 보아 고등학교에 진학해야 된다는 생각 때문에 면사무소 사환이란 자리에 취직되었다는 부끄러움이나 수치스러운 마음은 어디로 가고 없었다. 창피스럽다는 생각에 앞서 내년이면 고등학교에 당당히 진학할 수 있다는 자긍심이 고개를 들었다. 큰집에서 밥을 먹고 다니면 되기 때문에 어머니나 아버지에게 부탁할 만한 것은 없었다.

면사무소에서 사환이 해야 할 일이 한둘이 아니었다. 그 사안들이 고도의 지식과 기술을 요하는 것이 아니지만 일거리들이 많다 보니 그로서는 여간 고통스러운 것이 아니었다. 아침에 일어나면 숙직실과 사무실 청소하기, 사무실 난로 피우기, 낮에는 심부름하기(담배 사오기, 밤에 술 사오기, 문구 사오기, 면장 댁에 고기 배달하기, 총무계장 댁에서 도시락 가져오기, 마을에 이장 불러오기, 이장 댁에 공문 전달하기, 지서에 공문 전달하기, 군청에서 공문 가져오기 등), 전언통신문 받기, 등사하기, 공문 대필하기, 매일 숙직하기, 면장 자전거 닦기, 우물 소독하기 등. 그는 매일 피로감을 느꼈다. 그런 중에도 그는 손에서 책을 놓지 않았다. 고등학교 진학이라는 낱말을 머릿속에서 지워 본 적이 없었다.

손으로 눈을 비비며 자리에 일어나앉았다. 벽시계는 아침 6시를 가리키고 있었다. 여느 때보다 약간 늦잠을 잔 셈이었다. 그는 주섬주섬 옷을 꿰어 입었다. 같이 숙직한 면사무소 직원은 오른쪽으로 돌아누워 드르렁 드르렁 코를 골았다. 직원의 몸에서는 술 냄새가 진동했다. 그는 코를 싸쥐고 조심스레 밖으로 나왔다. 찬바람이 목덜미를 후비고 들어 옷깃을 재빨리 여몄다. 면사무소 마당에는 종잇조각들이 어지럽게 굴렀다. 그는 그 종잇조각들을 보고 잔뜩 얼굴을 찌푸렸다.

'싸가지 없는 것들이 많이도 굴러다니네. 언제 저 걸 깨끗이 치운대여. 보통 일거리가 아니랑게.'

그는 신발을 신고 그 종잇조각들을 신경질적으로 걷어찼다. 종잇조각들은 바스락거리며 구겨져 모래 사이에 박히거나 아니면 바람을 타고 깃털처럼 날다가 면사무소 울타리 밑으로 곤두박질치곤 하였다.

열쇠로 면사무소 본청 출입문을 열고 안으로 들어섰다. 사무실 바닥은 어지럽게 널린 종이쪽지들로 지저분했다. 제일 먼저 할 일은 난로에 불을 피우는 일이었다. 신문지와 나무 조각과 조개탄을 준비하기 위해 창고로 갔다. 실내에 불을 밝혔다. 창고 안은 퀴퀴한 냄새로 가득했다. 천장에는 거미줄이 어지럽게 걸려 있었다. 나무 조각과 조개탄을 삽으로 떠서 양동이에 담았다. 조개탄과 나무 조각을 따로따로 담은 두 개의 양동이를 양손에 들었다. 도망치듯 창고를 나와 사무실로 향했다.

난로 밑에 신문지를 찢어 깔았다. 그 위에 나무 조각을 놓았다. 밑불을 잘 피워야 조개탄에 쉽게 불이 붙는다. 나무 조각 위에 조개탄을 부었다.

그런 다음 성냥을 그어 신문지에 불을 붙였다. 입으로 호호 불자 불은 금세 긴 혀를 내밀고 널름널름 타올랐다. 그러면서 검은 연기가 난로 밖으로 기어나왔다. 연기가 얼굴을 덮치자, 눈동자에 아릿한 통증이 전해졌다. 눈물이 줄기차게 흘렀다. 그는 쪼그려 앉은 자세에서 눈을 비비다 몸을 벌떡 일으켜 세웠다.

"아휴, 매워, 징허구만!"

그는 아침마다 난로를 피우며 이렇게 눈물을 흘려야 했나. 부채로 부치며 한참을 공들이면 조개탄에 불이 붙는다. 조개탄에 불을 붙이기가 쉬운 것만은 아니다. 그는 약간의 기술이 필요하다는 것을 경험으로 알고 있었다.

조개탄에 불이 붙었다고 생각했을 때 그는 사무실 바닥을 비로 쓸기 시작했다. 책상 밑에는 종잇조각, 담배꽁초, 이쑤시개, 성냥개비, 기안 용지들이 널려 있었다. 면장실과 본청 사무실을 비로 쓸고 나자, 이마에서 구슬땀이 흘렀다. 다음에는 대걸레를 빨아 바닥을 닦았다. 바닥을 닦자 금세 대걸레가 까맣게 변했다. 그렇게 하기를 여러 차례. 맨 나중에 손걸레로 책상을 닦는다. 어깨와 허리에 뻐근한 통증이 오면 닦기가 거의 끝났음을 감지한다. 매일 그래왔다.

실내 청소가 끝나자, 대비를 들고 면사무소 마당으로 나왔다. 대비로 바람에 쓸리는 종이들을 쓸어모았다. 그러자 콘크리트 바닥에서 풀썩풀썩 먼지가 일었다. 먼지가 일어나는 것을 최소화하기 위해 비가 움직이는 행동반경을 줄여 조심조심 쓸었다. 쓸고 지나간 자리에는 비질 자욱이 선명했다. 그에게는 그 비질 자욱이 중요한 의미가 있었다. 비질 자욱이 없으면 총무계장이나 면장으로부터 청소를 대충 했다는 지적을 받기 일쑤였다. 면사무소 마당은 꽤 넓은 편이다. 마당을 비로 다 쓸고 나자, 몸에서 열기가 느껴졌다. 마당을 다 쓸고 난 뒤 화단가 벤치에 앉아 잠시 휴식을 취했다. 손바닥에는 끈적하게 땀이 나 있었다. 몸의 열기 때문인지 추위는 거의 느낄 수 없었다. 차가운 아침 공기가 상큼하게 피부에 와닿았다. 그는 깊게 숨을 들이쉬며 심호흡을 했다. 파란 하늘 저편으로 새들이 날아갔다. 그의 시선은 훨훨 날아가는 새들의 뒤를 좇았다.

'저 파란 하늘은 얼마나 넓은가. 새들은 저 광활한 하늘을 훨훨 날 수 있어 얼마나 좋은가. 나는 이게 뭔가. 종이나 마찬가지인 최하위 사환이라니. 처량헌 내 신세. 저 넓은 하늘에 비하면 이곳은 얼마나 좁은가. 답답허다. 나는 사각 건물 속에 갇힌 작은 새이다. 꿈꾸는 작은 새. 그리어 나는 내 꿈을 이루고 말 것이라니까. 그리하여 넓은 세상을 훨훨 날아다닐 것이라구. 그동안에는 어렵고 힘들어도 이를 물고 참아야 헌다니께.'

그는 앉아 있던 벤치에서 몸을 일으켰다. 쓸어 모아 놓은 휴지 조각들을 쓰레받기에 담아 변소 뒤 소각장에 버렸다. 모아 놓고 보니 휴지 조각들이 꽤 많았다. 성냥을 그어 휴지 조각들을 소각시키려다가 중지했다. 청사 안에 있는 쓰레기통들을 옮겨다가 소각장에 붓고 소각하는 일을 빠뜨렸기 때문이었다. 청사 안으로 뛰었다. 소각장에서 청사까지는 멀지 않은 거리였다. 피워놓은 난로는 뜨겁게 달구어져 있었다. 벌건 불꽃이 날로 틈으로 고개를 내밀고 혀를 날름거렸다. 그는 재빨리 난로의 공기구멍을 아예 닫아 버렸다. 그렇게 해야 조개탄의 열기가 오래 지속된다는 것을 알고 있었다. 그는 난로 위에 물 주전자를 올려놓았다.

쓰레기통들을 들어다가 소각장에 모두 붓자, 휴지 조각들이 소복하게 쌓였다. 하루 동안의 쓰레기치고는 많은 편이었다. 쓰레기에 성냥을 그어 불을 붙이자, 휴지 조각들이 벌겋게 타오르기 시작했다. 막대기로 쓰레기 속을 휘휘 저어주었다. 그러자 불꽃은 더 거세게 타올랐다. 소각장 둘레에 굴러다니는 휴지 조각들까지 주워다가 모두 태웠다. 바짝 마른 휴지 조각들을 벌건 불꽃이 아가리를 벌리고 덥석덥석 받아먹었다. 휴지 조각들을 모두 집어삼키는 데는 오랜 시간이 걸리지 않았다. 훨훨 타오르던 불꽃이 작게 수그러지면서 연기가 까맣게 솟아올랐다.

그는 빈 쓰레기통들을 들고 청사로 향했다. 손등에는 검댕 자욱이 까맣게 묻어 있었다. 청사 안으로 들어서자, 난로 옆 의자에 앉아 신문을 보고 있는 사람이 있었다. 그의 출현에도 불구하고 그 사람은 신문에 시선을 박은 채 꼼짝하지 않았다.

"일어나셨나요?"

그가 먼저 인사를 건넸다.

"응."

같이 숙직한 직원은 무뚝뚝하게 대답할 뿐 미동조차 하지 않았다. 그 사람은 그의 존재를 전혀 의식하지 않고 있는 듯한 태도였다.

"일찍 일어났구만. 수고허네. 힘들지?"

'이런 따뜻헌 말 한마디 건네면 어디가 덧나나. 참, 더럽구만. 청소나 허는 사환 나부랭이는 사람으로 보이지도 않는 모양이구먼. 사환이니께 천헌 사람이지. 그러니께 그런 태도를 보일 거라구. 아니꼽고 밸이 꼴리지만, 어쩔 것이어. 나는 보잘것없는 사환 아닌가 말이여. 참고 견디어야 쓴다니께. 고등학교를 꼭 가야 허니께 말이여. 그래도 쪼깨 속이 상헌 것은 사실이구먼. 참 더러운 세상이구만. 퉤, 침이라도 뱉아주고 싶지만 참아야 쓴당게.'

그는 쓰레기통을 제자리에 놓고는 청사 밖으로 나왔다. 그에게는 아직도 할 일이 남아 있었다. 숙직실 방으로 들어갔다. 방에는 그와 직원이 자고 나간 이부자리가 그대로 깔려 있었다. 윗목에는 소주병이 나뒹굴고 있었다. 그는 이불을 개기 시작했다. 그러다가 동작을 멈추고 우뚝 서서 이부자리를 노려보았다. 직원이 빠져나간 이부자리에서 확 술 냄새가 풍겨왔다. 그는 코를 싸쥐었다. 험한 인상을 짓지 않을 수 없었다.

'자기가 덮고 잔 이불을 개고 나가면 안 되나. 사환은 직원이 덮고 잔 이불까지 개어주어야 허나. 그러니께 사환은 직원들의 밑구멍까지 닦아주어야 헌다는 이야그 아니여. 참말로 너무들 허는구만. 자기가 덮고 잔 이불은 자기가 개는 것이 기본 아니여. 아무리 어른이라고 허지만 되게 싹수없네!'

"이게 뭐여, 시방!"

그는 신경질적으로 이불을 걷어찼다.

'불쾌허지만 돈을 벌려면 어쩔 수 없당게. 어떤 궂은일도 나는 해낼 수 있당게.'

그는 울며 겨자 먹기식으로 팽개쳐진 이불을 끌어가다 개기 시작했다. 이불을 개어 벽장 속에 차곡차곡 쌓았다. 방 안에서는 술 · 니코틴 냄새가 코를 찔렀다. 재떨이 비우기, 방 쓸기, 술병 치우기, 방바닥 닦기, 숙직실 마룻바닥 닦기 등. 숙직실 청소도 간단하지 않았다. 숙직실에 붙은 작은 골방 바닥도 쓸고 닦았다. 골방 구석에 놓인 작은 책상 위에는 그가 보던 책들이 가지런하게 놓여 있었다. 그는 저녁이면 이 골방에서 공부하곤 했다. 푸른 꿈이 넘실거리는 먼 미래의 광장을 상상하며.

숙직실 청소가 끝나자, 세숫비누를 들고 우물가로 갔다. 칫솔로 이를 닦자, 구역질이 났다. 칫솔을 너무 깊이 넣었기 때문이라고 생각했다. 대충 이를 닦았다. 비누를 팔과 얼굴에 바르고 문질렀다. 푸푸거리며 찬물을 얼굴에 끼얹자, 찬 냉기가 피부를 쿡쿡 찔렀다. 현기증이 일었다.

'왜 이러지. 건강에 문제가 있는 것 아닐까. 이런 적은 없었는데. 힘이 들어서 그럴 거야.'

수건으로 얼굴의 물기를 닦았다. 우물가에 앉아 목뒤를 지그시 눌러주었다. 한참 쉬고 나자, 현기증은 씻은 듯 사라졌다. 그때야 그는 몸을 일으켰다.

9시가 가까워지자, 직원들이 출근하기 시작했다. 그는 아침을 먹기 위해 자전거를 타고 평사리에 있는 큰집으로 향했다. 면사무소에서 큰집까지는 자전거로 5분 거리이다. 뱃속에서는 자꾸만 꾸르륵거리는 소리가 났다. 뱃가죽이 등에 착 달라붙어 있었다.

'아까 일어난 어지럼증은 배가 고파서 그랬던 것 아닐까. 맞어. 틀림없을 것이구만.'

큰집에 도착하자 큰어머니가 그를 반겼다. 큰어머니는 언제나 마음이 너그럽고 다정하신 분이었다. 식구가 하나 더 늘어 고역스러울 텐데도 불구하고 큰어머니는 내색하지 않았다. 인내와 끈기가 있는 부드러운 여인. 한국적 여인상. 큰어머니는 그랬다. 큰어머니가 우리 어머니였으면 좋겠다는 생각을 여러 번 했다. 식구들끼리 말다툼을 해 집안에 저기압이 형성되어 있을 때도 큰어머니는 절망적 몸부림을 하지 않았다. 약간 우울해하는 표정, 그게 큰어머니가 표출한 감정 표현의 전부였다. 속에서는 가슴을 찢는 울화가 치밀어 올라왔을 텐데도 큰어머니는 그런 내색을 하지 않았다. 그런 분위기 속에서도 큰어머니는 논으로 밭으로 부엌으로 뛰었다.

"반찬이 없는디 밥을 먹을 수 있을지 모르겄다."

식구들이 밥을 다 먹고 난 뒤여서 혼자 독상을 받았다. 식구들이 밥을 먹고 난 뒤 다시 상을 차린다는 것은 여간 힘든 일이 아닐 것이었다. 그런데도 큰어머니는 그런 힘든 내색을 하지 않고 반찬이 없다면서 그를 걱정해 주었다.

"걱정허지 마세요. 반찬이 많은디요. 맛있구요."

그는 배가 고팠던 터라 허겁지겁 밥을 먹었다.

"저런, 배가 고팠구나, 쯧쯧."

큰어머니는 안되었다는 듯 안타까운 표정을 지으며 혀를 찼다. 밥에 김치를 놓아 입에 넣고는 우물우물 씹다가 콩나물 국물을 떠넣자, 음식물이 식도를 타고 아래로 쑥 내려갔다. 대체로 그는 게 눈 감추듯 밥을 빨리 먹는다. 큰어머니는 식사 때마다 더 먹으라며 공깃밥을 디민다. 그럼 마지못해 공깃밥을 서너 숟갈 먹는 수가 있다.

수저를 놓고 일어섰다.

"상구야, 밥 더 먹어라. 막 자랄 때는 많이 먹어주어야 허는 겨."

"배부른디요."

먹다 남긴 공기밥에서는 김이 모락모락 피어올랐다. 그는 큰어머니의 마음이 김만큼이나 따뜻하겠다고 생각했다.

밥을 먹고 큰집을 나와 자전거에 올랐다. 자전거를 타고 평사리 골목을 빠르게 빠져나왔다. 자전거를 타고 가면서도 중얼중얼 영어 단어를 외웠다. 그러다가 어느 순간 자전거가 둔탁한 소리를 내며 담장에 부딪쳤다. 순간 아찔한 전율이 그를 휘감았다.

"앗!"

그는 비명을 지르며 자전거에서 퉁겨져 나와 담장 밑에 나뒹굴었다. 이마에 먹먹한 통증이 전해졌다. 이마를 손으로 문지르며 조심스레 몸을 일으켰다. 손에 들었던 영어 단어장은 시궁창에 박혀 있었다. 그는 먼저 손을 뻗어 영어 단어장을 집어 들었다. 물과 흙이 묻은 부분을 담장에 쓱쓱 닦았다. 신속하게 처리했기 때문에 일부분만 잉크가 번졌을 뿐 단어장은 말짱한 편이었다. 단어장을 주머니에 쑤셔 넣었다. 어디 다치지 않았는지 몸에 신경이 쓰였다. 이마가 얼얼할 뿐 다른 통증은 없었다. 이마를 더듬자, 손에 도드라진 부분이 감지되었다. 피는 묻어나지 않았다. 다행이다 싶었다. 자전거를 일으켜 세웠다. 자전거를 잡고 흔들어 보았지만, 기계에 손상이 간 부분은 발견되지 않았다.

그는 자전거에 올라 페달을 힘차게 밟았다. 굴러가던 바퀴가 돌멩이에 걸릴 때마다 덜거덕거리는 소리를 내며 몸체가 심하게 흔들렸다. 그때면 그는 핸들을 잡은 양손에 힘을 가하며 더 세게 손잡이를 움켜잡았다. 그러고는 앞을 똑바로 바라보았다.

면사무소 청사로 들어서자, 총무계장이 그를 부른다. 그는 이마를 만지며 총무계장 앞으로 다가간다.

총무계장: (놀란 표정으로) 이마가 왜 그러는가?

상구: 자전거를 타고 오다 넘어졌구만요.

총무계장: 조심혀야지. 자네 밥 먹으러 간 동안 시끄러웠네.

상구: 무신 일인디요?

총무계장: 면장님이 화를 내신 거야. 청사가 깨끗이 되어 있지 않다고 소리치셨다니까.

상구: 청소 깨끗이 혔는디요.

총무계장: 면장님 마음에 안 들었던 모양이야. 자네 소각장에 불도 소화시키지 않고 밥 먹으러 갔지?

상구: 거의 다 꺼졌을 틴디요.

총무계장: 불나면 누가 책임질 거냐며 호통치셨다구. 자네 잘못 지도헌다고 우리 계장님들만 혼났네.

상구: 죄송허구만요.

면장이 담배를 물고 면장실에서 나온다.

면장: (눈을 크게 뜨고 상구를 바라보며) 자네 정신 있나 없나. 소각장에 불씨를 남겨서 청사에 불이 나면 자네가 책임질 건가?

상구: (고개를 숙인 채) 죄송헙니다. 앞으로는 그런 일이 없도록 허겄구먼요.

면장: 그것뿐이 아니여. 면장실 청소가 거의 안 되고 있어.

상구: 쓸고 닦고 재떨이도 비우고 다 혔는디요.

면장: 말이 많구만. 청소허는 것이 마음에 안 든다 이 말이여. 알아듣겄는가?

총무계장: 면장님, 앞으로 그런 일이 없도록 제가 잘 지도허겄습니다. (주눅이 들어 고개를 주억거린다)

면장: 총무계장도 똑바로 근무허시오잉. 요즈음 구멍이 많이 보입디다. 적당히 비위만 맞추려고 허지 말고 제대로 근무허라 그 말이요. 힘들면 그만두고!

총무계장: (고개를 숙인 자세로) 네, 잘 알겄습니다. 명심허겄습니다.

사무를 보던 직원들이 일을 멈추고 멍청히 앉아 딱딱하게 굳은 표정을 짓고 있다. 면장의 불똥이 자신들의 발등에 떨어질까 전전긍긍하고 있는 표정이다.

면장: (그를 바라보며) 상구도 힘들고 허기 싫으면 그만두라고. 억지로 다닐 필요는 없으니까 말이여. 밥도 먹으러 갔으면 빨리빨리 오라구. 자네가 없으면 심부름을 누가 허겄는가.

상구: 알겄구만요. 말씀을 명심허겄구만요.

면장은 재떨이에 담배를 비벼 끈다. 그러고는 면장실 출입문을 신경질적으로 소리 나게 열고는 안으로 들어간다. 직원들이 살았다면서 긴 숨을 내쉰다.

총무계장: (잔뜩 화가 난 표정으로) 상구 자네 근무허는 건가, 노는 건가. 여기가 어디 놀이터인 줄 아나. 아침 사건이 자네 때문에 일어난 일 아닌가.

상구: 앞으로는 지 때문에 생기는 그런 일이 없을 것이구만요.

총무계장: (담배를 피우며) 가보라구. 쳐다보기도 싫네.

상구는 총무계장에게 꾸벅 인사를 하고 청사 밖으로 나간다.

그는 면사무소 마당에 있는 돌멩이 하나를 세차게 걷어차 버렸다. 그러자 돌멩이는 포물선을 그리며 날아가더니 면사무소 정문(철문)에 세차게 부딪쳤다. 쨍, 하는 소리에 움찔 놀라지 않을 수 없었다. 누가 보지 않았나 싶어 고개를 좌우로 두리번거렸다. 그러다가 그는 바로 자기 뒤에서 있는 호적계장을 발견하였다. 그는 멋쩍어 머리를 긁었다.

"면장헌티 꾸중을 들어서 화가 날 거야. 그래도 참으라구. 사회는 그러는 곳이니까 말이여. 그런 일이 어디 한두 번인가."

호적계장은 빙긋 웃으며 그의 어깨를 다독거려 주었다.

"죄송헙니다."

"아니야. 나는 이해허네. 마음을 크게 먹으라구."

호적계장은 읍내에 간다면서 밖으로 모습을 감추었다.

그는 숙직실 마루 벽에 기대앉았다. 그를 대하는 총무계장이나 면장의 태도가 좀 심하다는 생각이 들었다.

'나도 17세인디 그렇게 함부로 대헐 수 있어. 너무 헌 것 아니여. 나에게도 밸과 자존심이 있다 그 말이여. 여러 사람이 보는 앞에서 당혔으니 무신 챙피냐 그 말이여. 당장 그만두고 나가는 거야. 여그 아니면 돈 벌디 없나. 아니여. 그래도 참아보아야지. 다른 데 가면 여기보다 더 심헐지도 모른다구. 단단헌 땅에 물이 고인다고 혔으니까 말이여. 참아야 쓴당게. 근디 말이여. 면장이 왜 가끔 발작을 허는지 모르겄당게. 청소를 그 정도면 잘헌 거지 얼마나 더 깨끗이 허라 그 말이여. 청소 때문이 아니고 다른 이유가 있는 것 아니여. 직원들이 면장에게 술을 사지 않고 명절날 떡값을 바치지 않아서 그런다고 허던디 말이여. 누군가 그렇게 말혔다니께. 두 귀로 똑똑히 들었다니께. 누가 어디서 그렇게 말혔는지 기억이 잘 나지 않지만 내 귀로 들은 것은 사실이라니께. 맞어, 그것 때문에 그럴지도 모른다구. 맨맛헌 나만 구박허는 이유가 그것 때문인지 모른다구. 참말로 더럽구만. 구역질이 난다니께. 다른 친구들은 지금쯤 책상에 앉아 영어나 수학을 공부하고 있을 것인디 나는 이게 무신 신세여. 돈, 그리어 바로 그 돈만 있었으면 나도 고등학교에 진학혔을 것인디 말이여. 내 처량헌 신세. 이 임상구가 불쌍허고 처량허게 되었다니께.'

눈시울이 얼얼해지면서 전방 시야가 가물가물 흐려보였다. 얼굴을 벽 쪽으로 돌리고 눈가를 손등으로 쓱 훔쳤다.

'약해지면 안 된다니께. 어떤 어려운 일이 닥쳐도 견디어 내어야 쓴당게. 그렇게 혀야 내년에 진학헐 수 있다구.'

그는 이를 다그쳐 물었다.

그는 늘 밤을 기다리곤 하였다. 그 이유는 일을 끝내고 편히 쉴 수 있다는 것 때문이기도 하지만 그보다는 밤에 책을 보며 입시 공부를 할 수 있다는 것이 더 큰 이유였다. 그는 특별한 일이 없으면 저녁을 먹고 와서 면사무소 숙직실 골방으로 간다. 그곳에서 영어와 수학 등 문제집을 풀어본다. 그가 공부를 하는 동안 당직 직원은 숙직실에서 TV를 본다. 그러니까 면사무소에는 그와 당직 직원 두 사람만 남은 셈이다. 그는 골방이 좋았다. 자기만의 공간에서 미래를 꿈꿀 수 있어 좋았다. 2평 정도의 좁은 방이다. 앞뒤, 좌우로 모두 벽뿐이다. 낮에도 불을 켜지 않고는 아무것도 할 수가 없는 곳이다. 신문지를 발라논 벽에서는 얼룩덜룩 땟국이 흐른다. 처음 들어가면 퀴퀴한 냄새가 코를 찌른다. 깨끗하게 단장된 숙직실과는 대조적이다. 그가 그 골방에서 매일 밤 공부를 할 수 있는 것은 아니다. 숙직실에서 직원들이 고스톱을 치고 놀면 제대로 공부를 할 수 없다. 일주일에 두 번 정도 그런 일이 생긴다.

골방 책상에서 수학책을 끌어안고 끙끙대며 문제를 풀고 있을 때였다. 왁자하게 떠드는 소리가 숙직실에서 들렸다. 문만 하나 열면 바로 숙직실이었으므로 그 소리는 명징하게 들렸다.

'또 왔구만. 재수 없게시리.'

그 떠드는 사람들이 누구인지 목소리만 듣고도 유추해 볼 수 있었다. 그래도 그는 신경 쓰지 않기로 하고 책에 눈을 박았다. 한참 문제를 풀고 있을 때였다. 노크도 없이 골방문이 갑자기 열렸다.

"상구야, 나와 봐라."

산업계장이 골방으로 얼굴을 디밀었다.

"네."

그때야 그는 책을 덮고 숙직실로 나왔다. 예상대로였다. 밖에서 술을 마시고 들어온 직원들이 휘청거리며 화투를 찾았다. 그는 직원들에게 오셨냐고 짧게 인사하고는 벽장 속에서 화투를 꺼내주었다. 그러자 직원들은 모여앉아 담요를 깔고는 그 위에 화투를 풀었다. 그들은 입을 가만히 두지 않았다. 몇 점에 얼마, 광 팔기, 설사, 어쩌고저쩌고하면서 떠들어대었다. 그는 직원들이 고스톱을 치기 시작하자 골방으로 들어갔다. 책을 펴고 아까 풀다 만 문제에 매달렸다. 그러나 그는 제대로 정신을 집중시킬 수 없었다. 숙직실에서 들려오는 소리가 정신을 혼란스럽게 만들었다.

'더럽게 떠드는구만. 술을 마셨으면 집으로 갈 일이지 뭣 땀시 숙직실로 와서 공부를 방해허냐 그거여. 그리어 혀 보자고. 아무리 떠들어도 나는 공부헐 수 있으니까 말이여. 귀를 종이로 꽉 틀어막아 버리면 된다니까.'

그는 좋은 수를 떠올렸다는 생각에 빙긋 웃었다. 그러고는 종이를 말아 귓속에 밀어 넣기 시작했다. 양쪽 귀를 종이로 막자, 숙직실에서 들리는 소리가 완전히 차단되었다. 그는 다시 수학책을 보고 문제를 풀어나갔다.

문제를 풀다가 문을 열고 골방에 나타난 산업계장을 보고 놀라지 않을 수 없었다. 그 사람은 그에게 삿대질하며 눈을 부릅떴다. 입을 달싹거리며 떠들어 대었지만, 일체 그의 귀에는 들리지 않았다. 그는 재빨리 귓속에 박힌 종이를 빼내었다. 그러자 그 사람의 말소리가 파도처럼 귓속으로 밀려 들어왔다.

"너는 너고 우리는 우리다 그런 이야기냐. 그렇게 불렀는디도 못 들은 척하기냐. 귀찮다 이거지. 술 먹고 와서 떠들며 노니께 기분 나쁘다 이거지."

"많이 불렀는가요?"

"열 번도 더 불렀다구. 소리소리 질렀다구."

"귀를 막고 있어서 진짜 못 들었어요. 미안허네요."

"불쾌허구만. 귀를 막으면서까지 우리를 배척혀야 쓰겄어."

"그게 아니구만요. 저는 자주 귀를 막고 공부허거든요. 계장님들이 싫어서 그런 게 아니라구요."

"너 말이여 아주 기분 나쁜 녀석이여. 좋게 봐주려고 혔더니 오늘 보니까 영 틀렸어. 싹수도 없구먼. 너 여그서 공부허게 되어 있는 줄 알어. 여기가 어디 도서관인 줄 알어. 싫으면 그만두라고. 너 말고도 사람은 많이 있다구."

"그렇지 않아도 공부허다 곧 나가려고 혔거든요."

"너는 밤에도 근무허고 있다는 것을 알아야 헌다. 근무 중에 책 볼 수 있니?"

"죄송허네요."

"술 심부름허는 것도 하나의 일이라구. 그걸 알기나 허냐?"

"알고 있구만요."

"그럼 맡은 바 책임을 다 혀야 헐 것 아니여. 귀를 종이로 막고 있으면 되냐 그 말이여."

"산업계장, 너무 심허게 허지 말라구."

호적계장이 산업계장의 팔을 잡고 한쪽으로 끌었다.

"더러워서! 사환은 사람도 아닌가!"

그는 산업계장이 모습을 감추자 거칠게 책장을 덮으며 치미는 울화를 터뜨렸다. 그 말을 숙직실에 있던 직원들은 못 들었는지 아무 반응이 없었다.

"상구 참으라구. 산업계장이 술을 많이 마셨으니까, 상구가 이해허라구.”

산업계장을 밖으로 끌고 나갔던 호적계장이 다가와 그의 손을 잡았다. 다른 직원들은 소리 지르며 고스톱을 치느라 정신이 없었다. 그 멤버 속에 산업계장은 없었다.

“못 들어서 그랬다구요. 들었다면 왜 내가 그냥 앉아 있겠어요.”

“알았다구. 그 이야그는 그만허자고. 가서 소주나 한 병 사와. 소주 사오라고 불렀던 거니까.”

“알았구만요.”

그는 호적계장에게서 돈을 받았다. 호적계장은 그의 어깨를 다독거려 주었다. 그는 돈을 들고 숙직실을 나왔다. 밖으로 나오자, 우물가에서 산업계장이 담배를 피우고 있었다. 그는 못 본 척 고개를 모로 돌린 채 정문 쪽으로 걸음을 옮겼다. 정문 주위는 환하게 불이 밝혀져 있었다. 정문을 벗어나 가게가 있는 쪽으로 걸었다. 술 심부름을 하는 그의 기분은 참으로 묘했다. 신세가 처량하게 느껴지고 존재가 미천하다는 생각이 들면서 자꾸만 눈물이 나오려고 하였다.

‘돈이 무엇이지? 왜 돈이 나를 슬프게 만들지?’

그는 돈이 원망스러웠다. 손에 쥐어진 돈을 길거리에 팽개치고는 당장 집으로 가 버리고 싶었다. 그때 문득 머리에 떠오르는 것이 있었다. 고등학교에 진학, 진학……! 바로 그것이었다.

‘가난헌 집에서 태어났는디 어떻게 헐 것이여잉. 집에 가봐도 뾰족헌 수가 없다니께. 그리어 참아야 쓴다구. 참고 견디면 돈이 모아지고 그러면 계획대로 고등학교에 진학헐 수 있을 것이구만.’

4

출항지에서 생긴 일

태인은 항구다
여객 터미널 뒤편 공중변소 뒤
유난히 파도가 높았다
배는 출항하다
암초에 걸렸다
갑판 위로 나온 승객들
발을 굴렀다
태인 폭력배 소탕 작전 기사가 실린
중앙일간지 ㅇㅇ일보
파도에 동동 떠다녔다
뱃고동 소리 들리는 바닷가 교실
늘 불안이 출렁거렸다
수부들은 물속으로 들어가
암초를 쪼았다
기항지는 안개에 가려 보이지 않았다

어머니가 마루 위에서 마늘을 까고 있다가 집으로 들어서는 상구를 보고는 반갑게 맞이한다.

어머니: 상구구나. 어서 오거라.

상구: 집에는 별일 없나요?

어머니: 별일 없다.

상구: (마루 위로 올라와 어머니 앞에 서며) 뵙지요. 인사드려야지라우.

어머니: (손을 내두르며) 아니다. 그냥 앉거라. 무신 인사다냐.

상구: 인사드릴게요. (무릎을 꿇고 엎드려 절을 올린다)

어머니: (고개를 약간 숙이며) 인사 안 혀도 된다니께.

상구: (무릎 꿇은 자세로 앉으며) 아버지는 어디 가셨어라우?

어머니: 나무를 허러 가셨다. 잘 앉거라잉. (상구의 무릎을 토닥인다)

상구: 면사무소 사환 그만두었구만이라우.

어머니: (밝은 표정으로) 잘혔다. 니가 원해서 헌 것이지만 어미는 평

소 마음이 좋지 않았어.

상구: 곧 고등학교 입학시험이 있당게요. 시험 준비를 혀야 허거든요.

어머니: 그리어 니 마음대로 허거라. 니가 벌어서 가겄다는디 어떻게 말리겄냐. 그러나저러나 그동안 수고혔다. 궂은일을 해 내느라 고상혔어. 고등학교에 갈 학비를 벌기 위해 면사무소 소사 자리를 마다하지 않고 니 스스로 목돈을 만들었으니 장허다. 아버지도 마음이 달라지셨다. 너보고 보통 놈이 아니라고 허드라. 힘닿는 디까지는 너를 돕는다고 허시더라.

아버지가 푸나무를 등에 지고 마당으로 들어선다. 그걸 본 상구가 자리에서 몸을 일으킨다. 푸나무를 담장 밑에 부린 아버지가 마루에 걸터앉는다.

아버지: (이마 위의 땀을 수건으로 훔치며) 왔구나.

상구: 힘드시지라우?

아버지: 나이가 있어서 그런지 쪼깨 힘이 든다.

상구: 마루로 올라오세요. 인사드려야지라우.

아버지: 됐다. 그냥 앉거라잉.

상구: 아니구만요. (아버지의 팔을 잡아당긴다)

아버지: (마루 위로 올라와 바른 자세로 앉으며) 그리어, 그럼 한번 혀봐라.

상구: (엎드려 절을 올리며) 저 상구 아주 돌아왔구만요.

아버지: (약간 고개를 숙였다가 상구를 바라보며) 면사무소 생활이 힘들었지야. 바르게 앉거라잉.

상구: 자존심 상허는 일이 많이 있었지만 이를 물고 참았구만요.

아버지: 아비는 짐작허고 있었다. 그렇지만 니가 자청혀서 간 것이기 땜시 참아낼 줄 알었다. 그러니께 면사무소 일은 완전히 그만둔 거니?

어머니: (깐 마늘을 바가지에 담으며) 그만두었다요. 고등학교에 가려면 입학시험인가 뭔가 허는 것을 보아야 허지 않겄소.

아버지: 그렇제. 시험을 볼 때가 되었제.

상구: (부시럭거리며 주머니에서 통장과 도장을 아버지 앞에 내놓으며) 이것이 근 일 년 동안 번 돈이구만요. 아버지가 보관허고 계세요. 지가 고등학교에 갈 때 쓸 입학금과 수업료구만요. 고등학교에 가게 되면 3년 동안 밥만 먹여주세요. 집에서 다닐거니께요. 수업료는 이걸로 충분허당게요.

아버지: (통장을 펴보더니 돈의 액수를 보고 놀라운 표정을 짓는다) 네 학비는 충분허겄다. 수고혔다. 이 돈은 니 피와 땀이 아니겄냐. 아비가 3년 동안 먹여주마. 그런 것은 걱정 말거라.

어머니: (손등으로 눈가를 찍어내며 울먹한 표정으로) 니가 어미 · 아비를 잘못 만나 고생헌다. 그 돈을 버느라 엄청 힘들었을 것이다잉. 어미는 니가 당한 고통을 알 것 같단 말이시. 면사무소 사환으로 들어갔다가 한 달도 못 참고 나온 사람들이 많다든디 말이여.

아버지: 큰집 큰아버지나 큰어머니께도 인사드려야 헌다. 고마우신 분들이니께. 너를 근 일 년 동안 공짜로 밥을 먹여준 것이여. 그 은혜를 잊지 말거라.

상구: 알았구만요.

고등학교 입학시험을 보는 날이었다. 날씨는 맑았으나 기온이 낮아 활동하기가 불편했다. 그는 두툼한 잠바를 입고 입학시험에 응했다. 시험을 잘 보라고 어머니가 넣어주신 엿 뭉치로 인해 주머니가 묵직했다. 그는 볼록한 주머니를 연신 만지작거렸다.

"시험을 잘 보고 오거라잉."

엿을 넣어주시던 어머니의 얼굴이 떠올랐다.

2교시 시작을 알리는 벨이 울렸다. 그는 연필을 손에 꼭 쥐고 앉아 2교시에 들어올 감독 선생님을 기다렸다.

아버지, 어머니, 동생 1, 동생 2. 방에 앉아 고구마를 먹고 있다. 문구멍으로 보이는 바깥은 하얀 설경이다. 함박눈이 꽃잎처럼 내려앉고 있다. 상구가 머리와 어깨에 묻은 눈을 털며 방 안으로 들어선다.

상구: (아랫목에 깔아놓은 담요 속으로 발을 넣으며) 꽤 추운디요.

아버지: 입시철에는 항시 날씨가 쌀쌀허니라. 니 표정을 보니께 입학시험 결과가 좋게 나온 것 같은디 말이여. 어떻게 나왔냐잉?

어머니: 그리어 오늘 발표헌다고 혔지. 합격은 했겠지야?

상구: 물론이지라우. 대인고등학교는 시골 학교여서 경쟁률이 약허다니께요. 어지간허면 다 들어갈 수 있어라우. 나는 운이 좋아서 2등으로 합격혔어라우.

어머니: 오매 경사구만잉. 참말로 2등혔냐?

상구: 그렇당게요. 입학금을 면제혀준다고 혔어라우.

아버지: (활짝 웃으며) 고생헌 보람혔다.

어머니: (벌떡 일어나 너울너울 춤을 추며) 어이 기분 좋다! 내 새끼가 2등혔당게.

아버지: (상구의 머리를 쓸어주며) 잘혔다. 앞으로 공부나 열심히 허거라잉. 힘닿는 디까지는 너를 가르칠 것인 게.

동생 1 · 동생 2: 우리 형 최고다, 최고! (큰 소리로 외친다)

산외에서 태인까지는 버스로 50분 거리이다. 통학 거리치고는 꽤 먼 거리이다. 그는 일찍 밥을 먹고 나와 첫차를 기다렸다. 마을 앞에서 서성이며 한참을 기다리자 버스가 종산리 쪽에서 모습을 드러냈다. 입학식 첫날의 등굣길! 생각만 해도 가슴이 울렁거렸다. 얼마나 간절히 기다려 왔던가. 입고 싶었던 검정 교복과 쓰고 싶었던 검정 교모. 그는 머리끝에서 발끝까지 온통 까만 자기 모습을 위아래로 내리훑었다.

'내가 이 교복을 입기 위해 면사무소에서 인간 이하의 대접을 받으며 고생헌 것을 사람들은 모를 것이구만. 내가 면사무소를 그만두었으니께 그 뒤를 잇는 사람이 직사허게 고생헐 것인디 말이여. 세상은 불공평허다니께. 똑같은 사람인디 누구는 괄시 받고 누구는 아부 받고 말이여.'

버스가 와서 멎었다. 차내는 헐렁하게 비어 있었다. 그는 버스 가운데 부분에 앉았다. 차창에는 뿌옇게 김이 서려 있었다. 손등으로 쓱 문지르자, 바깥 풍경이 손바닥만 하게 다가왔다. 키 재기를 하는 산들이 빠르게 다가왔다 사라졌다. 비포장도로를 달리는 버스가 심하게 흔들렸다. 팔을 엇걸어 팔짱을 끼고는 창밖에서 시선을 떼지 않았다.

'고등학교는 중학교와 무엇이 다를까. 규율부 형들이 무섭게 허지는 않을까. 집에서 통학허기가 힘들지는 않을까.'

평사리를 지나자, 사람들이 많이 차에 승차하였다. 차가 만원이 되자 나중에는 승객을 싣지 않고 달렸다. 차체의 진동이 있을 때마다 사람들이 물결처럼 흔들렸다. 여기저기서 비명이 들렸다.

'매일 이렇게 고생을 헌다면 큰일이랑게. 무신 수가 있는 것도 아니구 말이여. 그리어 가보는 디까지 가보자구.'

태인 버스 터미널에서 하차하여 잠시 어리둥절한 표정을 지어야 했다. 서너 번 다녀간 적이 있겠지만 터미널 풍경이 매우 낯설었던 것이다. 터미널은 많은 사람들이 벌 떼처럼 붐볐다. 방향감을 상실하고 잠깐 서성이다가 대인고등학교가 있을 것으로 여겨지는 쪽을 향해 걸어갔다.

화려하게 진열해 놓은 가게들을 지나자, 삼거리가 나왔다. 전봇대가 있는 곳에서 오른쪽에 있는 도로를 따라 걸었다. 산 밑에 엎드려 있는 흰색 건물이 시야에 들어왔다.

'다 왔구만. 저그가 대인고등학교란 말이시.'

건물만 보아도 가슴이 설레었다.

그는 정문 앞에 서서 교사 전경을 경이로운 눈으로 바라보았다. 시골 학교라고 하지만 대인고등학교라도 다닐 수 있게 되었다는 것이 그로서는 여간 다행스러운 것이 아니었다. 정문에서 시작된 긴 진입로에는 미루나무가 두 줄로 길게 이어져 있었다.

그는 정문으로 들어서다 철로 만들어진 문짝을 손으로 만져보았다. 파랗게 도색된 철문은 그의 손끝에 매끄러운 감촉으로 다가왔다.

'참말로 부드럽네 그리어잉. 멋있기도 허구 말이여. 이 문을 열고 들어오기가 그렇게 쉬운 것만은 아니더라구.'

정문을 통해 등교하는 형들이 가방을 들고 진입로를 따라 빠르게 걸어갔다. 그는 형들이 자신을 자꾸만 쳐다본다고 생각했다. 그래서 그는 정문 안쪽 향나무가 있는 곳으로 갔다. 진입로에서 떨어진 한적한 곳이었다. 거기 벤치에 앉았다.

'여기서 기다려야 헌다구. 입학식이 끝나면 교실을 배성해 준다고 혔으니까 말이여.'

벤치에 앉아 있자 운동장이 한눈에 들어왔다. 운동장은 직사각형 모양으로 꽤 넓었다. 운동장에서 어슬렁거리는 학생들이 많이 눈에 띄었다. 그처럼 입학식에 참석하기 위해 나온 신입생들일 것이라고 생각했다.

3월인데도 날씨가 제법 쌀쌀했다. TV에서는 꽃샘추위라고 연일 떠들어대었다. 바람이 지나갈 때마다 오싹오싹 한기가 느껴졌다. 그는 목을 잔뜩 움츠리고는 바르르 몸을 떨었다.

'시방은 3월 아닌가. 춥다고 허면 안 된단 말이여. 겨울의 강추위에 비하면 이것은 새 발의 피라구. 가슴을 펴야 헌다니께. 춥다 춥다 허면 더 추우니께 말이여.'

그는 가슴을 펴고 깊게 숨을 들이쉬었다. 그러자 가슴 속이 시원하게 느껴지면서 상쾌한 기분과 만날 수 있었다.

'그리어 공부에 전념하는 거여. 열심히 공부혀서 꼭 서울대학교 법학과에 들어가야 된다니까. 자랑스런 졸업생이 되어야 헌다니께. 노력허면 되는 거라구.'

그는 두 주먹을 힘 있게 그러쥐었다.

"잠시 후에 신입생 입학식이 거행되겠습니다. 재학생과 신입생 여러분들은 지금 즉시 운동장으로 모여주시기 바랍니다. 조회대에서 바라볼 때 오른쪽에는 재학생, 왼쪽에는 신입생 여러분이 집합하여 주시기 바랍니다. 전 선생님들께서도 운동장으로 나와 주시기 바랍니다."

확성기에서 나온 안내 방송이 운동장 일대를 뒤흔들었다. 그는 벤치에서 일어나 운동장으로 향했다. 학생들이 교실에서 떼 지어 몰려나왔다. 운동장이 금세 검은색 물결로 넘실거렸다. 전체 회장인 듯한 형이 조회대에 올라가 구령을 붙였다. 열중쉬어, 차렷, 앞으로나란히, 우향우, 좌향좌, 앉아, 일어서 등 구령 소리는 굵직하면서도 절도가 있었다. 신입생들도 그 형의 구령에 따라 줄을 섰다. 보기 좋게 대형을 갖추는 데는 오래 걸리지 않았다. 신입생과 재학생들이 바둑판 모양으로 질서 있게 줄을 서자 그때야 선생님들이 모습을 나타내었다.

그는 대형 속에 서서 형들과 신입생 친구들과 선생님들을 유심히 살폈다. 재학생 형들은 조금도 흐트러짐이 없이 똑바로 서 있었다. 주위를 기웃거리며 웅성웅성 떠드는 신입생들과 대조적이었다.

국민의례, 신입생 입학 현황 개요, 신입생과 재학생 맞절, 학교장 인사, 담임 소개순으로 입학식이 거행되었다. 쌀쌀한 날씨 탓인지 교장 선생님은 인사말을 짧게 했다. 교장 선생님께서 말씀하신 이야기의 핵심은 실력이 있는 학교의 전통을 잘 이어 가야 한다는 것이었다. 그에게는 실력이 있는 학교라는 말이 가슴에 와닿았다.

입학식이 끝나고 바로 교실로 입실했다. 교실은 1층 맨 끝 매점 옆에

위치해 있었다. 그가 교실 안으로 들어섰을 때 이미 많은 친구들이 입실해 있었다. 그는 맨 뒤 빈자리에 가서 앉았다. 몸을 움직이자 마룻바닥이 삐거덕거리며 요란한 소리를 내었다. 책상 표면에는 낙서들이 어지럽게 쓰여 있었다. 휘휘 둘러보아도 낯선 친구들뿐이었다. 교실 안은 웅성웅성 떠드는 소리로 가득했다. 머리와 교복이 까만색이어서 교실 안이 우중충하게 어두웠다. 빈자리가 없이 학생들이 모두 입실을 끝냈을 때였다. 출석부를 든 선생님이 무표정한 얼굴로 들어오더니 교탁 앞에 서서 학생들을 하나하나 일별해 나갔다. 교실 안은 금세 고요한 정적 속으로 빠져들었다. 그도 바짝 긴장하지 않을 수 없었다. 친구들은 허리를 막대기처럼 꼿꼿하게 세우고 앉아 꼼짝하지 않은 채 선생님만 물끄러미 바라보았다.

"너 일어나!"

선생님이 갑자기 그를 가리켰다. 그는 벌떡 일어났다. 다리가 오들오들 떨렸다.

"이름이 뭐야?"

"임상구라고 합니다."

그는 땀직땀직 큰 소리로 말했다.

"2등으로 들어왔지. 맞지?"

"네, 그렇습니다."

친구들의 시선이 일제히 그에게 쏠렸다.

"자세 봐라. 누가 눈깔 돌리라고 그랬나."

교실은 딱딱하게 착 가라앉은 분위기였다. 냉혈 동물처럼 선생님은 차가운 냉기를 뿜었다.

"열중쉬어, 차렷, 경례!"

선생님의 구령 소리가 교실 안을 울리었다. 구령에 따라 일제히 인사를 올리자, 선생님이 정중하게 인사를 받았다.

"오늘은 반장이 없어서 그 역할을 내가 했다."

선생님은 돌아서 칠판에 장영준이라고 크게 썼다. 고딕체 글씨에서 강직함을 읽을 수 있었다.

"이건 내 이름이다. 나는 미혼이다. 그리고 내 전공은 수학이다. 질문 있나?"

"선생님의 연세는 어떻게 되었습니까?"

한 학생이 일어나 용기 있게 물었다.

"삼십 안 넘었다. 그렇게 알고 있어라."

선생님은 서성이며 한동안 말이 없었다. 그러다가 무겁게 입을 열었다.

"지금부터 출석을 부르겠다."

선생님은 출석부를 펼쳤다. 그는 임상구라고 호명했을 때 힘차게 대답했다. 손바닥에는 촉촉하게 땀이 배어 있었다.

자기 번호 받기, 번호에 따라 자리 배정 받기, 교과서 다섯 권 받기, 청소 구역 지정 받기를 끝내자, 벽시계는 11시를 가리키고 있었다. 밖의 차가운 날씨와 달리 실내에는 따스한 기운이 감돌았다.

수업을 하지 않은 관계로 학교 일정이 일찍 끝났다. 교과서를 들고 집으로 가기 위해 미루나무가 서 있는 진입로를 빠르게 빠져나갔다. 그는 정문에 이르러 잠시 걸음을 멈추고 뒤돌아서서 학교 전경을 눈여겨 바라보았다. 산 밑에 기다랗게 엎드려 있는 흰 건물이 청순한 이미지로 다가왔다.

'나는 오늘부터 대인고등학교 학생이란 말이시. 새가 둥지 속을 드나들 듯 나는 이 학교에 매일 왔다 가야 헐 운명이라구.'

그에게는 흰 교사가 새의 둥지처럼 포근하고도 안락한 느낌으로 다가왔다. 대인고등학교 학생이 되었다는 자랑스러움과 뿌듯한 희열감을 가슴에 안고 몸을 돌이켰다. 버스 터미널을 향해 걸었다. 거리에는 많은 차들이 꼬리를 물고 빠르게 질주해 갔다. 쇼핑백 속에 넣어 들고 가는 책 다섯 권이 돌덩이처럼 무거웠다. 인도를 걷는 사람과 어깨를 부딪치기도 하였다. 그러면 그는 살짝 고개를 숙이며 죄송하다는 몸짓을 표했다.

"자, 떨이요, 떨이! 오늘 장사 일찍 끝내고 들어갈라요. 나중에 후회허시지 말고 시방 하나씩 골라잡으시오잉. 기회는 딱 한 번, 태인 바닥 자주 찾는 것 아니니께 그렇게 알고 있으시오잉. 며느리 빤스, 시아버지 팬티 다 있당게요."

떨이를 외치는 소리가 골목을 흔들었다. 구수했다. 그곳에는 사람들이 많이 모여 있었다. 사람들 옆으로 까만 개울물이 촐랑거리며 흘러갔다.

버스 터미널에는 많은 사람이 붐볐다. 대합실에 있는 긴 의자에는 빈자리가 없이 사람들로 가득 메워져 있었다. 낯선 사람들뿐이었다. 대합실 구석에 서 있다가 버스가 도착할 때마다 달려나가 산외 가는 차인지 행선지를 살폈다.

산외 가는 버스는 좀처럼 모습을 드러내지 않았다. 낯선 터미널 주변 풍경을 기웃거리며 서성거리고 있을 때였다. 갑자기 나타난 청년 3명이 그의 앞을 가로막았다.

“너 이리 따라와!”

가죽 잠바가 가까이 다가와 그를 향해 손끝을 까닥거렸다.

“누구신디요? 뭣 땀시 그런가요잉?”

그는 겁먹은 표정으로 말했다.

“이거 순 촌놈이구만. 까불면 죽을 줄 알어. 빨리 따라와.”

가줌 잠바가 앞장을 서서 걸었다. 다른 두 청년은 그의 곁에서 위협적인 표정을 지으며 빨리 따라가라는 고개짓을 하였다. 그는 힘에 밀려 움직이지 않을 수 없었다. 가죽 잠바의 뒤를 따라 터벅터벅 걸음을 옮겼다. 누구 하나 청년들을 제지하는 사람이 없었다.

‘깡패인지 모른다. 도망가야 헌다.’

언뜻 그런 생각이 들었다. 주위를 두리번거렸다.

“어디 쳐다보나. 빨리 가지 않구.”

뒤따라오던 청년이 목에 힘을 주고 목소리를 깔았다. 순간 도망가려는 마음을 간파당한 것만 같아 그의 가슴이 철렁 내려앉았다. 가죽 잠바는 버스 터미널 뒤편으로 걸음을 옮겼다. 사람들의 발길이 뜸한 곳이었다. 그는 직감적으로 따라가면 안 된다는 생각이 들었다.

“뭣 땀시 그런가요잉? 여그서 이야그 허시지오.”

그는 가던 걸음을 멈추고 서서 가죽 잠바를 빤히 쳐다보았다.

“뭐여 시방, 그러니께 따라오지 못허겄다 이거구만. 십 헐 그럼 안 좋지!”

가죽 잠바가 그를 쨧쨧이 쳐다보며 위협적으로 말했다.

"괜찮어. 뭣 좀 물어보려고 그렁게 걱정 말고 가자구."

그의 옆에 서 있는 콧수염의 사내가 싱긋 웃으며 부드럽게 말했다. 왠지 그에게는 콧수염의 눈꼬리에 실린 미소가 소름 끼치도록 싫었다. 아니 무서웠다.

"자, 빨리 가자구."

안경을 낀 또 다른 사내가 그의 팔을 잡고 뒤에서 밀었다.

"놓으시오잉. 지 발로 걸어갈 것인게요."

더 이상 버틸 수 없음을 깨닫고는 소가 도살장에 끌려가는 기분으로 걸음을 옮겼다. 자꾸만 가슴이 작게 오그라들었다. 가슴이 답답해지면서 숨이 막혀왔다. 그가 헉헉 숨을 몰아쉬자 콧수염이 그의 어깨를 다독거려 주었다.

"똘마니, 너무 긴장허지 마라구. 죽이지는 않을 것인게 말이여. 알겄나?"

"그래도 쪼깨 무서운디요. 지는 죄가 없단 말이라우."

"이거 순 겁쟁이구만. 따라오라면 따라오지 무신 말이 많나."

가죽 잠바가 그를 쏘아보며 몰강스럽게 말했다. 그들은 그를 화장실 뒤 으슥한 구석으로 데리고 갔다. 쓰레기 더미들이 소복소복 쌓여 있었다.

"너 돈 있으면 내놓아!"

순간의 동작이었다. 가죽 잠바가 멱살을 잡고 그를 화장실 벽에 밀어붙이더니 눈을 부릅떴다.

"너 말 안 들으면 죽여 버릴 거여."

이번에는 콧수염이 그의 턱을 손끝으로 치켜들며 냉갈령스럽게 말했다.

"너 우리가 누군 줄 알어. 까불면 너 절단나는 수가 있어. 고분고분허게 말을 안 들으면 이거라구."

안경이 주머니에서 칼을 꺼내더니 그의 목에 바싹 들이대며 자르는 시늉을 했다. 순간 그는 몸을 바르르 떨었다. 아찔한 전율이 전신을 훑고 지나갔다. 등허리에 식은땀이 주르르 흘렀다.

"돈이 쪼깨밖에 없는디요."

"그거라도 빨리 내놓아."

가죽 잠바가 멱살을 세차게 움켜잡고 바짝 조여왔다.

"멱살을 놓아야 돈을 꺼내지라우."

그는 떨리는 음성으로 작게 말했다.

"모두 꺼내야 혀. 만약 주머니를 뒤져서 더 돈이 나오면 죽여 버리는 거야."

가죽 잠바가 느슨하게 멱살을 풀었다. 완전히 손을 떼지 않고 그가 몸을 약간 움직일 수 있을 정도의 자유를 허락할 뿐이었다. 그는 주머니에 손을 넣어서 지폐와 동전을 모두 꺼내어 가죽 잠바 앞에 내밀었다. 총 12,500원. 그게 전부였다.

"이 새끼 돈을 감추고 있는 것 아니야. 기분 나쁘게 그렇게 쪼깨 돈을 가지고 다녀."

가죽 잠바가 돈을 빼앗아 자신의 주머니에 쑤셔 넣었다.

"주머니를 뒤져봐야 쓰겄구만. 너 돈 나오면 죽는 거야."

가죽 잠바의 말이 떨어지기 무섭게 안경과 콧수염이 그의 주머니를 뒤지기 시작했다. 가죽 잠바가 그의 멱살을 바짝 조여왔다. 그는 숨쉬기가 거북해 헉헉거려야 했다.

"거지네요, 거지!"

"이거 허탕이잖아."

주머니를 뒤져도 더 이상 돈이 나오지 않자, 콧수염과 안경이 허탈한 표정으로 신경질을 부렸다.

"야, 이것 도장 좀 찍어주고 가야 쓰겠다. 그냥 보내면 서운해 헐 것이니께 말이여."

가죽 잠바가 콧수염에게 씩 웃으며 말했다.

"그러자구. 너 어디서 입 벌리고 다니면 알지, 이것!"

콧수염이 그의 목에 손을 대며 자르는 시늉을 했다.

"알았구만요."

그가 고개를 끄덕거렸다.

"알기는 무얼 알어 이 개새끼야! 돈이나 많이 가지고 다니라구. 그래야 우리도 먹고 살 것 아니겄냐."

안경이 몰풍스럽게 말을 받더니 갑자기 주먹으로 그의 복부를 질렀다. 그는 아이쿠, 소리를 내면서 주저앉았다.

"엄살떨지 마 새끼야!"

이번에는 가죽 잠바가 발끝으로 그의 어깨를 걷어찼다. 그는 비명을 지르며 나동그라졌다. 복부와 어깨 부위의 살이 뜯겨 나가는 것만 같은 통증이 찾아왔다. 이어서 둔탁한 소리와 함께 허벅지에 강한 통증이 전해졌다. 까만 구둣발을 본 것과 통증이 전해진 것은 거의 동시였다. 그는 허벅지를 움켜잡고 신음을 토해내었다. 손에 들고 있던 책들은 그의 주위에 어지럽게 흩어져 있었다.

"도장을 찍어주려면 아주 콱 찍어주어야지."

"그러자구. 뭉개 버리자구."

둔탁한 소리들과 함께 그의 머리와 가슴과 배와 허벅지에 송곳으로 찌르는 듯한 통증이 전해졌다. 발길질이 빗발처럼 쏟아진다고 생각했다. 그는 연속 비명을 질렀다. 그러던 어느 순간 그는 몽롱한 의식 속으로 빠져들었다.

아버지는 대비로 마당을 쓸고 있다. 그리고 어머니는 걸레로 마루를 닦고 있다. 상구가 절룩거리며 마당으로 들어선다. 마루를 닦던 어머니가 그걸 보고 화들짝 놀란다.

어머니: (마루에서 급히 내려오며) 상구야, 무신 일이냐?

상구: 다쳤구만요.

아버지: (대비를 마당에 던지고는 다가와 상구의 팔을 부축한다) 다치다니. 학교에 갈 때는 말짱하였지 않느냐. 그런디 다치다니.

어머니: (아버지와 함께 상구의 팔을 부축하며) 예삿일이 아니구만. 이건 뭐시다야. 이마와 눈가가 시퍼렇구만. 내 아들을 누가 때렸당가잉.

상구: 온몸이 다 아파요. 죽겄당게요.

마루로 올라와 상구는 앉아 있지 못하고 벌렁 누워 버린다. 상구의 몸은 물 먹은 종이처럼 흐물흐물 퍼져 있다. 끙끙 앓는 소리를 내며 고통스러워한다. 그의 교복은 온통 흙투성이다. 머리맡에 어머니와 아버지가 근심스러운 표정으로 앉아 있다.

어머니: (상구의 팔을 잡고 흔들며) 상구야, 이야그 쪼깨 혀봐라. 속 터져 죽겄다잉. 너를 때린 사람이 누구냐 그 말이여.

상구: 학교에서 집으로 돌아오다……(생략)……. (울먹한 목소리로 모든 것을 사실대로 말한다. 그러고는 눈물을 훔친다)

아버지: 터미널 주변에 깡패가 많다고 허드라. 조심혀야 허는디 네가 당혔구나. 어떻게 집에 올 차비는 있었냐?

상구: 사놓은 버스표가 있었구만이라우.

어머니: 신고혀야지라우. 경찰에 알려야 쓴당게요.

아버지: 시방 그것이 문제인가. 후딱 상구를 입원시키든가 무신 조치를 취허야 헌당게.

어머니: 그러네용. 우선 상처 먼저 치료를 혀야지라우.

아버지: (상구의 손을 잡고 흔들며) 상구야, 병원으로 가자. 읍내 병원으로 가서 입원혀야 쓸 것 아니냐.

상구: (감았던 눈을 뜨며) 아니구만요. 괜찮을 것이구만요. 입원은 안 헐 것이구만요. 그리고 경찰에 신고도 허지 마세요. 만약 신고허면 지 학교에 다니지 못허구만요. 그놈들이 보복을 헌다니까요. 그게 무섭다구요.

어머니: 상구 니 말도 일리가 있구나. 시상이 말세라니께. 아무 죄도 없이 억울허게 내 아들이 맞고 왔는디 이것을 어떻게 혀야 헌대여. 분허

고 원통혀서 못살아. 아이구, 가슴이야! 이놈들을 잡아다가 짝짝 찢어 죽이고 싶은디 말이여. (어머니가 당신의 가슴을 탁탁 치며 격하게 울분을 터뜨린다)

아버지: (상구의 몸 구석구석을 더듬으며) 다른 데는 아프지 않니? 상처가 한두 군데가 아니구만. (아버지의 손길이 머무는 곳마다 상구가 움찔움찔 몸을 떨며 고통스런 반응을 보인다)

어머니: 죽지 않고 살아서 돌아온 것만도 다행이구나. 온몸이 성한 데가 없으니 말이여.

아버지: (상구의 교복을 벗기고는 몸 곳곳에서 파란 멍을 발견한다) 오매 끔찍허네 그리어. 이놈들이 아주 죽이려고 작정혔었구만. 그렇지 않고서야 이렇게 상처를 입힐 수 있냐 그 말이여.

어머니: 읍내 병원에 입원시킵시다. 상구 죽이겄소.

상구: 괜찮당게요. 병원에는 가지 않는다고 혔잖아요. 조용허게 끝내야 쓴당게요. 입을 벌리면 죽인다고 혔어요.

아버지: 그러면 약국에 가서 대일파스라도 사와야 쓰겄다. 그것이라도 붙여야 헐 것 아니냐.

어머니: 글먼 후딱 다녀오시오잉.

아버지가 헛간으로 가더니 자전거를 끌고 나온다. 페달을 밟자, 자전거가 앞으로 미끄러져 나간다. 상구는 끙끙 앓는 소리를 내며 연신 몸을 뒤척이고 어머니는 푸푸 한숨을 내쉬며 상구의 이마 위 상처를 손으로 어루만진다.

몸에 파스를 붙이고 상구는 3일째 방에 누워 있다. 부기는 많이 내렸지만 멍 자국은 그대로 있다. 연락도 없이 결석하는 상구에 대해 궁금했는지 장영준 담임 선생님이 민하동을 찾아와 그의 머리맡에서 위로의 말을 건넨다.

담임: (상구의 손을 잡고) 아버지에게서 자세한 것을 들었다. 안되었구나. 지금 심하게 아픈 곳은 없니?

상구: (누웠던 몸을 일으키며) 없구만요.

담임: 누워 있거라. 일어나지 말라니까.

상구: 일어날 수 있구만요. 괜찮당게요. (상구는 꼿꼿한 자세로 앉아 있다)

어머니: 선생님께서 어려운 발걸음을 혀주셨네요. 고맙구만이라우.

아버지: 새 학기라 바쁠 것인디 이렇게 찾아주셔서 고맙구만이라우.

담임: 당연히 와 보아야지요.

어머니는 차를 대접해야 한다면서 부엌으로 향한다.

아버지: 상구가 결석허니께 담임 선생님으로서는 걱정이 되겄지요.

담임: 물론입니다. 공부도 잘하는 학생이 입학식 날 하루 나오고 안 나오니까 걱정되더라구요.

아버지: 운수가 나빠 상구가 죽을 뻔 혔다니께요. 깡패가 조랑말처럼 촐랑대며 기승을 부린다면 어디 상구를 학교에 보내겄습니까. 목숨이 위험허다니께요.

상구: 무신 말씀을 그렇게 허세요. 학교는 다녀야지라우. 설마 죽이지는 안 허겄지요.

담임: 제가 그 바닥에 10년째 살고 있습니다. 조금 껄렁껄렁한 애들이 있기는 합니다만 그런 사고가 자주 나는 곳은 아니거든요.

어머니: (쟁반 위에서 담임 앞에 차를 내려놓으며) 꿀차구만이라우. 한 잔 드시지요. (어머니는 아버지, 상구, 그녀 자신 앞에도 찻잔을 내려놓는다)

담임: 잘 마시겠습니다.

네 사람이 찻잔을 들고 꿀차를 마시는 동안 잠시 침묵이 흐른다.

아버지: 앞으로는 이런 불미스러운 일이 일어나지 말아야 헐 텐디요.

담임: 그런 일이 없을 것입니다. 제가 한번 알아보겠습니다. 상구야, 때린 청년들의 인상착의가 어떻든?

상구: 이야기허면 안 된당게요. 입을 열면 죽는당게요.

담임: 선생님이 비밀리에 알아볼 테니까 이야기해 봐.

어머니: 상구야, 이야그혀 봐라. 선생님께서 너한티 해가 가지 않도록 허실 테니께 말이여.

상구: 안 된당게요, 안 되어라우.

아버지: 혹시 아니, 선생님이 추적혀 볼 수 있는 사람인지. 앞으로 너에게 도움이 될지도 모르니께 이야그혀 봐라.

상구: 큰일 나는디요. 큰일 난당게요.

그렇게 중얼거리다 가죽 잠바, 콧수염, 안경 낀 사내에 대해 마지못해 인상착의를 말한다.

담임: (다 듣고 난 뒤) 알았다. 너무 걱정하지 말거라. 선생님이 한번 알아볼 테니까 그렇게 알고 있어라. 그리고 내일부터 학교에 나와야지.

상구: 노력혀보겄습니다.

아버지: 내일 학교에 갈 수 있을지 모르겄네요.

어머니: 어려울 것 같은디요. (어머니는 상구의 목덜미 주위 파랗게 멍든 부위를 어루만진다)

상구는 불안했다. 언제 또 돈을 빼앗기고 폭행을 당할지 모른다는 생각을 하면 소름이 돋았다.

'대인고등학교와 인연이 없는 게 아닐까.'

상구에게는 태인 바닥이 악마의 무대처럼 느껴지기도 하였다. 그렇다고 다른 학교로 전학 갈 수도 없고 보니 상구로서는 여간 답답한 것이 아니었다. 집으로 돌아가기 위해 터미널에서 버스를 기다릴 때마다 조마조마한 마음으로 바짝 긴장해야 했다. 낯선 청년들이 곁으로 다가오기만 해도 움찔 놀라며 뒷걸음질하였다. 집에 도착하면 오늘도 무사했구나, 라고 깊은 안도의 숨을 내쉬기 일쑤였다. 그러나 그의 불안은 다음날 학교에 가면 다시 살살 고개를 드는 것이었다. 그는 학교에 가기가 두려웠다. 반 친구들은 그의 그러한 정신적 불안을 알지 못했다. 멍 자국을 달고 학교에 나왔을 때 반 친구들이 물었었다.

"왜 그러니? 누구허고 싸웠니?"

"아니여. 마을에 사는 친구허고 정면으로 부딪쳤다니께."

그는 거짓말을 하였다.

하루는 담임 선생님이 그를 불렀다. 그는 교무실로 찾아가 선생님 곁에 정중한 자세로 섰다. 선생님은 그의 뒤에 빈 의자를 끌어다놓았다.

“상구야, 앉거라.”

상구는 두어 번 사양하다 의자에 앉았다.

“상구야, 이제 걱정 말거라. 선생님이 그동안 알아보았다. 아는 사람을 통해서 알아듣게 이야기를 전달했다. 그랬더니 아는 사람이 미안하게 되었다면서 사과한 내용까지 전달해 주더라. 앞으로는 그런 일이 없을 것이다. 터미널 주변이 거친 곳이니까 그 점 유념해서 각별히 행동을 조심하거라.”

“알았구만요. 고맙습니다.”

“경찰에 고발해 버릴까 하다가 참기로 하였다. 다음에 만약 그런 일이 발생하면 가만히 두지 않기로 하였다. 그놈들 주먹으로 해도 내가 이긴다. 이걸 차돌주먹이라고 하는 거다.”

선생님은 그의 앞에 주먹을 쥐어 보였다. 그에게는 그런 선생님이 자랑스럽게만 보였다. 건장한 체격을 가진 선생님이 태권도 5단이라고 들었는데 그게 사실로 느껴졌다. 그는 선생님의 주먹을 보고 빙긋 웃었다.

“너는 공부를 열심히 해야 한다. 너는 공부 선수니까 말이야. 불미스러운 일은 이제 없을 거니까 두려움을 버리고 공부만 열심히 하거라.”

“알았구만요.”

선생님께 인사를 올리고 교무실을 나왔다.

수업을 끝내고 터미널로 나와 산외행 버스를 기다렸다. 여느 때와 달리 지나쳐 가는 청년들이 조금도 두렵지 않았다. 그는 터미널 광장을 서성이다 산외행 버스가 도착하자 잽싸게 승차하였다.

5

타오르는 불꽃

널름널름 핥는 불꽃
건조지대

숲들은 자세를 낮춘 채
숨을 죽인다

바다로 뛰어든 소방관들
속속 익사체로 발견되었다

바람 타는 섬
불꽃은 너울너울 춤을 추었다

백, 돈, 실력 중에서 어느 하나를 완벽하게 구비한다면 출세할 수 있다. 그는 그렇게 생각했다. 그러나 그에게는 백도, 돈도 없었다. 다만 노력한다면 실력은 갖출 수 있다고 생각했다.

'실력을 쌓아야 헌다. 그 길만이 성공으로 갈 수 있다.'

그는 그렇게 확신했다. 그래서 그는 실력을 쌓는데 매달렸다. 서울 법대. 그는 한시도 그 목표를 잊어본 적이 없었다.

'어떻게 허면 서울 법대에 들어갈 수 있을까?'

그는 그 점을 궁리하였다. 대인고등학교는 시골에 있는 낙후된 학교였다. 그런 학교에서 1등을 한다고 하는 것은 의미가 없었다. 1등을 한다고 하는 것은 서울대학교 법학과에 들어갈 수 있느냐 없느냐에 대한 아무런 척도도 되지 못했다. 학교 공부 외에 입시 공부라는 대책을 강구하지 않을 수 없었다. 학교 공부 따로 입시 공부 따로 2가지를 병행하지 않을 수 없었다. 학교 공부는 주로 교과서 중심이라면 입시 공부는 문제집 중심이었다. 2가지를 병행하다 보니 많은 시간이 필요했다. 그래서 잠자는 시간 외에는 책에서 늘 시선을 놓지 않았다.

2학년이 되자 마음이 더욱 조급해져 잠자는 시간을 줄였다. 5시간 자는 것에서 1시간을 줄였다. 그러자 피로감이 찾아왔지만, 그런대로 견딜 만하였다.

"잠을 자야 쓴다. 글먼 너 죽는 거여. 사는 것만 알지 죽는 것은 모르냐. 잠을 푹 자고 공부를 혀야 쓴다."

그가 잠을 제대로 자지 못하고 공부에 빠져 있는 것을 제일 우려하는 사람은 어머니였다.

"건강이 제일 중요헌 것이여. 건강을 잃으면 다 필요 없는 것이여. 그 점을 명심허거라."

어머니는 그가 늦게까지 공부하면 가끔 꿀물을 타다 주었다. 그때마다 어머니는 한 마디씩 언급하곤 하였다. 그는 어머니의 말을 대수롭지 않게 생각했다. 지금 건강하다는 것 그걸 믿었다. 그는 오로지 공부였다. 집에 돌아와서 공부를 시작하면 제일 걸림돌이 되는 것은 숙제였다. 교과서 어디를 간추려 오라든가, 수학 교과서 몇 페이지를 풀어 오라든가, 하는 단순한 숙제가 큰 걸림돌이 되었다. 숙제의 난이도는 주로 중간급 학생들에게 알맞은 것들이었다. 그 시간에 입시 공부를 하면 난이도가 높은 문제를 풀어볼 수 있어 좋은데 안타까울 뿐이었다. 그 황금 시간대에 난이도가 낮은 기본 문제를 다루고 있어 갈 길이 바쁜 그로서는 발을 동동 구를 수밖에 없었다. 그래서 그는 어느 날 궁리 끝에 숙제를 잘 내주는 수학 선생님을 찾아갔다. 수학 선생님은 그의 하소연을 듣고 고개를 끄덕거리며 이해하겠다는 태도였다.

"네 말에 일리가 있다. 사실 공부 잘하는 학생에게는 숙제가 부담될 수 있지. 알고 있는 문제를 또 풀어야 하니까 말이야. 그럼 너는 숙제 면제다. 앞으로 너는 숙제 안 해도 되는 거야."

선생님은 그의 어깨를 토닥이며 활짝 웃었다.

그렇게 해서 그는 수학 숙제를 면제받을 수 있었다. 수학 선생님은 수업 시간에 들어와 이렇게 말했다.

"임상구 군은 숙제 면제자다. 자율적으로 입시 공부를 하라고 면제해준 거다. 다들 오해가 없도록. 여기에 이의가 있는 사람은 의견을 말해주기 바란다. 이의가 없나?"

"……."

"그럼, 이의가 없는 것으로 알겠다."

그는 수학 시간마다 홀가분한 마음으로 수업에 임할 수 있었다. 숙제 면제 건은 여기서 끝나지 않았다. 영어, 국사 등 다른 선생님들에게도 이 사실이 전해져 그는 파격적인 대우를 받을 수 있었다. 그러니까 그는 일체 모든 과목에서 숙제 면제 대상자가 되었다. 어느 날 담임 선생님이 한마디 하였다.

"임상구 군은 반드시 대학교에 들어가야 된다. 숙제까지 면제해 주었는데 만약 대학에 진학하지 못하면 그 책임을 져야 한다. 임상구 군이 예뻐서 그런 혜택을 준 것이 아니다. 자신과 학교의 명예를 빛내라고 기회를 준 것이니 꼭 성과가 있어야 한다."

담임 선생님의 말씀이 조금 부담스럽게 들렸다.

'서울대학교 법학과에 들어가지 못허면 어떻게 허나.'

그러나 그는 그런 걱정을 하지 않기로 하였다. 오직 노력만 해야겠다고 생각했다. 그는 빌었다. 마음속으로 간절히. 서울대학교 법학과에 가는 것이 소망이오니 그 꿈을 이루게 해달라고. 그는 자기 자신에게 충고했다.

'그 꿈을 이루기 위해서 너는 부지런혀야 혀.'

그는 통학하는 버스 속에서도 단어장을 손에 들고 외웠다. 어른들에게 자리를 양보하고 주로 서서 있으므로 몸이 불편한데도 불구하고 거의 매일 단어장을 펼쳐 들었다. 가방을 선반 위에 올려놓은 채였다. 오른손으로 쇠막대 손잡이를 움켜잡고 왼손으로는 단어장을 잡았다. 한 손에 몸을 의지하고 있으므로 차가 기우뚱거릴 때마다 그의 육체가 심하게 요동하였다. 달리던 버스가 정차하여 손님들을 내려주고 싣고 하면서 중간 정류장을 경유하였지만, 그는 그런 것을 의식하지 못했다. 단어를 외우는데 빠져 있다 보면 어느새 민하동 동네 앞에 다다르곤 하였다.

한번은 이런 일도 있었다. 민하동 앞 정류장에 하차했을 때였다. 차는 먼지를 일으키며 종산리 종점으로 떠나갔다. 차가 멀어져 가는 것을 보면서 돌아서 집으로 향하려고 할 때였다. 왠지 몸 뒷부분이 허전했다. 그는 재빨리 바지 뒷주머니에 손을 넣어보았다. 손에 잡히는 것은 아무것도 없었다. 대신 찢어진 천 조각이 너덜너덜 손끝에 와닿았다. 언뜻 머리를 스치고 지나가는 것이 있었다.

'지갑, 그리어 내 지갑!'

있어야 할 주머니에 지갑이 없었다.

'소매치기당했구나.'

그는 지갑이 통째로 없어졌다는 사실을 깨달았다.

'시방 이게 뭐시다여. 재수 없게시리. 학생증이 없어졌는디 이걸 어떡허지.'

돈은 천 원짜리 대여섯 장 들어 있었으므로 별것 아니었으나 학생증이 문제였다. 단어장만 쳐다보며 한 곳에 빠져 있었으므로 소매치기의 표적이 되었을 것이었다. 어렴풋이 떠오르는 것이 있었다. 갈미정류장에서 손님들이 내릴 때 누군가 자신을 세차게 밀어 몸의 중심을 잃고 휘청거려야 했었다. 그때 밀면서 칼이 들어와 주머니를 찢고 지갑을 꺼내 갔을 것으로 추정해 보았다. 또한 그는 옹동에서부터 칠보까지 자신의 좌우에 신사들이 서 있었다는 사실을 떠올렸다. 그들은 양복 상의를 벗어 한쪽 팔에 들고 있었다. 돌이켜보니까 양복 상의를 벗어 들고 서 있었던 점이 수상쩍게 생각되었다. 양복 상의를 벗어 들고 소매치기를 하기로 결정한 대상자 옆에 서서 사람들이 보지 못하도록 시야를 막고 서 있으면 다른 신사가 그 기회를 이용하여 안전하게 소매치기한다는 말을 들은 적이 있었다. 그는 갈미정류장에서 밀쳤던 사람이나 상의를 벗고 그의 옆에 서 있었던 신사 중에 범인이 있을 것으로 확신했다. 또한 그는 이렇게 생각했다. 지갑을 훔쳐 간 범인은 영어 단어장에 몰입해 있었던 당시 그의 정신상태였다. 그 정신 상태는 직접 훔치지는 않았다 하더라도 최소한 방조한 혐의는 벗을 길이 없을 것 같았다.

마을 길로 들어서는 그의 기분이 조금 씁쓸했다. 연신 뒷주머니에 손을 대보았지만, 만져지는 것은 달랑거리는 헝겊 조각뿐이었다.

그는 그 사실을 어머니에게 알렸다. 그러자 어머니는 고개를 끄덕거리며 알만하다는 표정이었다.

"내 그럴 줄 알았다. 너는 시방 제정신이 아니여. 공부에 미쳤단 말이다. 조심혀야 헌다. 정신을 놓고 있으니 소매치기가 달라붙는 거여. 소매치기들이 가지고 다니는 칼을 조심혀야 헌다. 돈은 잃어버려도 괜찮지만, 몸을 다치면 안 되니까 말이여."

어머니는 그의 뒷주머니를 만지작거리며 안타까운 표정을 시었다.

"이자는 그런 일이 없을 것인 게 염려 놓으시오잉."

식구들이 밥상 앞에 앉아 저녁을 먹고 있다. 다들 맛있게 저녁을 먹고 있다. 그렇지만 상구는 입맛이 없어 밥을 반절도 비우지 못한다.

어머니: 상구야, 밥을 많이 먹어야 쓴다. 그렇게 안 먹으면 너 힘 못써. 밥이 힘이여. 요사이 며칠 동안 통 밥을 못 먹는디 무신 일이 있는 거냐.

상구: 입맛이 없어요. 소화도 안 되구요. 배가 더부룩허다니께요.

아버지: 위장병 아니냐. 조심혀야 헌다.

상구: 며칠 그러다가 괜찮더라구요. 염려 마세요.

어머니: 너는 원래 허약 체질이니께 과로를 허지 말아야 쓴다. 밤늦게 공부허는 것도 좋지 않아. 잠은 충분히 자고 낮에 공부를 허거라.

상구: (수저를 놓고 물러나 앉으며) 특별히 아픈 디는 없어요. 입맛이 없어서 그렇지. 밤늦게 공부혀도 힘이 딸리는 것을 못 느끼거든요.

아버지: (수저로 밥을 다독거리며) 니가 한창때라서 그런다. 그렇더라도 무리는 허지 말거라.

동생들은 저녁을 먹으면서도 TV에 시선을 박고 있다.

상구: 서울대 법학과에 가려고 허는데 과로 안 허고 갈 수 있겄어요. 무리가 따르더라도 한번 시도혀 보아야지라우.

아버지: 아비는 걱정허고 있다. 니 하숙비와 수업료를 준비혀야 허니께 말이여. 우리 집 살림으로 그것들을 준비허기가 쉽지 않단 말이지. 그렇지만 서울대학교 법학과에 합격만 헌다면 무신 수를 써서라도 너를 가르쳐 볼 생각이다.

상구: 그건 걱정허지 마세요. 서울대학교 법학과에 들어가기만 허면 아르바이트를 혀서 돈을 벌기가 쉽기 때문에 학교 다니기는 어렵지 않다고 허던디요.

아버지: 글먼 다행이구. 하여튼 열심히 혀봐라. 우리 집안에서도 판검사가 하나 나와야 쓰지 않겄냐.

어머니: (수저를 상 위에 놓으며) 너무 욕심을 내지 말거라. 쪼깨 들떠 있는 것 같단 말이시. 첫째 니 건강이 중요헌 것이여. 그걸 잊지 말거라. 알아들었냐?

상구: 쉬면서 공부헐 것인 게 너무 걱정 마세요.

어머니: 남들처럼 잘 먹이지도 입히지도 못허고 있으니 어미 속은 시방 부글부글 끓고 있단다. 니가 복이 없어서 이런 부모를 만났으니 이해허거라잉. 일 년 가야 쇠고기 서너 번 먹는 것이 고작 아니냐. 이것이 우리 형편이란 말이시.

상구: 알고 있구만요. 기대허지 않고 있어라우. 그냥 혼자 뛸 것이구만요.

일류 대학에 목표를 둔 친구들은 학교에서 배우는 것 외에 학원에도 다니고 가정교사한테도 개인 지도를 받는다고 들었다. 그도 그러고 싶었다. 그러나 돈이 없었다. 일찍이 그런 혜택은 포기하지 않을 수 없었다. 대신 여름방학 때 절을 찾아가 조용한 곳에서 집중적으로 공부를 해보면 어떨까, 하는 생각을 해보았다. 그는 그 생각을 부모님께 말씀드려 보았다. 어머니는 그의 말을 듣고 말했다.

"절에 가도 먹고 자야 쓰지 않겄냐. 다 돈을 수어야 해결되는 것 아니겄냐 그 말이여."

"숙식을 제공혀도 엄청 싸다고 허던디요."

"글먼 한번 가서 공부혀 보거라. 그 정도 투자를 안 허고 어떻게 서울대 법학과에 갈 수 있겄냐."

아버지가 쾌히 승낙하였다. 그로서는 실력을 향상시킬 수 있는 좋은 기회를 얻은 셈이었다.

절은 집에서 멀지 않았다. 종산리 종점에서 걸어가면 10분 거리였다. 종암사라는 절에는 스님이 9명 있고 공부하는 고시생이 5명 있었다. 아버지와 어머니도 잘 알고 있는 절이었다. 숙식비는 스님을 만나 아버지가 직접 전달하였다.

방학을 한 다음 날 종암사를 찾았다. 종암사는 밤나무 숲속에 박혀 꿈꾸듯 졸고 있었다. 새소리와 바람 소리가 한데 어우러져 아름다운 화음을 연출하고 있었다. 간혹 음색이 뚜렷한 직박구리의 울음소리가 들렸다.

방 윗목에는 책들을 나열해 놓았다. 4평이 될까 말까 한 작은 방이었다. 피로가 몰려와 아랫목에 길게 누웠다. 매미 울음소리가 그악스럽게 들렸다. 깊은 산속이라 그런지 더위는 느낄 수 없었다. 열어놓은 창에서 향긋한 바람이 솔솔 불어왔다.

"자는가요?"

열어논 창 쪽에서 사내의 목소리가 들렸다. 그는 벌떡 일어나 앉았다. 시선이 마주치자, 스님은 두 손을 모은 뒤 공손하게 고개를 숙였다.

"무신 일인가요잉?"

"석공 스님이 뵙자고 하는데요."

석공 스님이 종암사 주지라는 것을 알고 있었다.

"네, 알겠습니다."

그는 얼룩무늬 남방으로 갈아입고 방을 나왔다. 스님을 따라 걸음을 옮겼다. 대웅전 앞에 이르렀을 때였다.

"여기 서서 기다리세요. 석공 스님이 법당에 계시거든요."

그는 알았다면서 두 손을 합장하고 고개를 숙였다.

'무신 일일까?'

그는 대웅전 긴 그림자 속을 서성이며 시간을 보내었다.

해가 서산으로 모습을 감추었다. 석공 스님은 나타나지 않았다. 그는 답답함을 참지 못하고 법당으로 걸음을 옮겼다. 찾아가서 직접 석공 스님을 뵈야겠다고 생각했다. 그가 꼭 세 걸음 옮겨놓았을 때였다. 법당문이 열리더니 석공 스님이 모습을 드러내었다. 그는 우뚝 걸음을 세웠다. 가까이 다가온 석공 스님이 말했다.

"인내심이 없구만. 그 잠깐을 참지 못해서."

석공 스님은 그를 측은한 시선으로 내려다보았다.

"죄송허구만요."

손을 합장하고는 고개를 숙였다.

"그렇게 생각할 것까지는 없네. 뭇 중생들이 다 그런 것을. 이름이 임상구라고 그랬나?"

"맞구만이라우."

"내 긴히 부탁할 것이 있어 불렀네. 여자가 시집을 가면 시댁의 법도를 따르듯 중생이 산사에 들어오면 부처님의 법도에 따라 행동해야 하네. 알아듣겠는가?"

"무신 말씀인지 알고 있구만이라우."

"지금부터 내가 말하는 것을 듣고 실천에 옮겨야 하네. 그렇지 않으면 당장 추방할 것이니까."

"잘 알겄습니다."

"음행하지 말 것, 도둑질하지 말 것, 거짓으로 남을 속이려 하지 말 것, 살생하지 말 것. 이 네 가지를 꼭 지켜야 하네."

"명심허겄습니다."

석공 스님은 그에게 술을 먹으면 안 된다는 것과 법당 안을 기웃거리지 말라는 것도 당부하였다. 이야기가 끝나자 그는 석공 스님에게 합장하여 인사를 올리고는 돌아서 총총히 걸음을 옮겼다. 석공 스님에게서는 얼음덩이 같은 차가움과 칼날 같은 위엄이 느껴졌다. 석공 스님이 말한 계율을 지키는 데 어려움이 있을 것 같진 않았다. 방에 박혀 공부만 할 것이므로 그러한 계율들은 자신과 무관한 것 같았다.

샘물을 받기 위해 옥수샘으로 가려고 문턱을 나섰다. 한참 걸음을 옮기는데 뒤에서 누가 불렀다. 그는 걸음을 멈추고 몸을 돌이켰다.

"저를 불렀는가요?"

"이리 와."

수염이 덥수룩한 사내가 손을 까불었다. 그는 사내가 있는 쪽으로 휘적휘적 발걸음을 떼어놓았다.

"지가 실수헌 것이라도 있는가요?"

"그게 아니야. 나도 여기 공부하러 온 사람이야. 학생이 새로 들어왔다는 말을 듣고 우리들이 오늘 밤 환영회를 갖기로 했네. 만나서 차라도 함께 마시자는 뜻이야."

"말씀이라도 고맙구만이라우."

"진짜라니까. 말로만 그러는 것이 아니야. 나는 차보일이라고 하네. 대학 졸업하고 고시 공부를 하고 있지."

"네, 그렇구만이라우!"

그는 눈을 크게 뜨고 사내를 경이로운 시선으로 바라보았다. 그에게는 사내가 우러러보였다.

"학생은 어려 보이는구만."

"지는 고등학생이구만요. 이름은 임상구이구요. 대학 입시 공부를 헐려고 왔구만요."

"그래 열심히 해야지. 방에 가서 공부하고 있으라고. 이따가 부를 거니까 조금만 기다려."

"그럼 그렇게 허지라우. 고맙구만이라우."

방 안에는 조촐한 찻상이 준비되어 있다. 그가 들어서자 앉아 있던 형들이 박수를 친다.

차보일: (상구를 가리키며) 이 학생의 이름은 임상구, 고등학교에 다니는 대입 준비생.

상구: 초대혀 주셔서 감사헙니다. (꾸벅 인사를 올린다)

사내 1: (손을 내밀며) 나는 석기만이라고 해. 동생처럼 느껴지는 자네와 같은 절에서 공부하게 되어 반갑네. (상구와 악수한나)

사내 2: (손을 내밀며) 나하고도 악수해야지. 나는 고진수라고 하는 사람이야. 이것도 인연이구만. 잘 지내보자구.

차보일: 자, 그럼 다들 앉자구. 모과차를 마시면서 이야기하자구.

상구: 잘 마시겄습니다.

모두 상 앞에 앉아 찻잔을 들고 마시기 시작한다. 찻잔에서 김이 모락모락 피어오른다.

차보일: 고시생 2명이 더 있는데 집에 갔지. 곧 돌아올 거야.

상구: 그렇군요. 공부허는데 지장이 되는 것은 없나요?

사내 1: 특별히 장애가 되는 것은 없지. 종암사는 사람들이 많이 찾지 않아서 조용한 편이니까.

사내 2: 고등학생이 대학 입시 때문에 절을 찾는 경우는 드물지?

상구: 저도 들어보지 못혔습니다.

차보일: 학생의 의지가 대단한 모양이야. 어느 대학에 들어가려고 하는데? (상구를 빤히 쳐다본다)

상구는 머리를 긁적이며 대답을 미루다가 입을 연다.

상구: 서울대 법학과에 한 번 응시혀 볼 생각이구만요.

사내 1: 그것 좋은 생각이구만. 우리들도 다 도전했던 경험들이 있지.

사내 2: 열심히 해보라구.

상구: 자신은 없습니다. 허는 디까지 밀고 나가볼 생각입니다.

차보일: 일단 절에 왔으니까 열심히 하면 성과가 있을 거라구. 이 절에서 공부하여 고시에 합격한 형들이 2명이나 있어.

상구: 그럼 검사가 되었겠네요.

사내 1: 물론이지.

사내 2: 학생에게 부탁할 것이 있네.

상구: 무엇인디요?

사내 2: 종암사에서 우리들이 지켜야 할 규칙이야. 우리들이 정한 것이네. 술을 먹지 말 것, 고성을 지르지 말 것, 여자 친구를 사찰로 데려오지 말 것, 주위를 깨끗이 할 것. 이상이네. 지킬 수 있겠는가?

상구: 자신 있습니다.

일과표를 짜놓고 규칙적인 생활을 하기 위해 노력했다. 기상, 새벽 공부, 아침 운동, 아침 예배, 아침 공양, 오전 공부, 점심 공양, 오후 공부, 저녁 공양, 저녁 휴식, 저녁 공부, 취침. 하루하루의 생활이 긴박하게 돌아갔다. 나무 그늘 밑에 우두커니 앉아 명상에 젖어본다든가 호젓한 산길을 혼자 걸어가 볼 시간적 여유가 없었다.

옆방에 있는 형들에게서는 인기척을 거의 느낄 수 없었다. 형들은 외출을 삼가고 방에 박혀 책과 씨름했다. 그에게는 그런 형들의 모습이 고시생의 전형을 본 것 같아 매우 고무적으로 생각되었다. 수학 문제를 풀 때나 영어 문장을 해석할 때 걸리는 것이 있으면 휴식 시간에 찾아가 형들에게 물어보았다. 그럼, 형들은 친절하게 설명해 주었다. 형들이 옆방에 있으므로 잘 때도 무서움을 느낄 수 없었다.

생각보다 한 달이란 시간은 빠르게 지나갔다. '종합영어'나 '수학 1의 정석'을 완전히 마스터하지 못하고 종암사 생활을 마감해야 했다.

미지막 날 저녁 방으로 형들을 초대하여 차를 대접하였다. 그로서는 환영회 때 대접받은 것에 대한 답례의 뜻도 있지만 그보다는 마지막 가면서 형들과 따뜻한 정담을 나누고 싶었다. 서울 법대에 꼭 붙어야 한다면서 형들은 그의 머리를 쓸어주었다. 짧은 한 달이라서 많은 이야기를 나눌 수는 없었지만 형들에게서 그런대로 많은 것을 배웠다고 생각했다. 세상과의 관계를 끊고 오직 책 속으로 빠져드는 형들의 태도에서 그는 은근과 끈기, 그리고 뜨거운 열정을 전수 받았다.

"우리는 고시에 합격할 때까지 여기서 계속 공부할 것이니까 시간 나면 찾아오라구."

종암사 입구까지 따라 나오며 차보일 형이 다정하게 말했다. 그는 알았다면서 형과 악수를 하고 헤어졌다. 처음 들어갈 때와 달리 귓가를 스치는 바람결이 한결 상큼하게 시원해진 것을 느낄 수 있었다. 가을은 밤나무 그늘 속에서 기지개를 켜고 있었다. 그는 걸음을 옮기면서도 종암사 풍경을 연신 뒤돌아보았다. 한 달 있었는데도 불구하고 일 년 있었던 것처럼 느껴졌다. 그는 그동안 종암사 풍경과 정을 통했다. 종암사 풍경은 그의 애인이었다. 그 애인이 자꾸만 그를 가지 못하게 끌어당겼던 것이다.

짐을 메고 집으로 들어서자, 어머니가 그를 반겼다. 책들을 마루 위에 놓고 바닥에 벌렁 누웠다.

"상구야, 니가 왜 그러냐? 어디 아픈 것 아니냐? 얼굴이 창백허단 말이다. 살도 많이 빠졌구 말이여."

어머니가 누워 있는 그의 얼굴을 요모조모 살폈다.

"짐을 메고 걸어와서 그럴 거라구요. 쪼깨 현기증이 일어나기는 혔어도 시방은 괜찮은디요. 누워 있으면 괜찮아진당게요. 종암사에서도 그랬던 적이 있었어라우."

"무리를 허면 안 된다고 이 어미가 안 혔냐. 무리허면 너는 죽는 것이여. 좀 쉬거라. 서울대에 못 가면 어떠냐. 그리고 대학교 안 나와도 살 수 있는 것이여."

"걱정허지 마세요. 쉬면서 헐 것인 게요."

어머니는 부엌으로 들어가더니 계란을 하나 가지고 나왔다.

"이거라도 먹어라. 먹어야 힘을 쓰는 것이여."

어머니는 그의 손에 계란을 쥐여주며 어서 먹으라고 성화였다. 어머니의 성의를 물리칠 수 없어 일어나 앉았다. 계란을 깨어 입 안에 털어 넣었다. 여느 때와 달리 계란이 쓰게만 느껴졌다. 조금 시간이 지나자 느끼한 생각이 들면서 구역질이 났다. 그는 인상을 찌푸리며 토악질을 해대었다.

"체한 것 아니냐? 조심혀서 먹었어야지."

어머니는 그의 등을 두드려 주었다. 토악질을 해대어도 입 속에서 이물질은 나오지 않았다. 토악질이 멎었을 때는 눈에 눈물이 홍건하게 고여 있었다. 그는 손등으로 쓱 눈물을 훔쳤다.

"자주 구역질을 허면 병원에 가보아야 헌다."

"그런 일이 없었어요. 구역질은 처음인디요."

몸이 조금 가볍게 느껴진다고 생각되자 자리에서 몸을 일으켰다. 아랫방으로 가서 책을 책꽂이에 꽂았다. 그러고는 책등을 탁탁 두드려 주었다. 그러자 들쑥날쑥 꽂혀 있던 책들이 어깨를 맞대면서 가지런하게 되었다. 방 안에는 동생들의 옷이 어지럽게 널려 있었다. 옷들을 주워 못걸이에 걸었다. 그러고는 비로 방을 쓸었다. 대충 방 청소를 끝내자, 기분이 상쾌했다.

그는 책상에 앉아 '종합영어'를 펼쳐 들었다. 밑줄 그어놓은 부분을 읽어 내려갔다. 책에 몰입하여 신경을 집중하고 있는데 방문이 열렸다.

"상구 왔구나. 몸은 괜찮냐?"

일터에서 돌아온 아버지였다.

"괜찮허구만요. 건강허당게요."

그는 몸을 일으켜 문 쪽으로 걸어 나왔다.

"쉬었다 허거라. 무리허면 안 되니께 말이여. 니 어머니가 걱정허고 있다. 아까 구역질을 혔다면서."

"시방은 속이 가라앉았당게요."

"니 건강은 니가 지켜야 허니께, 그걸 명심허거라."

방문을 닫고 떠나가는 아버지의 발걸음 소리가 저벅저벅 명징하게 들렸다. 그는 책상에 앉아 다시 책을 펼쳐 들었다.

저녁상을 물리고 나서 식구들이 TV 앞에 앉아 있다. TV 가까이 다가가 연속극에 빠진 동생들의 표정이 진지하다. 아버지는 성냥개비를 잘라 이를 쑤시며 못마땅한 표정으로 동생들을 바라본다.

아버지: (TV를 갑자기 끄며) 아비가 헐 이야그가 있다. 상칠이, 상필이 잘 들어라. 니들은 중학생이 아니냐. 니들 형을 보아라. 형은 공부를 열심히 허는디 너희는 왜 빈둥빈둥 놀기만 허냐 그 말이여.

어머니: 당신 말 잘 꺼냈소. 공부 안 허고 놀기만 허면 중학교에서 끝냅시다. 고등학교에 보내지 말자 그 말이요. (침을 튀기며 소리 높여 말한다. 상철과 상필은 고개를 숙인 채 말이 없다)

상구: 상철이 상필이 잘 들어라. 앞으로는 실력이 있어야 살아갈 수 있다. 실력이 중요헌 무기란 말이시. 실력이 있어야 성공헐 수 있는 것이여.

상철: 공부가 허기 싫당게요. 지는 중학교 졸업허고 기술이나 배울라요.

상필: 상철이 동생처럼 지도 기술을 배우고 싶은디요.

어머니: 글먼 니들 중에서 하나가 농사를 지어야 헌다. 아버지가 힘들어 허시는 것을 눈으로 보니께 잘 알 것 아니냐.

아버지: 상철, 상필이 니들이 공부를 포기허고 기술을 배운다고? 아비는 실망이다. 나중에 커서 부모에게 고등학교 안 가르쳤다고 원망은 말거라. 니들이 싫어서 포기헌 것이니께 말이여. 글먼 이 아비는 니들 형이나 힘닿는 디까지 가르쳐야 쓰겄다. 상구는 공부를 죽자 살자 헌단 말이시. 공부허는 녀석을 가르쳐야 쓰지 않겄냐.

어머니: 잘 되었소. 돈도 없는디 말이요. 다 공부허겄다고 달려들면 그것도 큰 문제란 말이요. 다 대학교 보내달라고 울고불고허면 어떡헐 것이요. 우리만 폭폭허지.

상구: 상철이, 상필이도 고등학교까지는 가르쳐야지라우. 동생들을 제끼고 지만 공부허고 싶지는 안 허구만이라우. 지는 대학교에 간다고 허더라도 아르바이트를 혀서 다닐 것이구만요. 너무 걱정 마세요.

아버지: 상철이나 상필이는 니들 형 몫까지 일을 혀야 헌다. 소 꼴도 베어오고, 쇠죽도 끓이고, 학교에서 돌아오는 즉시 농사일도 거들어야 허구. 알아듣겄냐? (상철이와 상필이를 번갈아 쳐다본다)

동생들: 알았구만이라우.

학교에서 집으로 돌아오다 버스 속에서 여고에 다니는 김순임을 만났다. 그녀는 중학교에 다닐 때보다 많이 성숙해 있었다. 학처럼 목이 긴 것하며, 활짝 펴진 얼굴 하며, 긴 종아리 하며, 성격이 활달해진 것 하며, 그녀는 대학을 포기하고 취업하기 위해 공부를 한다고 했다.

"니 이야기 들었어. 서울대 법학과에 응시헐 것이라는 말. 잘 되길 바래. 너는 노력파니까 성공헐 수 있을 것 같은 생각이 든다."

경이로운 시선으로 바라보는 김순임. 중학교 때 그를 대하던 것과는 판이하였다. 그는 김순임이의 태도에서 그녀가 자신을 싫어하고 있지는 않다는 사실을 깨달았다.

"그동안 열심히 허기는 혔는디 모르겄어. 딱 1년 남은 셈이지. 자신은 없지만 밀고 나가볼 생각이여. 너 많이 예뻐졌구나. 활달혀졌고 말이여."

예뻐졌다고 말하자, 그녀는 호호호 웃어대었다. 그녀의 흰 컬러가 백설처럼 고와 보였다.

“남자 친구는 있니?”

그의 물음에 그녀는 빙긋 웃었다.

“없어.”

한참 있다가 그녀는 마지못해 대답했다. 있는 것인지, 없는 것인지, 그로서는 감을 잡을 수가 없었다. 하얀 이를 내놓고 연신 웃어대는 그녀의 얼굴이 목련꽃처럼 예뻤다. 그녀와 이야기를 나누느라 늘 버스 속에서 해오던 영어 단어 외우기도 그만두었다.

김순임이와 헤어져 혼자 집으로 돌아왔는데도 그녀의 영상이 그의 곁을 떠나가지 않았다. 그는 저녁을 먹고 책상 앞에 앉아 ‘완전국사’를 펼쳐 들었다. 책장 위에 오롯이 앉아 있는 여자. 바로 김순임 그녀였다. 그는 고개를 살래살래 저었다.

‘안 된다니께. 여자를 알면 공부를 못헌다고 혔으니까 말이여. 시방 내가 망상에 빠져 있는 것이라구. 무신 놈의 여자여. 대학 입시가 을매나 남았다고. 내가 시방 애먼 생각을 허고 있단 말이시. 그리어 안 된다구.’

그는 눈을 질끈 감아 버렸다. 고개를 절레절레 저었다.

‘남들이 여자 친구를 사귀어도 나는 안 된다니께. 서울 법대에 꼭 들어가야 헌단 말이시. 살을 꼬집고, 혀를 깨물어서라도 그리운 여자가 있다면 짤라내어야 헌단 말이시. 나는 여자를 모르는 목석이니께. 물러가라 물러가라.’

그는 허벅지를 오른손으로 세게 꼬집었다. 짜릿한 통증이 전신을 훑고 지나갔다. 이마에 주름을 모으며 고통스런 표정을 지었다.

'공부를 혀야 헌다고. 실력을 쌓아야 헌다니께. 내가 시방 여자를 상상헐 때가 아니란 말이시. 참말로 정신 나갔구만잉.'

그는 책에 시선을 박았다. 밑줄을 그으며 읽어 내려갔다.

6

침몰하는 배

어느 날 갑자기
객실 안으로 밀려 들어온 물
콸콸콸 쏟아져들어온 깊은 슬픔

선원들은 구멍을 막고
물을 차단하여 보았지만
슬픔은 점점 커지기만 했다

가냘픈 생명
풀잎처럼 물 위로 동동 떠다녔다
깊은 물속에 잠겨 있었다

아, 육지다
기항지는 섬처럼 물 위에 떠 있었다
아득히

막차에서 내리자, 사방에 웅크리고 있던 어둠이 다가와 그를 덮쳤다. 그는 잠시 방향감을 잃고 어리둥절해야 했다. 차는 종산리 쪽으로 붉은빛 두 개를 앞세우고 멀어져 갔다. 그는 늘 이때쯤 학교에서 돌아오곤 했다. 어스름이 안개처럼 풀어져 내리면 그때야 학교를 나서곤 했다. 보충수업 때문에 일찍 귀가하고 싶어도 불가능했다.

손에 든 가방이 돌덩이처럼 무겁게 느껴졌다. 시간이 지나면서 차츰 사물들이 시야에 들어오기 시작했다. 그는 길에 깔린 어둠을 밟으며 휘청휘청 마을로 들어섰다. 불안한 걸음걸이였다. 길가 논배미에서는 개구리 울음소리가 청아하게 들렸다. 여느 때와 달리 걸음을 옮기기가 무척 힘들었다. 발목에 쇠뭉치를 매단 듯 다리가 무겁게 느껴졌다. 현기증이 일었다. 깜박거리는 마을의 불빛들이 심하게 흔들려 보였다. 더 이상 걸음을 옮길 수가 없었다. 그는 길바닥에 웅크리고 앉았다. 이마에 손을 얹었다. 구역질이 올라왔다. 특별히 먹은 것도 없는데 이상한 일이었다. 길가 풀줄기를 움켜잡고 캑캑거리며 토악질을 해대었다. 이물질은 나오지 않았다. 오른손을 뒤로 보내 등을 탁탁 쳐주었다. 한참을 그렇게 하자 구역질이 멎었다. 그러나 현기증은 사라지지 않았다.

'예삿일이 아닌디. 왜 이렇게 어지럽지. 갈수록 심해지는디. 너무 무리헌 것 아니어. 내 몸이 솔찬히 쇠약해진 것 같단 말이시.'

한참을 앉아 있자 현기증이 호전되는 것을 감지할 수 있었다. 어느 정도 몸이 가볍게 느껴진다고 생각되자 자리에서 몸을 일으켰다. 가방을 들고 걸음을 옮겼다. 그런데 이상한 일이었다. 어둠 때문인 것 같지는 않는데 이상하게 길바닥의 높낮이가 잘 가늠되지 않았다. 그의 눈에는 움푹 파인 땅이나 툭 불거져 나온 곳이나 평평하게 보였다. 움푹 파인 곳에 발이 빠질 때마다 중심을 잃고 휘청거려야 했다. 자리에 눕고만 싶었다. 그렇다고 사람의 발길이 끊긴 시골길에서 어둠을 베고 누울 수는 없었다.

'후딱 집으로 가야 헌다구. 부모님이 계시는 집으로 가야 쓴당게.'

그에게는 그 생각밖에 없었다.

마당으로 들어서자, 안방에서 TV 소리가 가늘게 새어 나왔다. 식구들 모두 TV에 빠져 있는지 그를 반기는 사람은 없었다. 그는 아랫방으로 향했다. 문을 열고 들어가 불을 밝혔다. 가방을 윗목에 팽개쳐 버렸다. 그는 옷도 갈아입지 않고 아랫목에 길게 누웠다. 몸이 물속으로 자꾸만 가라앉는 것 같았다. 지그시 눈을 감았다.

누군가 어깨를 흔든다고 생각했다.

"상구야, 일어나거라. 밥 먹고 자야지."

어머니의 음성이 읊조리는 것처럼 작게 들렸다. 어머니는 그의 어깨를 계속 흔들어대었다.

"성질나게 왜 그러세요. 피곤혀서 잠 좀 자려고 허는디요."

그는 신경질적으로 벌떡 일어나 앉았다.

"어디 아프니?"

어머니는 그의 안색을 요모조모 살폈다.

"피곤허고 비위가 상해요. 소화도 잘 안되고요. 쪼깨 이상허당게요."

"병원에 가보아야 쓰겄다."

"괜찮겄지요. 괴로혀시 그런 것 같낭게요."

"저녁을 먹어야지."

"쪼꼼만 주세요. 굶을 수는 없으니께요."

어머니가 부엌으로 들어가 저녁 밥상을 차리는 동안 그는 우물가로 가서 손과 발을 씻었다. 우물가는 마당에 내걸린 불빛이 점령해 대낮처럼 밝았다. 푸푸거리며 얼굴에 물을 끼얹었다. 손으로 얼굴을 문지르자 옛날의 미끈미끈했던 때와 달리 가칠가칠하게 느껴졌다.

'왜 그럴까?'

그는 수건으로 얼굴의 물기를 닦으며 부엌 입구에 걸린 거울을 들여다보았다. 코만 우뚝한, 야윈 얼굴이 거기 있었다.

'얼굴이 백짓장처럼 창백허구만. 죽을병에 걸린 것 아니여? 암이라도 걸렸다 허면 모든 것이 끝장이란 말이시. 힘이 없고, 얼굴이 창백허고, 현기증이 일어나고, 살이 야위고. 정말 암이 아닐까? 암의 초기 증상은 없다고 허던디 말이여. 나는 초기 상태를 넘어서 중기 정도에 들어선 것이 아닐까?'

암에 걸려 죽을지도 모른다고 생각하자 아찔한 전율이 일었다. 무서웠다. 그는 으스스 몸을 떨었다.

마루에 앉아 밥을 먹기 시작했다. 된장국에 밥을 말아 먹지만 구수한 맛을 느낄 수 없었다. 모래알을 씹는 기분이었다. 밥을 반절 정도 비우자 쥐어뜯듯 명치 끝이 아팠다. 그는 수저를 놓지 않을 수 없었다. 배를 움켜잡고 끄윽끄윽 신음을 토해내었다.

"상구야, 니가 왜 그러냐잉?"

어머니가 부엌에서 놀란 표정을 지으며 다가왔다.

"위가 아픈 것 같은디요."

"글먼 노루모를 한번 먹어보거라."

집에는 아버지가 가끔 먹는 노루모산이 준비되어 있었다. 어머니는 그걸 가져왔다. 그는 노루모산을 한 봉지 뜯어 입에 털어 넣고 물을 마셨다.

"몸이 아프면 공부를 허지 말고 쪼깨 쉬어야 허지 않겄냐."

안방에서 나온 아버지가 그를 측은한 시선으로 바라보았다. 약을 먹자, 통증은 가라앉았지만, 뱃속이 시원하게 느껴지지 않았다. 명치끝이 무지룩하였다.

배가 아플 때마다 노루모산을 먹어보았지만 큰 효과를 보지 못했다. 그는 제때에 정량의 밥을 먹지 못했다. 한 숟갈이나 두 숟갈 먹는 정도가 고작이었다. 그의 몸은 극도로 쇠약해져 갔다. 그가 움직이는 모습은 가는 삼대가 바람에 흔들릴 때처럼 가냘프게 보였다. 점점 병세가 악화되자 결석하고 아예 아랫방에 누워 버렸다. 밥을 전혀 먹지 못했다. 마른 밥을 먹으면 위통이 찾아오고 구역질이 나왔던 것이다. 그는 미음을 먹으며 하루하루를 버티어 나갔다. 그가 아랫방에 눕게 되자 제일 걱정하는 사람은 어머니와 아버지였다.

"우리 상구가 죽으면 어떻게 혀야 쓴다요. 무신 수를 써서라도 상구는 살려야 쓴당게요. 불쌍한 내 새끼! 못 먹고 못 입고 서울 법대에 간다고 무리를 허더니 결국 이 꼬락서니가 되었당게. 못 먹어서 그런 것이 분명허단 말이시. 영양불량으로 내 새끼가 죽어간단 말이시."

어머니는 돌아앉아 연신 눈가를 찍어내었다.

"뱁새가 황새를 따라가면 가랑이가 찢어지는 벱이다. 니가 너무 큰 욕심을 냈어. 과외도 못 받고 독학으로 파고드니께 한계가 있을 것인디 너무 성급허게 덤빈 것 아니냐 그 말이여. 무신 일이든 무리허면 사고가 나게 되어 있다. 어쩌야 쓴다냐. 가난헌 살림에 몸이나 건강혀야 살아갈 틴디 니가 결국 이렇게 누워 버렸으니. 건강을 잃으면 다 잃는 것이라고 혔단 말이다."

아버지는 허탈한 표정으로 넋두리처럼 말했다. 아버지는 천장을 쳐다보고 한숨만 푹푹 내쉬었다.

그는 부모님의 태도에서 그동안 당신들이 그에게 많은 기대를 걸고 있었음을 직감할 수 있었다. 기대가 큰 만큼 실망도 클 것은 뻔한 이치였다. 그렇다고 하더라도 부모님의 실망이 그의 것에는 미치지 못할 것이었다. 학교에 열심히 나가며 공부에 전념해도 서울 법대에 붙을 가능성이 희박한데 이렇게 누워 있으니 한심하지 않을 수 없었다. 그는 뼈만 남은 자신의 몸매를 바라보면서 오랫동안 방에 누워 있어야 할 것이라는 예감에 사로잡혔다. 그렇다면 서울 법대는 물 건너갔다고 생각했다. 스러진 꿈, 부르다 만 노래. 그는 슬펐다.

'학교에 가야 헐 텐디. 공부를 혀야 허는디 말이여. 내일, 모레. 언제쯤이나 학교에 갈 수 있을까?'

그의 마음은 학교로 달려가는데 그의 몸은 시궁창으로 곤두박질치고 있었다.

가까운 산외의원도 찾아가 보고, 산외약국에서 약을 지어다 먹어보았지만 뾰족한 효과가 나타나지 않았다. 몸이 갈수록 쇠약해진 관계로 걸어다니기조차 힘들었다. 그는 어머니나 아버지, 또는 동생들의 부축을 받아야 화장실에 가곤 하였다. 주위에서 권하는 약들을 다 먹어보아도 효과가 없었다. 나중에는 읍내에 있는 김내과를 찾아가 보았다. 검사를 끝내고 나온 결과는 큰 이상이 없다는 것이었다. 간, 폐, 심장, 신장이 모두 건강하다는 것이었다. 다만 소화불량 증세가 있으므로 음식을 조심해서 먹으라는 것이 종합진단 결과였고 거기에 따른 약을 조금 지어준 것이 전부였다. 물론 그 김내과 약도 별 효험이 없었다.

그는 누워서 시름시름 앓으며 천장만 쳐다보았다. 그렇게 시간을 보내었다.

'내가 이대로 죽어가는 것이 아닐까. 꿈을 활짝 펴보지도 못허고 꽃망울 진 상태로 시들어 버려야 허는가.'

돌아누우면 눈에 고여 있던 눈물이 콧등으로 주르르 흘러내리곤 하였다.

그를 위로하기 위해 학교에서 찾아온 선생님과 친구들이 방으로 들어선다. 어머니의 안내를 받으며 들어서는 그들을 보고도 그는 일어나 앉지를 못한다. 그는 그들을 보고 어색한 웃음을 짓는다. 탈바가지에 그려논 미소처럼.

어머니: (상구의 손을 잡으며) 상구야, 선생님과 친구들이 왔다.

상구: (어머니의 부축을 받으며 일어나 앉는다) 앉으세요. (모기만 한 소리다)

선생님 일행이 방에 앉는다. 안되었다는 듯 안타까운 표정들이다.

선생님: (상구의 손을 잡으며) 안되었구나. 너무 절망하지 말거라. 현대 의학이 높은 수준에 와 있기 때문에 어지간하면 다 치료할 수 있단다. 네가 결석한 지도 한 달이 넘었구나. 진작 와 보아야 하는데 늦어서 미안하다.

상구: 안 오셔도 되는디. 바쁘시잖아요.

친구 1: 상구야, 빨리 완쾌돼서 학교에 나와. 우리가 대표로 왔어. 약소허지만 이것 받아두어. 학교 친구들이 준 것이니까. (친구1은 상구의 주머니에 흰 봉투 하나를 찔러넣는다)

상구: 받으면 안 돼. (상구는 몇 번 거절하다 모르는 척 받는다)

친구 2: 적은 돈이야. 치료비에 보태 써.

상구: 고맙다.

어머니: 그냥 와도 되는디요. 성의로 준 것이니까 고맙게 받을게요.

선생님: (어머니를 응시하며) 병원은 가보았나요?

어머니: 가보았지라우. 여러 가지 검사를 받아보았당게요. 소화불량 외에는 별스런 결과가 나오지 않는당게요.

선생님: 그러면 큰 병원으로 한번 가보아야겠네요.

어머니: 시방 그리야 쓰겄는디 돈 땜시 꼼짝 못헌당게요. 큰돈이 들어 간다고 허니께 걱정이랑게요.

선생님: 빨리 손을 써야 합니다. 모든 병은 초기에 다스려야 하니까요.

어머니: 백번 옳으신 말씀이구만요.

선생님: (상구를 응시하며) 공부는 걱정하지 말거라. 건강이 첫째니까 말이여. 서울 법대는 내년에 재수해서라도 갈 수 있지만 건강을 잃으면 모든 것이 끝나는 거여. 서울 법대고 뭐고, 다 무용지물이 된다니까. 상구 너는 그걸 명심해야 한다. 서울 법대에 응시하려던 것에는 일절 미련을 갖지 말고 몸이나 하루빨리 회복하려고 네 스스로 노력해야 한다니까.

상구: 알았구만요. (상구의 두 눈에는 눈물이 홍건했다)

선생님: 나는 일어날 수 있다. 나는 죽을병에 걸리지 않았다. 나는 곧 완치될 수 있다. 이렇게 희망적인 생각을 갖고 한 숟갈의 미음이라도 더 많이 먹어야 한다. 어떤 절망적인 상태에서도 꿈을 버리지 말아야 한다니까. 그러면 결국에는 어떤 활로가 보이는 법이란다.

어머니: 상구야, 잘 들어두어야 헌다. 선생님 말씀이 옳은 게 말이여. 눈물을 흘리고 그러면 안 된단 말이시.

상구: (눈물을 훔치자, 친구들이 고개를 모로 돌린다) 지도 선생님 말씀처럼 그렇게 헐려고 노력헌당게요. 그런디 그게 마음대로 잘 안된단 말이라우. 왠지 불길헌 생각만 들고 나 자신이 한심허고 처량허게 보여 자꾸 슬퍼진당게요.

선생님: 네 말도 이해가 간다. 그렇다고 하더라도 살 수 있다는 희망을

버리면 안 된다니까. 살아야 한다는 강한 집념을 가져야 해. 명심하라구.

친구 3: 우리들도 니가 후딱 회복되라고 기원헐 테니까 선생님 말씀처럼 그렇게 되도록 너도 노력혀 보아.

상구: (친구 3의 손은 잡으며) 알았어. 노력헐게.

마을 사람들이 더위를 피해 느티나무 밑에 모여 앉아 있다. 느티나무 위에서 들리는 매미 울음소리가 마을의 고요를 흔든다. 덥기 때문인시 배를 내놓고 부채질을 하는 사람도 있다.

마을 사람 1: (매우 우울한 표정으로) 상구가 죽게 되었다면서.

마을 사람 2: 그렇게 말이여, 참말로 안되었당게. 갸가 보통이 아닌디 말이여.

마을 사람 3: 뼈만 남았다고 허드라고. 보고 온 사람마다 혀를 찬다니께.

마을 사람 1: 상구 아버지가 잘못허고 있는 거여. 왜 주저허고 있냐 그 말이여. 당장 큰 병원으로 가보야 헌다니께.

마을 사람 3: 돈이 없어서 그런다고 허더구먼.

마을 사람 2: 돈이 문제여. 논밭을 팔아서라도 큰 병원에 가보아야지. 아들보다 돈이 더 중요허단 말이여. 상구 갸는 천재란 말이여. 공부 잘 헌다고 면내 일대에 소문이 쫙 퍼져 있다니께. 무신 수를 써서라도 살려내어야 헌다구. 나 같으면 집을 팔아서라도 진작 큰 병원에 갔을 것이구만.

마을 사람 1: 맞는 이야그여. 상구 갸가 어려서부터 총명혔어. 서울 법대에 간다고 몸을 무리혀서 그런다고 허던디. 안되었다니께. 죽게 된다면 아까운 녀석이라구. 꽃이 채 피기도 전에 낙화해 버리면 참말로 슬픈 일이랑게.

방구석에는 어둠이 도둑고양이처럼 웅크리고 있었다. 장지문에 뽀얗게 앉은 달빛으로 인하여 방 중앙이 희끄무레한 것과는 대조적이었다. 그는 몸을 뒤척이며 잠을 이루지 못했다. 동생들은 곁에서 코를 골며 단잠에 빠져 있었다. 그는 손을 뻗어 문을 열고 밖을 물끄러미 바라보았다. 토방에 누워 있던 황구가 깨어나 그를 보고 꼬리를 치다가는 그가 아무런 반응을 보이지 않자 다시 죽은 듯이 누워 꼼짝하지 않았다. 우물가에 있는 대추나무 가지가 바람을 타고 살랑살랑 춤을 추었다. 고개를 조금 들자 조각달과 반짝이는 별들이 시야에 들어왔다. 그는 엎드려 있는 자세에서 턱 밑에 베개를 괴었다. 그러고는 조각달을 우두커니 바라보았다.

'눈썹 같은 저 달이 점점 가늘어지다 나중에는 보이지 않는 것처럼 나도 시나브로 쇠약해져가다 결국에는 죽고 말 것이구만. 마지막 잎새가 뚝 떨어지듯 어느 날 갑자기 그렇게 갈 것이랑게. 그럼 내 영혼은 하늘을 훨훨 날아 저 반짝이는 별이 될 것이라구. 별이 되어 밤이면 밤마다 깜박거리며 눈물을 흘릴 것이라구. 처량허게 슬피 우는 내 모습을 사람들이 알아보기나 헐까. 나는 슬픈 존재라구. 마냥 눈물만을 흘리며 죽는 날을 기다려야 헌다니. 내가 죽으면 가족들은 얼마 동안 슬퍼허다 까마득히 잊어버릴 것이랑게. 내가 죽어도 이 세상은 변화가 없을 것이여. 나만 바람처럼 없어진다니께. 거대한 우주 속에서 나의 존재는 티끌과 같다구. 얼마나 보잘것없는 존재인가. 나는 사라져가고 있다니께. 죽어가고 있단 말이시. TV에 나오는 개그와 대중가요와 광고 방송과 멜로 드라마와 그런 것들은 내가 죽어도 여전히 그 자리 거기에서 흘러나올 것이라구. 죽음이란 이처럼 비참허고 슬픈 것을! 한 줄기 푸른 달개비, 연약혀 보이지만 얼마나 아름다운 생명인가. 그렇게라도 살아남을 수만 있다면. 생명이 있는 것이면 모두가 아름답게만 보인다. 위대허게 보인다니께. 나무와 풀과 새와 잠자리와 사자와 두꺼비와 지렁이와 그런 모든 살아있는 것들. 귀허고 천박함을 떠나 살아있는 것들은 모두 위대허게 보인다니께.'

그가 그런 생각을 하며 눈물을 흘리고 있을 때였다. 안방에서 도란도란 속삭이는 소리가 들렸다. 그 소리는 깊은 밤의 정적을 뚫고 작게 들렸다. 그는 눈물을 훔치고는 안방 쪽에 귀를 기울이었다. 아버지보다 어머니의 목소리가 조금 더 크게 들렸다.

"여보, 어떻게 혀야 쓴다요?"

울먹한 어머니의 목소리였다.

"글쎄 말이여. 돈이 웬수구만."

아버지의 한숨 소리가 들렸다.

"동네 사람들이 다 한 마디씩 헌당게요. 상구를 살려야 헌다고 말이 많당게요."

"나도 알고 있구만. 말로는 씨부렁씨부렁 떠들기 좋겄지. 그치만 그게 어디 쉬운 일인감. 자식새끼 살리고 싶지 않은 부모가 어디 있겄어."

"여보, 눈 딱 감고 큰 병원으로 가봅시다잉. 황소도 팔고 밭도 팔아 한번 가봅시다. 설마 산 입에 거미줄 치겄소."

"다른 병원에서 검사를 받아보아도 이상이 없다고 나오는디 큰 병원에 간다고 반드시 병명이 밝혀져 상구를 살려낸다는 보장도 없단 말이여. 큰 병원으로 가서 병명도 알아내지 못허고 돈만 홀렁 날아가면 남은 식구들이 굶어 죽는 단 말이시."

"굶어 죽기야 허겄소. 그런 상황이 되면 내가 도시로 나가 식모살이라도 혀서 식구들을 먹여 살릴라요."

"모든 것이 말처럼 쉬운 것이 아니라니께. 신중허게 생각혀야 쓴단 말이시. 돈 잃고 자식 잃고 그러면 안 된단 말이시."

"긍게 큰 병원으로 가면 돈은 얼마나 든다요?"

"검사비가 비싸단 말이시. 상구는 입원혀서 종합진단을 받아야 헌다니께. 검사비, 입원비 등 돈이 엄청나게 들어간단 말이시. 정확헌 것은 나도 몰라."

"아무리 그려도 자식은 살리고 봐야 허지 않겄소. 황소를 팔고 빚을 조금 내어서 전주 예수병원으로 가봅시다. 그 병원이 유명허다고 헙디다."

"생각혀 보자구. 내 입장은 당신과 쪼깨 다르구만. 나는 식구들의 생계 문제도 생각혀두어야 허니께 말이여."

"상구란 놈이 요즈음 눈물로 세월을 보낸당게요. 소리 없이 눈물을 흘리면서 천장만 쳐다본당게요. 참말로 못 보겄습디다. 서울 법대에 간다고 공부허다 그 꼬락서니로 누워 있으니 본인이야 오죽 답답허겄소. 아예 살려내라고 원망이나 험서 팍팍 울어싸면 옆에서 보는 어미 마음이 쪼깨 덜 아프겄습디다. 근디 이놈은 말 없이 눈말만 흘리면서 처분만 바라고 있단 말이라우. 그 모습을 보면 가슴이 갈기갈기 찢겨나가는 것 같당게요. 어느 때는 목울대가 찡해오면서 눈물이 핑 돈단 말이라우. 그때는 가슴이 와그르르 무너져내린당게요.”

어머니의 목소리는 격앙되어 있었다.

‘어머니, 이 못난 상구가 죽어가고 있구만이라우. 지도 마음대로 헐 수 없당게요. 못난 자식이 어머니의 가슴을 아프게 혀서 미안허구만이라우. 어머니, 마음을 독허게 먹으세요. 자식 하나 없는 폭 잡고 대범허게 나가야 쓴당게요. 어머니께서 엄청 가슴 아퍼허시면 지는 피눈물을 흘린당게요. 어머니, 지는 복이 없구만이라우. 이렇게 처량헌 신세가 될지는 꿈에도 생각 못혀보았당게요. 사람 팔자 시간 문제라고 허더니 지가 어느 날 문득 비참헌 신세가 되었당게요. 어머니, 왜 이렇게 헤프게 눈물만 나오는지 모르겄어라우. 시방도 눈물이 시야를 막는당게요. 어머니, 상구는 살아날 수가 없겄지라우? 살고 싶당게요. 꽃을 피우지도 못허고 죽을 수는 없당게요. 이 나이에 죽는다면 억울허고 원통혀서 귀신도 황천을 떠돌며 울 것이구만요.’

그는 누운 자세에서 양손으로 연신 눈물을 훔쳤다.

“마음이 아픈 것은 당신만이 아니라구. 일이 손에 잡히지도 안 허고 일을 헌다고 혀도 남의 정신으로 헌당게. 머리 속이 멍혀오면 몸이 무감각혀지더라구. 사실 상구에게 기대를 혔던 것은 사실이라구. 상구가 저렇게 될지 누가 알았느냐 말이여. 어제는 산으로 풀을 베러 가서 실컷 울었구만. 낫으로 땅을 치며 호소혔당게. 우리 상구를 살려달라고. 지가 무신 죄를 지었나요. 산신령님은 아실 것이구만요. 말씀혀 주시지요. 만약 죄가 있다면 용서허시고 우리 상구를 살려 주시오잉. 우리 상구는 불쌍헌 새끼란 말이라우. 눈물을 흘리며 이렇게 호소혔당게.”

'아버지, 죄송허구만이라우. 안팎으로 걱정만 끼쳐드려서 어쩌야 쓴대라우. 지는 알고 있당게요. 아버지가 지를 엄청나게 생각허고 기시다는 것을. 지는 불효자식이랑게요. 집안 살림 다 까먹을 불효자식이란 말이라우. 아버지, 혹 지가 죽어도 너무 슬퍼허지 마시랑게요. 상철이 상필이가 있으니께요. 근디 아버지, 지는 죽고 싶지 않당게요. 살아서 훨훨 날아다니고 싶단 말이라우.'

"여보, 결단을 내립시다. 죽을병에 걸려서 도저히 살릴 수 없다면 모르지만 아직은 그것도 아니니께 포기허면 안 된단 말이라우. 부모로서 허는 디까지는 혀 보아야 쓴당게요. 소를 먼저 팔아봅시다."

"나도 그쪽으로 생각허고 있다구."

"고맙구만이라우. 우리 상구는 죽지 않을 것이구만요. 갸가 어려서부터 명이 길다는 말을 들어왔단 말이라우."

"고맙기는 뭐가 고마워. 당신만의 문제인가. 당신 너무 걱정허지 말라구. 그러면 당신이 먼저 말라죽는당게."

"알았구만이라우. 내일이라도 당장 소를 팔아버립시다."

"그러자구."

도란도란 주고받던 두 분의 말씀이 끊어지자, 집안엔 정적이 감돌았다. 그는 문을 닫고 눈을 감았다. 그러나 좀처럼 잠을 이룰 수 없었다.

학교 화장실 옆 오동나무 밑에 반 친구들이 모여 앉아 있다. 쉬는 시간이면 자연스레 모여 앉아 휴식을 취한다. 반 친구들이 삼삼오오 모이면 단골 메뉴로 삼는 이야기 소재는 상구에 대한 것이다.

동급생 1: 상구헌티 가보아야 허지 않을까?

동급생 2: 가보면 좋지. 나도 그게 마음에 걸리더라. 찝찝허다니께.

동급생 3: 반 대표들이 갔다 왔는디 또 가야 헐까? 우리들을 만나면 상구가 위로받을 수도 있겠지만 역으로 상처받을 수도 있을 것 같단 말이여.

동급생 1: 일리가 있는 이야그다. 나는 왜 친구들처럼 건강허지 못헐까, 허고 세상을 비관할 수도 있겠다.

동급생 2: 그럼 그 문제는 더 있다가 생각혀보자구.

동급생 1: 상구헌티 다녀온 친구가 그러는디 죽을지도 모른다고 허드라. 심각헌 모양이여.

동급생 3: 병명이 뭔데?

동급생 1: 소화불량 증세로 가볍게 나온 모양이여. 다른 데는 이상이 없다고 허드라고. 그런디 상구는 시름시름 앓으며 죽어가고 있다는 거여.

동급생 2: 오진일지도 모르지.

동급생 1: 상구의 꿈이 서울 법대 아니었냐. 모든 일이 욕심대로 안 된다구. 사실 대인고등학교에서 서울 법대를 꿈꾸는 것은 조금 무리지.

동급생 2: 나도 그렇게 생각혀. 태인이란 구석은 환경이 열악해 큰 공부를 허기엔 부적합허지. 학원이 있나, 큰 서점이 있나, 독서실이 있나, 큰 도서관이 있나.

동급생 3: 대인고등학교 선생님들은 실력이 없기로 군내에서 유명허지 않냐. 학생들도 마찬가지이구. 학교에서 퇴학 맞으면 대인고등학교로 간다는 말은 군내 일대에 좍 퍼진 소문이거든. 그런 환경인데도 불구허고 상구는 독학으로 서울 법대를 노린거라구. 보통 놈이 아니여.

동급생 2: 전교 회장에도 입후보허지 않고 공부에만 매달렸는디 참말로 안되었다.

동급생 1: 절에 가서 사법 고시 준비허는 형들과 함께 공부도 혔다고 허드라고.

동급생 2: (자리에서 일어서며) 야, 수업 시작혔다. 교실로 들어가야지.

동급생 3: 그러자구.

자리에서 모두 일어난다.

동급생 1: 야, 들어가기 싫다. 한 시간 까먹어 버리자. 상구를 봐라. 건강이 제일 중요헌 것이여. 죽으면 모든 것이 끝나는 것이여.

친구들의 반응이 없다. 친구들은 주머니에 두 손을 푹 찌른 채 어슬렁 어슬렁 교실로 향한다. 흡사 패잔병처럼 맥없이.

황소를 팔고 조합 빚을 얻어 목돈을 마련했다. 아버지로서는 결단을 내린 셈이었다. 상구는 아버지가 고마웠다. 큰 병원으로 간다는 생각만 해도 몸이 가볍게 느껴지면서 병이 나아 버린 듯한 기분이었다. 병원에 가서 진찰을 받기 위해 몸을 씻어야 한다는 아버지의 요구를 상구는 거절하지 않았다. 아버지는 그의 몸을 문지르며 말했다.

"눈만 감으면 송장이구나. 니가 이렇게 말라버렸구나. 니가 박복헌 탓이여. 니가 부잣집에서 태어났어 봐라 이런 고생을 혔겄냐."

아버지의 투박한 손이 그의 몸 구석구석을 들랑거렸다. 그는 죽은 듯이 가만히 있었다.

“지는 이자 살기 아니면 죽기랑게요. 전에는 죽는다는 것이 무섭더라구요. 근디 시방은 다르구만요. 마음속으로 모든 걸 버리니께 편안혀지더라구요. 누구나 다 죽는 것 아니겄어요.”

“니가 어른스러워졌구나. 상구야, 희망을 품어야 쓴다. 사람이 쉽게 죽는 게 아니란 말이시. 질기네 혀도 사람 목심처럼 질긴 게 없단 말이시.”

“어느 병원으로 갈 건데요?”

“예수병원으로 가려고 헌다. 현대식 시설을 갖춘 큰 병원이라고 허드라. 니 생각은 어떠냐?”

“그리 가고 싶네요. 지도 소문 들었구만요.”

아버지는 수건에 비누를 묻혀 몸을 문지른 다음 물수건으로 비누 거품을 말끔히 닦아내었다. 아버지가 돌리는 대로 그는 몸을 좌우로 움직여주었다. 아버지는 삼대처럼 말라버린 그의 몸매를 보고 연신 혀를 차며 안타까워하였다.

“시방 아픈 디는 없냐?”

“없구만이라우. 입맛이 없고, 소화가 안 되고, 그리서 못 먹고, 그리서 야위고, 그리서 힘이 없고, 그게 전부랑게요.”

아버지는 손수 씻긴 그의 몸에 옷을 입혀주었다.

“니가 말라서 그런지 꼭 허수아비에 옷을 입히는 기분이구나. 보통 마른 게 아니란 말이시.”

“좌우로 몸을 돌리기도 힘들더니 오늘은 쪼깨 낫네요.”

“큰 병원에 가면 정확한 병명이 밝혀질 것이다. 글먼 너는 완쾌될 수 있는 거여.”

마을 사람들이 동네 입구로 나와 엇걸어 팔짱을 끼고는 어슬렁거린다. 둘씩 셋씩 모여 서서 수군수군 이야기를 나눈다.

동네 사람 1: 상구가 큰 병원으로 간담서. 상구를 한번 보고 싶어서 나왔구만.

동네 사람 2: 나도 그리어. 이것 보라구. 다 상구가 보고 싶어서 나온 마을 사람들이라구. (손으로 사람들을 가리키며 몸을 빙 돌린다)

동네 사람 3: 상구 아버지가 백번 잘 생각헌 것이여. 상구를 먼저 살려 놓고 봐야 헌다구.

동네 사람 4: 돈은 없다가도 있을 수 있고, 있다가도 없어질 수 있지만 사람 목심은 다르다니께. 한번 잘못되면 끝나는 거여. 진작 큰 병원으로 가야 혔다고. 쪼깨 늦었다니께.

동네 사람 1: (동네 사람 4를 응시하며) 나도 같은 생각이구만. 상구 아버지가 너무 앞뒤를 재다가 늦었다구.

동네 사람 3: (동네 사람 1를 가리키며) 자네 남의 일이라고 함부로 말하지 말소. 상구 아버지라고 왜 후딱 큰 병원에 가보고 싶은 생각이 없었겠는가. 가장으로서 이것저것 재지 않을 수 없었겠지.

동네 사람 1: (얼굴을 붉히며) 그럼 자네는 상구 아버지가 잘혔다고 보는가?

동네 사람 3: 아먼 잘혔지. 결단을 내린 것이 쪼깨 늦었지만 말이여.

동네 사람 1: 내 이야그가 바로 그것이구만.

동네 사람 2: (동네 사람 1과 3을 가리키며) 자네들 싸울 건가. 그만두소. 저기 달려오는 게 뭔가? 택시 아닌가? (마을을 향해 질주해 오는 노란색 택시를 가리킨다. 그러자 마을 사람들의 시선이 일제히 택시로 향한다)

동네 사람 1: 예수병원으로 간담서?

동네 사람 4: 맞아. 나도 거기로 들었어.

택시가 마을 입구 느티나무 밑에 와서 멈춘다.

아이들: 택시다, 택시! (노란 택시 주위로 모여들어 반짝반짝 광택이 나는 차체를 신비롭게 바라본다)

동네 사람 1: (아이들을 밀어내며) 야, 너희들 저리 비켜! 무신 구경거리라고 모여드는 거여!

아버지가 상구를 등에 업고 느티나무 밑에 나타난다. 그 뒤를 어머니가 따른다. 상구는 택시 뒷좌석에 앉혀진다. 어머니가 상구 옆에 앉는다. 아버지는 조수석에 앉는다.

상구: (기웃거리는 마을 사람들에게 꾸벅 인사를 하며) 잘 다녀오겠습니다.

동네 사람들: 그리어 잘 다녀오라구!

택시가 미끄러져 간다.

택시가 경사진 언덕배기 2차선 도로를 질주해 올라가더니 우람한 흰 빌딩 앞에서 멈추었다. 택시 밖으로 나오자 아스팔트 길바닥 위에서 나온 뜨거운 열기가 얼굴을 기습해 왔다. 아버지나 어머니의 이마 위에서는 땀이 줄줄 흐르고 있었다. 아버지와 어머니가 양쪽에서 그의 팔을 잡고 부축하여 주었다. 병원 현관을 향해 조심스레 계단을 오르기 시작했다.

"지는 별로 땀이 나지 않네라우."

"너는 몸이 쇠약해져서 그런단다."

어머니의 목소리는 낮았다. 힘이 없는 착 가라앉은 음성이었다. 어머니는 많이 긴장하고 있는 듯이 보였다. 아무리 그렇다고 하더라도 어머니가 그 자신보다 더 긴장하고 있지는 않을 것이었다. 아버지는 말없이 계단을 올랐다. 그는 한 계단 오를 때마다 점점 가중되어 오는, 흰 건물이 가져다주는 싸늘한 두려움을 느낄 수 있었다. 그에게는 병원이 무섭게 느껴졌다. 그는 걸음을 옮기다 현기증이 일어 우뚝 섰다.

"상구야, 왜 그러냐?"

어머니가 놀란 표정으로 동그랗게 눈을 크게 떴다.

"쪼깨 어지럽구만요."

"글먼 쉬었다 가자. 계단에 그냥 앉는 거여."

아버지는 팔을 잡고 그를 계단 위에 주저앉혔다. 그는 계단에 걸터앉아 따가운 햇빛을 손으로 가렸다. 그의 시야에 병원 흰 건물이 육중한 크기로 들어왔다.

"종합병원에서는 하루에 수십 명씩 죽어 나간다고 허드라고."

어디서 들었던 말이 떠올랐다. 섬뜩했다. 그에게는 흰 건물이 거대한 식인 동물로 보였다. 흰 건물이 조금씩 기우뚱거리고 있었다. 아니었다. 거대한 식인 동물이 꿈틀대고 있었다. 무서웠다. 몸에 소름이 돋았다.

'안 된다고. 잡아먹히면 안 된다니께.'

그는 몸을 웅크리고 바르르 떨었다.

"상구야 이놈아, 정신 차려!"

어머니가 그의 팔을 잡고 격렬하게 흔들었다.

"안 되겠구만. 내가 업어야 쓰겄어."

아버지가 그를 끌어당겨 등에 업었다. 끙끙대며 계단을 올랐다.

"뭔 일이다여. 검사도 받아보기 전에 죽는 것 아니여. 왜 불길헌 생각만 드는 것인지 모르겄구만. 불쌍헌 우리 상구. 이놈아 죽으면 안 된단 말이시. 이를 물고 살아나야 쓰는 것이여."

뒤에서 중얼거리는 어머니의 말이 아련하게 들렸다.

병원 대기실에 앉아 한참을 쉬자 현기증을 거의 느낄 수 없었다. 아버지는 접수창구로 가서 고개를 기웃거리고 있었다. 대기실에는 수많은 사람들이 북적거렸다.

"상구야, 사이다라도 한 잔 마실래?"

어머니는 안쓰러운 표정으로 그를 바라보았다.

"생각 없구만요."

그는 어머니 앞에 손을 쩔쩔 내저었다. 부산하게 대기실을 오가는 사람들로 인하여 실내는 어지러웠다.

"상구야, 가자. 내과 병동 복도로 가서 기다리자구나. 접수는 끝냈다. 내과 진료실 복도에서 기다리고 있다가 호명되면 들어오라고 허더구나."

접수창구에서 돌아온 아버지의 손에는 주민등록증처럼 생긴 진찰권이 쥐어져 있었다.

"당신 수고혔어요. 환자들이 많이 대기허고 있겄지요?"

"그건 모르겄는디. 내과 진료실 복도로 가보자구."

아버지와 어머니가 상구의 양팔을 부축하고 내과 병동 쪽으로 걸어갔다.

내과 진료실 복도에 사람들이 북적거렸다. 그들은 긴 의자 옆에 서 있다가 자리가 나자 잽싸게 나란히 앉았다.

한참을 기다리자, 진료실 문이 열리더니 간호사가 그의 이름을 불렀다.

"임상구 씨, 들어오세요."

상구가 의자에서 몸을 일으켰다. 상구는 부모님의 부축을 받으며 진료실로 들어섰다. 그는 의사에게 꾸벅 인사를 올렸다. 그러나 의사는 무반응이었다. 이름을 확인하더니 어디가 아프냐, 언제부터 그랬느냐, 어느 병원에 가보았느냐, 지금 아픈 곳은 없느냐, 의사는 사무적인 말투로 물었다. 그는 모든 것을 사실대로 말했다. 의사는 그가 말하는 것을 열심히 기록했다. 현기증과 소화불량과 구토증과 체중 감소와 그런 것들을 기록하는 것 같았다.

"선생님, 잘 좀 부탁드립니다요. 우리 상구는 꼭 살려야쓴당게요."

어머니는 의사를 향해 애원 조로 말했다.

"걱정 마십시오. 검사를 해보면 원인을 찾아낼 수 있을 겁니다."

"야가 공부를 헌다고 몸을 무리혔거든요."

이번에는 아버지가 한마디 거들었다.

"그래었군요. 학생, 이리 누워 봐요."

자리에서 일어난 의사가 몸을 돌려 창가에 있는 침대를 가리켰다. 상구는 부모님의 도움을 받아 침대에 길게 누웠다.

"상의를 올리세요."

그는 상의를 턱밑까지 끌어당겨 배와 가슴을 공간에 노출시켰다.

"많이 야위었군요. 아프면 말하세요."

의사가 배를 살살 누르며 말했다. 이곳저곳 옮겨 다니며 손끝으로 복부를 눌러보았다. 명치끝을 눌렀을 때 그는 아, 하는 소리를 내었다. 그러자 의사는 명치끝 주위를 집중적으로 눌렀다. 강약을 달리하여. 약하게 살살 눌렀을 때는 시원함을 느낄 수 있었지만 강하게 눌렀을 때는 바늘로 찌르는 듯한 통증이 전해졌다. 통증이 느껴질 때마다 아, 하는 소리를 내었다. 어느 정도 시간이 지나자, 의사의 손이 흉부로 옮겨왔다. 의사는 귀를 가슴 가까이 대고는 손끝으로 흉부를 탁탁 치면서 이곳저곳의 진동음을 포착하기 위해 노력했다. 흉부를 때려본 다음에는 가슴 곳곳에 청진기를 대보았다.

"상의를 내리고 일어나세요."

의사는 진찰이 끝나자, 자리로 돌아와 의자에 앉더니 병력 카드에 영어로 빠르게 써나갔다. 그는 상의를 내리고는 혁대를 풀어 바지 속에 상의 끝을 집어넣고 다시 조였다. 그러고는 의사와 마주 앉았다. 기록을 마친 의사가 말했다.

"아직은 이렇다 저렇다 말할 수 없어요. 우선 몇 가지 검사를 받아보세요. 그 결과를 보고 말합시다."

"죽을병은 아닌가 모르겠네요."

"아직은 모른다니까요."

의사는 어머니의 말에 냉갈령스럽게 대꾸했다. 귀찮게 군다는 듯한 태도였다. 그러자 아버지가 어머니의 옆구리를 쿡 질렀다. 어머니는 눈치가 빨랐다.

"아, 그렇군요."

어머니는 부드럽게 말했다.

"간 기능 검사, 흉부 X선 검사, 소변 검사, 위 조영 검사를 먼저 받아봅시다. 지금 공복 상태지요?"

의사가 아버지를 쳐다보며 말했다.

"검사받기 위해 굶었구만이라우."

"그럼 되었습니다."

"밖으로 나가셔서 수납하시고 검사실로 가세요."

그들은 간호사의 안내를 받아 진료실을 나왔다.

검사를 끝내고 집으로 돌아온 상구는 결과에 대한 궁금증으로 몹시 초조한 나날을 보내었다. 그는 닷새 동안 제대로 잠을 이루지 못했다. 결과가 나쁘게 나왔을 때 어떻게 대처해야 할 것인지 그로서는 난감했다.

'사람은 태어나면 언젠가 죽는 것인디 말이여. 쪼깨 일찍 가는 것과 늦게 가는 것의 차이는 뭐시대여. 긴 역사의 시간대 속에서 보면 극히 짧은 시간이 양쪽 사이에 존재헌다구. 그러고 보면 남보다 일찍 죽는다는 것이 무척 슬픈 것만은 아니란 말이시. 죽음이 가까이 다가왔을 때 의연해야 쓴다구.'

그런 생각이 들다가도 어느 때는 살아야 한다는 욕망이 밑도 끝도 없이 불쑥 고개를 쳐드는 것이었다. 그때 그의 의식 세계를 지배하는 것은 강한 두려움이었다. 또한 죽음에 대한 두려움은 불안을 동반했다. 그는 불안했고 두려웠다.

내과 병동 외래 진료실. 형광등이 켜져 있고 햇살이 창턱을 넘어와 침대 머리맡에 혀를 내밀고 있다. 상구는 의사와 마주 앉아 있다. 상구를 부축하고 들어온 아버지와 어머니는 그의 곁에 서 있다.

의사: (상구를 응시하며) 학생 너무 걱정하지 말아요. 죽을병은 아니니까.

상구: 무신 병인디요?

서 있는 아버지와 어머니는 살았다면서 안도의 숨을 내쉰다.

의사: 위장병이라고 해야지.

아버지: 위장이 어떻게 아픈가요잉?

의사: 신경성 위궤양입니다. 상태가 심한 편입니다. 강박 관념과 불안 그리고 과로와 스트레스가 원인입니다.

아버지: 상구가 서울 법대에 간다고 신경을 많이 쓰고 늘 과로했습니다.

의사: 목표가 너무 클 때 강박 관념을 느낄 수 있지요. 정신적인 문제로 병을 얻는 수가 많습니다.

아버지: 다른 검사는 안 받아도 될까요? 속 시원허게 검사를 받아보고 싶습니다.

의사: 현재로서는 그럴 필요를 느끼지 못합니다. 위 외에는 검사 소견

이 다 좋거든요. 이상이 있는 곳을 발견했으니 일단 치료를 해보고 효과가 없으면 다른 검사를 받아봅시다.

어머니: 선생님, 소화불량 기가 있다고 혀서 진찰받고 약을 먹어보았어라우. 근디 효과가 없었당게요.

의사: 위장병에도 여러 가지가 있거든요. 거기에 따라서 처방이 달라집니다. 입원할 필요는 없고 일단 약을 한번 먹어보세요.

아버지: 그러지요.

아버지는 상구와 어머니를 겨끔내기로 쳐다본다. 동의를 구한다기보다는 그렇게 하자는 강요의 눈빛이다. 상구와 어머니는 서로를 한 번 쳐다보고는 그렇게 하자면서 고개를 끄덕인다.

의사: 음식을 조심해야 합니다. 죽을 계속 먹으세요. 그리고 규칙적인 생활을 하세요. 가벼운 운동도 꼭 하구요. 운동은 필수입니다.(의사는 병력 카드에 영어로 빠르게 기록한다)

상구: 알았구만이라우.

간호사: (글씨를 쓰면서) 모두 밖으로 나가 계세요.

상구 일행은 의사에게 인사를 건네고 진료실을 나선다. 의사의 거만하면서도 무뚝뚝한 태도는 지난번과 크게 다르지 않다. 복도 의자에 앉아 있자 진료실 문이 열리면서 간호사가 쪽지를 들고나온다.

간호사: (아버지에게 쪽지를 건네주며) 수납하시고 처방전을 받아 약국으로 가세요. 주사는 없습니다.

불친절하기는 간호사도 마찬가지다. 상구 일행이, 고맙습니다, 안녕히 계세요, 이렇게 인사를 해도 못 들은 것인지 아니면 인사를 안 받는 것인지 다음 손님을 큰소리로 호명할 뿐 대꾸가 없다. 상구는 아버지와 어머니의 부축을 받으며 내과 병동 복도를 걸어 나온다.

상구가 예수병원에서 돌아와 이틀째 약을 먹고 있을 때였다. 상구가 죽어간다는 소문을 듣고 쫓아온 아버지 친구가 영험하기로 유명하다는 전주 오목대 아래 세송당한약방을 소개하였다. 아버지는 그 친구의 말을 듣고 세송당한약방을 찾아가 보기로 하였다. 아버지는 상구에게 세송당한약방을 찾아가 보자고 요구했다. 그러나 상구는 비판적인 태도를 취했다.

"예수병원 약을 먹어보고 효과가 없으면 가지라우. 가더라도 나중에 갔으면 좋겄는디요."

"아니다. 급허다. 예수병원 약만 믿고 있을 수 없다 그 말이여. 니 몸이 시방 말이 아니란 말이시. 영험허다고 허니까 하루라도 빨리 찾아가서 진맥을 혀보고 약을 지어오자구나. 양약과 한약을 같이 먹어도 되니께 말이여. 소화기 계통 약이라 양약이나 한약 다 독성이 거의 없다고 혔어."

아버지는 매우 적극적인 자세였다.

"상구야, 아버지 말대로 혀보거라. 하루라도 빨리 완쾌되어야 허지 않겄냐."

어머니까지 아버지의 뜻에 동조하고 나왔다.

상구는 끌려가다시피 하여 세송당한약방을 찾았다. 약사는 수염이 덥수룩한 70대 정도 되어 보이는 노인이었다. 진맥을 하면서 노인은 혀를 끌끌 차며 일찍 찾아왔으면 좋았을 것이라고 하였다. 그러나 아주 늦지는 않았다고 하였다. 영험하기로 소문난 한약방이라서 그런지 환자로 보이는 사람들이 줄을 서서 기다리고 있었다. 그 한약방에서 건네준 약은 좀 특이하였다. 인삼이나 감초 같은 것이 든 그런 부류의 약이 아니었다. 토끼 똥처럼 생긴 검은 알갱이가 투명한 비닐 속에 들어앉아 있었다.

'이렇게 생긴 약이 효과가 있을까?'

상구는 그 약에 믿음이 가지 않았다. 어딘가 부실해 보였고 단순하게 느껴졌던 것이다. 그렇지만 영험하기로 소문난 한약방에서 제조한 것이기 때문에 그 영험하다는 것 하나를 믿고 상구는 아버지와 함께 손에 든 약봉지를 애지중지하여 집으로 돌아왔다.

상구는 한약방에서 가져온 약을 선반 위에 올려놓았다. 그러고는 예수병원에서 가져온 약만 복용하였다. 상구는 양약을 먼저 복용한 후에 한약을 먹을 생각이었다. 그러나 이것을 안 아버지가 가만히 있지 않았다.

"아비 말을 듣거라잉. 하루가 급허단 말이시. 한약방에서 가져온 약은 독한 것이 아니기 때문에 같이 복용허도 된다고 허드라. 빨리 먹고 후딱 나아야 쓰지 않겄냐. 영험허다고 혔은 게 하루라도 빨리 먹어야 쓴다. 무신 말인지 알아듣겄냐?"

상구는 아버지의 강력한 요구를 물리치지 못하고 한약과 양약을 섞어 복용했다. 토끼 똥처럼 생긴 검은 알갱이 7개와 양약을 손바닥 위에 올려놓으면 조금 과장해서 한 주먹은 되어 보였다. 그는 매 끼니때마다 식후에 그 약을 목구멍 깊숙이 털어 넣고 물을 벌컥벌컥 마셨다. 쓰지는 않았지만, 양이 많아서 약을 먹기가 고역이었다. 한약을 먹은 뒤부터 상구의 머릿속에서는 영험하다는 말이 떠나가지 않았다. 그 약이 영약으로서 영험한 효과를 줄 수도 있다는 가능성 쪽과 그 약방이 영험하다는 것은 헛소문일 것이므로 효과가 없을 것이라는 불가능 쪽이 상구의 머릿속에서 엎치락뒤치락 재주를 넘었다.

약을 섞어 복용한 지 일주일이 지나자, 뱃속이 포근해지면서 입맛이 돌아왔다. 그는 어머니가 끓여준 미음에서 고소한 맛을 처음으로 느낄 수 있었다. 그러면서 상구가 먹는 미음의 양도 많아져 갔다.

"봐라. 효과가 있지야. 니가 이자 살아날 보양이다. 상구 니가 죽지 않고 살 모양이여. 영험허다고 혔은게 효과가 있겄지야."

아버지는 한약이 효험을 발휘하는 것으로 알고 상구의 손을 꼭 잡고는 기쁜 표정을 감추지 못했다.

"살아나야지. 니가 누군디. 내 새끼 아니냐. 못 먹이고 못 입혀 어미 마음이 많이 아프단다. 니가 죽어봐라. 어미 가슴이 어찌 되겄냐잉. 이자 니가 제대로 연을 만난 거여. 얼른 회복혀서 뛰어다니거라잉. 니 사주에 죽을 운은 없으니께 그렇게 알고 있거라잉."

어머니는 상구 앞에서 연신 눈가를 훔쳤다. 그녀는 그에게 영험하다는 한약을 먹고 효험을 본다고 하면서 그 토끼 똥 같은 약을 한 끼도 빼놓지 말고 꾸준히 먹으라고 당부하였다.

그렇지만 상구의 입장은 달랐다. 한약보다 양약에 신뢰가 갔다. 양약은 한약보다 훨씬 과학적이다는 점을 염두에 두었다. 그는 양약이 효험을 발휘하는 것으로 믿었다. 그의 병세는 몰라보게 달라져 갔다. 죽을 먹다 밥을 먹으면서 활기를 얻을 수 있었다. 슬프게만 느껴지던 산과 들과 형제들이 아름답게 보이기 시작했다.

해가 떠오르는 아침. 마을 뒷길을 산책하며, 죽음의 문턱에서 용케 빠져나온 것 같은 희열감을 느낄 수 있었다. 오솔길을 걸으며 푸른 잎새를 바라보고 나도 저렇게 살 수 있다, 나는 살아날 수 있다, 는 한 가닥 가느단 확신을 갖기 시작했다.

건강이 회복되어 가면서 구토증과 현기증이 자취를 감추었다. 마을 사람들은 회복되어 가는 상구를 보고 무척 기뻐하였다.

"그리어 다행이구만. 나는 진작부터 상구 자네가 절대 죽지 않을 것으로 알고 있었네."

"자네 아버지가 그러대. 소를 판 돈으로 병원비를 대고 그동안 진 빚을 갚았다고. 천만다행 아닌가. 만약 자네가 살림 다 까먹고 죽었으면 어떻게 되었겠는가. 자네 부모님과 형제들은 거지가 되는 것이여. 건강을 회복해 가고 있으니께 자네 좋고, 자네 식구들 좋고, 나도 좋고 그러네."

고샅에서 만나는 사람들마다 그의 손을 잡고 흔들어대었다.

건강이 회복되면 친구들처럼 학교에 다시 나갈 수 있다는 생각이 들면서 그의 머릿속에서 뱀 대가리처럼 고갤 쳐드는 것이 있었다. 그것은 서울 법대였다. 그는 고개를 좌우로 세차게 흔들었다.

'시방 그것을 생각헐 때가 아니여. 서울 법대 땜시 죽으려다 살아났단 말이시. 생각만 허면 징그럽당게. 건강도 회복허지 못헌 단계란 말이시. 대학 문제는 일절 생각허지 말아야 쓰겄구만. 시나브로 건강이 좋아지고 있으니까, 시방은 거기에만 집착혀야 헌다구.'

7

밤의 변주

경계선이 없는 구역
낮과 밤이 수시로 출몰하여
대지를 사수하다
썰물처럼 자취를 감추곤 하였다
사각모를 쓴 연인들이
호숫가 벤치에 앉아 속삭이는 모습을
종종 발견할 수 있었다
헬리콥터를 타고 하늘을 떠돌다
착륙해보면 샐녘 여명이 밀려와 있었다
모래성은 제법 높게 쌓아 올려졌다
눈을 뜨고 쌓은 성
눈을 감고 발로 허물어 버렸다
심한 몸살을 앓고 난 뒤끝처럼
허탈한 심정으로
창가의 햇살을 움켜잡고
허둥거려야 했다

그가 교실로 들어서자 친구들이 놀라운 표정을 짓는다.

친구 1: (상구 자리로 다가와) 반갑다, 상구야. 건강이 좋아졌구나. (서로 손을 맞잡고 뜨겁게 악수를 나눈다)

친구 2: (악수를 청하며) 그동안 네가 돌아오기를 많이 기다렸다. 반갑다.

자리에 앉아 아침 자율학습을 하던 친구들이 일어나 상구 곁으로 몰려온다. 상구는 악수 세례를 받는다. 하나하나 정답게 악수를 나눈다. 교실 안은 웅성웅성 떠드는 소리와 환한 웃음으로 가득하다. 떠드는 친구들의 주된 이야기 소재는 상구에 대한 것이다.

친구 1: 상구야, 이제 100% 완치된 거니?

상구: 그건 아니여. 70% 좋아졌다고 보면 돼.

친구 2: 그럼 앞으로 재발혈 수도 있다는 이야그네?

상구: 그럴 수도 있지. 허지만 내가 음식만 조심헌다면 그런 일이 없을

거라고 생각허고 있어.

친구 1: 참 다행이다. 앞으로 무리를 허지 말아야 쓰겄다.

상구: 알고 있어.

친구 2: 서울 법대에 간다는 꿈 시방도 유효허니?

상구: 글씨. 3개월을 쉬어서 어려울 것 같다. 그렇다고 앞으로 무리혀서 공부를 헐 수도 없는 거구 말이여.

아침 학급조회 시작을 알리는 음악 소리가 들리자 상구 곁에서 맴돌던 친구들이 부산하게 자리로 돌아가 앉는다. 담임 선생님이 출석부를 들고 교실로 들어선다. 선생님은 상구를 발견하고는 씩 웃는다. 실장의 구령 소리가 교실 안을 쥐흔든다. 인사가 끝나자 선생님은 교실 안에 고인 침묵을 가른다.

선생님: (상구를 응시하며) 임상구, 일어나거라. 건강이 좋아져서 다행이다. 그동안 고생 많이 했다. 어떤 사람이든 평생 살면서 한 번쯤은 어려운 고비를 넘기는 법이다. 우리 모두 고통을 이겨내고 건강을 되찾은 상구에게 뜨거운 박수를 쳐주자.

선생님이 먼저 박수를 친다. 그러자 학생들이 상구를 응시하며 뜨거운 박수를 보내준다.

상구: (일어난 자세로 연신 허리를 굽히며) 고맙습니다, 고맙습니다.

선생님: 상구 너 친구들에게 할 말 있으면 지금 선 채로 이야기해 봐라.

상구: (조금은 수줍은 표정을 지으며) 저를 걱정혀 주신 선생님과 친구들 덕분에 이렇게 건강을 되찾게 되었습니다. 고맙습니다. (다시 한번 박

수가 터진다)

3개월 동안 쉬다가 학교에 나오니 적응하기가 쉽지 않았다. 놓친 진도를 따라잡으려고 하자 밀린 학습 내용들이 벅차게 다가와 머릿속이 혼란스러웠다. 서울 법대에 가려고 준비해 온 것에 차질이 생긴 것은 물론이었다. 그로서는 고민이었다. 서울 법대에 응시하려면 재수해야 하는데 그것도 용이하지 않았다. 돈도 문제지만 전처럼 무리해서 집중적으로 공부를 꾸준히 할 수도 없었다. 죽음의 문턱에서 용케 빠져나왔는데 또 무리해서 건강을 해칠 수도 없었다. 공부에 빠져든다는 것이 그로서는 두렵기만 하였다. 위장병이 완쾌된 것도 아니잖은가. 약을 복용하는 것은 아니지만 과식하면 배가 더부룩한 복부 팽만감을 느꼈다. 그는 서울 법대 진학의 꿈이 저만큼 물 건너갔다고 생각했다. 지금까지 쌓아논 실력과 앞으로 남은 입시 기간 몸에 무리가 가지 않는 범위 내에서 꾸준히 정진한 학력으로 지방 법대나 응시해야겠다고 생각했다. 그는 그 지방 법대를 마음에 두고 공부했다. 수면은 충분히 취하되 낮을 최대한 활용하는 선에서 공부에 정진하였다.

"상구야, 쉬거라. 아퍼서 고생혔으면서도 아직 정신을 못 차렸냐. 이자 또 아프면 너는 죽는 것이여. 너 죽어 봐라. 이 세상만사 다 쓸데없는 뜬구름이란 말이시. 건강이 지일 중요헌 게 그렇게 알고 있거라잉. 책 붙들고 책상 앞에 오래 앉아 있지 마라 그 말이여. 나가서 산책도 허고 돌아다녀라 그 말이여."

어머니는 그가 책상 앞에 앉아 있으면 다가와 끌어내렸다.

"걱정 말아요. 지도 그것을 알고 있구만요. 전에 공부헌 것에 비허면 아무것도 아니당게요. 쉬엄쉬엄 허고 있당게요."

"서울 법대만 생각허고 공부허면 넘어져 코가 깨진단 말이다. 석 달이나 놀았는디 서울 법대에 시험을 칠 수 있겠냐. 거기는 마음에 두지 말거라."

"서울 법대는 포기혔구만요. 전북 법대나 한번 응시혀봐야겠당게요."

"아버지가 허락헐지 모르겄다. 황소까지 날려 버렸으니 목돈 나올 곳이 없단 말이시."

"아르바이트라도 혀서 다녀보아야지라우."

그가 전북 법대를 꿈꾸고 있다는 것이 아버지의 귀에 들어간 모양이었다. 하루는 아버지가 그를 불러 물었다.

"상구야, 니가 전북 법대를 가려고 헌다는 소문이 사실이냐?"

"그렇구만요. 석 달이나 놀아서 서울 법대는 어려울 것 같고 전북 법대나 응시혀 볼까 허는디요."

"서울 법대면 몰라도 전북 법대 나와서 뭐 허겄냐. 서울 법대를 나와도 사법 고시에 많이 떨어진다고 허드라. 전북 법대는 오죽허겄냐. 아예 포기허고 면서기 시험이나 보거라. 농사지으면서 면서기 허면 큰 부자가 될 수 있다고 허드라."

"그건 싫구만요. 지는 지방대지만 합격만 허면 아르바이트라도 혀서 한번 다녀볼 생각이구만요."

"경제적으로 여유가 있으면 아비가 그러겄냐. 황소를 판 돈도 어디로 금세 없어지고 말았다. 니가 아무리 아르바이트를 헌다고 혀도 이 아비가 도움을 주지 않으면 너는 학교에 다니기 어려울 것이다잉. 4년이란 기간이 짧은 세월이냐.”

“서울 법대에 간다고 헐 때 무신 일이라도 혀서 가르쳐줄팅게 공부나 열심히 허라고 혔잖아요. 그렇게 말씀허셔 놓고 전북 법대에 간다고 허니께 두 손 들어 말리는 게 이상허구만요. 앞뒤가 안 맞당게요.”

“아까먹새 이야그혔을 텐디 니가 벌써 까먹었구나. 서울 법대허고 전북 법대는 차원이 다르단 말이시.”

“전북 법대 나와도 사법 고시에 합격헐 수 있구만이라우. 전북 법대 나왔다고 다 별 볼 일 없는 것이 아니랑게요.”

“전북 법대 나와서 사법 고시에 합격허기는 하늘에 별을 따오기만큼이나 어렵다고 허드라. 니가 그 별을 따올 수 있으면 좋겄는디 말이여. 그게 어디 쉽겄냐. 내 복에 겨운 기대는 일찌감치 허지 않을란다.”

“아버지가 그렇게 말씀허시면 지는 헐 말이 없구만이라우. 지를 무시허고 기시는디 그게 쪼깨 기분 나쁘구만이라우. 그게 아니라면 경제적으로 일반 대학(4년제)을 보내기 힘드니께 구실 삼아 허시는 말씀 같당게요.”

“너를 무시허는 것은 아니다. 그렇지만 돈이 없어 너를 가르치기 어렵다는 것을 부인허고 싶지는 않다.”

“돈이 없어 그런다고 솔직허게 말씀허시면 어디가 덧나나요.”

“너는 이 아비의 입장과 마음을 모를 것이다. 가장이란 자리가 쉬운 위치만은 아니더라. 너만 가르치는 일에 전념허고 다른 것은 무시헐 수 있다면 얼마나 좋겄냐잉. 아비는 그렇게 헐 수가 없단 말이시. 상구야, 전주 교대나 가거라. 거기는 2년제이고 수업료도 싸다고 허드라. 고등학교 수업료 수준이라고 허니께 우리 가정 형편에 맞단 말이시. 조금 힘이 든다고 혀도 2년은 버티어 낼 수 있단 말이시."

"전주 교대는 싫구만요. 저보고 국민학교 선생님이나 허라는 이야그인가요?"

"국민학교 선생이 어떻다고 그러냐잉. 방학 때 쉬고, 사회에서 존중혀주고, 얼마나 좋냐잉. 안정된 직업이 국민학교 교사여. 그리고 교대를 나오면 100% 발령이 난단 말이시. 취업률이 100%란 말이시. 좋은 대학이 아니고 뭐시냐잉?"

"하여튼 지는 싫구만요."

예비고사 시험이 끝나고 합격자 발표가 있을 때 그는 크게 긴장하지 않았다. 몇 점을 받았느냐는 그 숫자에 초점이 있지 합격, 불합격에는 신경이 쓰이지 않았다. 합격할 수 있다는 자신감이 있었던 것이다. 아버지나 어머니도 예비고사에 합격했다는 말을 듣고도 별스런 감정을 나타내지 않았다. 당연히 합격해야 되지 않겠느냐는 덤덤한 표정이었다.

"몇 점을 얻었는지 모르지야?"

아버지는 합격 점수에 관심이 있었다. 아버지는 그가 건네준 합격 통지서를 연신 만지작거렸다.

"그건 알 수가 없구만이라우. 대학 시험에 응시허면 예비 고사 성적이 교육위원회에서 대학교로 넘어간다고 허던디요. 그럼, 대학교에서는 그

성적을 본고사에 일정한 비율로 반영헌다고 혔어요."

그의 자세한 설명에 아버지는 고개만 끄덕거릴 뿐 별말씀이 없었다.

대학 입학시험 원서 교부를 하기 시작하자 그의 마음은 초조해져 갔다. 아버지가 가라고 하는 교대는 가기 싫고 전북 법대에 가려고 하니 혼자의 힘으로는 감당해 내기가 벅찰 것 같아 고민이었다. 아르바이트해서 다닐 수 있다는 생각을 해왔으면서도 막상 최종 선택을 해야 하는 상황이 다가왔을 때는 어려운 생활을 견디어 낼 수 있을까, 하는 생각이 들면서 자신감이 대폭 감소하였다. 잠을 제대로 자지 못했다. 날짜가 빠르게 지나감에 따라서 불안감과 초조감은 비례하여 커갔다. 아버지의 뜻은 미동할 기미조차 보이지 않았다. 책을 펼쳐 들어도 내용이 머리에 잘 들어오지 않았다. 그는 먼 산을 쳐다보며 상념에 빠져 있거나 아랫방 책상 앞에 앉아 흰 벽만 우두커니 바라보기 일쑤였다. 누워서 잠을 청해도 신경이 바늘 끝처럼 예리하게 곤두서 눈을 말똥말똥 뜨고 검은 천장만 바라보다가 라디오에서 흘러나오는 '밤은 잊은 그대에게'라는 방송을 들으며 자정이 훨씬 지나서야 잠이 들곤 하였다.

'만약 전북 법대에 간다면 아르바이트를 혀야 허는디 말이여. 무신 아르바이트를 혀야지? 레스토랑이나 카페에서 웨이터로 일을 헌다면 공부를 헐 수 있는 시간이 없을 거란 말이여. 공부를 안 헌다면 대학 나와야 쓸모가 없단 말이시. 과외 지도허는 길은 알지도 못허고 말이여. 아르바이트를 혀서 그것만으로 대학을 다니기는 어렵다고 허드라구. 아르바이트를 혀서 학비에 보태 쓰는 정도로 생각혀야 실수가 없다고 허드라구. 친구들 말이 사실이겄지. 대학에 다니는 형들한테 들었다고 혔으니까 말

이여.'

저녁을 먹고 아랫방으로 돌아온 그는 책상 위에 펼쳐져 있는 책을 거칠게 덮었다.

'전북 법대에 못 가고 전주 교대에 간다면 공부헐 필요 없다구. 국민학교 선생 허기 위해서 공부헌다는 게 우습다니께. 나에게는 국민학교 교사라는 직업이 맞지 않단 말이여. 꼭 전북 법대에 가야 헌다구. 끝끝내 사법고시에 도전혀 보는 거여. 근디 말이여. 쪼깨 무리가 따른단 말이여. 여건은 허락지 않는디 마음이 앞서 가니께 말이여.'

상구는 신경질적으로 책상을 발로 차고는 의자에서 내려와 방에 벌렁 누워 버렸다. 이불을 머리끝까지 덮어썼다.

"도대체 돈이라는 것이 뭐시여! 더러운 세상이구만!"

그는 씩씩거리며 중얼대었다. 방바닥에서는 따끈한 열기가 올라왔다. 눈을 뜨자 먹빛 어둠만이 시야에 들어왔다. 답답했다. 숨을 쉬기가 거북했다. 그는 이불 속에서도 외부에서 전해져오는 소리를 들을 수 있었다. 방문이 열리는 소리. 중얼중얼 떠들어대는 말소리. 동생들은 큰 소리로 말을 주고받았다. 돈을 좀 꾸어달라, 돈이 없다, 거짓말 마라, 진짜다, 뒤져보아도 좋으냐, 좋다, 돈이 나오면 내가 가져 버린다, 마음대로 해라, 이런 식이었다. 신경이 칼끝처럼 예리하게 곤두서 있는 그에게는 동생들의 말소리가 짜증스럽게 들렸다. 방자하게 떠드는 소리가 강한 거부감으로 다가왔다. 그는 울컥 치미는 울화를 참아내지 못했다.

"이놈의 새끼들! 조용히 못 혀? 여그가 어디 도떼기시장이냐?"

그는 이불을 걷어차고 벌떡 일어나 앉았다. 주먹을 쥐고 바르르 떨었다. 금방이라도 동생들을 한 대 쥐어박을 태세였다.

"형이 누워 있는 줄 알면서 떠들어. 너희들만 쓰는 방이냐."

그는 두 동생을 향하여 눈을 부릅떴다.

"형이 이불 속에 들어가 있어서 못 보았단 말이여. 없는 줄 알았지. 쪼끔 떠들었다고 방방거리며 화를 내야 혀."

둘째 상필이가 반항 조로 나왔다.

"형 혼자 쓰는 방도 아니잖어. 요즈음 형의 태도가 이상허다구. 사소헌 일에도 발작헌다고. 왜 자주 화를 내냐 그 말이여. 형 기분만 기분이고 우리 기분은 기분도 아니다 그 말이여?"

셋째 상철이까지 팔소매를 걷어붙이며 한번 싸워보겠다는 자세로 나왔다.

"너 말 다 혔냐. 내가 발작헌다구. 그리어 팔소매를 걷고 형을 한번 때려보겄다 그거냐."

상구는 벌떡 일어서더니 주먹을 쥐고 팔을 높이 치켜들어 셋째 상철이를 쥐어박으려고 하였다.

"때리고 싶으면 때려 봐. 나를 때려서 형 속이 시언허겄다면 때려 봐."

상철이는 상구의 가슴에 머리를 들이밀었다.

"형이 참는다. 너허고 싸워서 뭐 허겄냐."

그는 팔을 바르르 떨다 슬그머니 내렸다.

"형 그러지 마. 형 때문에 어머니가 얼매나 마음 아퍼허신 줄 알어. 아퍼서 죽는다고 어머니를 놀라게 허더니 이자 대학 문제로 마음 아프게 혀. 전주 교대에 가면 어쩐다고 전북 법대만 고집혀. 집안 형편도 생각하여야 되는 것 아니여. 형은 형만 생각허고 있단 말이여. 나는 시방 학교 그만두어도 좋다니께. 나는 나만 생각허고 싶지 않단 말이여. 근디 형은 뭐시냐 그 말이여."

상철이는 제법 조목조목 따지고 나왔다.

"니가 아주 맘을 먹었구나. 계획적으로 대들려고. 그만 허자."

상구는 자신이 너무 과민 반응을 보인 것이 아닌가 하는 생각이 들었다.

"나도 형 마음을 쪼깨 이해헌다구. 서울 법대를 가려고 혔는디 전주 교대 어쩌고저쩌고허니까 속이 상허겄지. 그렇지만 어쩌겄어. 집안 사정이 그런디."

"상철아, 나가자. 우리가 잘헌 것도 없어. 떠들었으니까 우리가 잘못헌 거여. 형, 미안혀."

상필이가 상철이를 끌고 밖으로 나갔다. 그는 벌렁 누워 아까처럼 이불을 머리끝까지 덮어썼다. 불편한 심기로 머릿속이 지끈거렸다. 동생에게 당한 것만 같은 생각이 들면서 울화가 치밀었다.

'아니여, 참아야 혀. 나도 잘한 것이 없단 말이여.'

그런 생각을 하자 마음이 조금 안온해지는 것을 느낄 수 있었다.

'왜 내 일은 잘 안 풀리는지 모르겄당게. 벽에 부딪혀 일이 배배 꼬인단 말이시.'

마음에도 없는 전주 교대를 억지로 가야 할지도 모른다고 생각하자 가슴이 답답했다.

'전주 교대는 진짜 가기 싫다니께. 국민학교 선생은 하기 싫단 말이

여.'

이불 속에서 한참 있다 밖으로 고갤 내밀자 방 안에 있던 공기가 상큼하게 다가왔다. 코를 벌름거리며 깊게 숨을 들이쉬었다. 형광 불빛이 눈을 찔렀다. 손끝으로 눈두덩을 지그시 눌러주었다. 벽시계는 밤 11시를 조금 넘어서 있었다. 책을 펴보아도 공부가 머릿속으로 들어올 것 같지 않고 잠을 청해도 생각대로 잠을 잘 수 있을 것 같지 않았다. 그는 자리를 차고 일어나 방 안을 바장이었다.

'대학교를 안 갈 수는 없고. 간다고 혀도 전주 교대는 싫고. 전북 법대는 여건이 허락지 않고.'

자신의 주위를 둘러보아도 온통 벽뿐이었다. 벽에는 예쁜 꽃들이 그려져 있었다. 벽, 참으로 묘한 것이라고 생각했다. 겉은 화려하게 치장되어 있어도 속에는 단단한 콘크리트가 우직스럽게 버티고 있지 않은가. 우리 인간의 힘으로는 그 벽을 뚫기가 쉽지 않다. 기계의 힘을 빌리지 않고는 더욱 어렵다. 벽과의 싸움, 그것은 끝이 없을 것이다. 벽 타기, 벽 뛰어넘기, 벽 앞에서 무너지기. 벽 앞에 직면해 있지 않은 사람은 없을 것이다. 그는 벽으로 다가가 두 손으로 그것을 세게 밀어보았다. 벽은 꼼짝하지 않았다.

'너 때문이다.'

그는 벽이 원망스러웠다. 벽이 미웠다. 그래서 그는 벽을 주먹으로 쿵쿵 때려보았다. 벽은 단단했다. 오히려 통증을 호소하고 뒤로 물러난 쪽은 그였다. 주먹이 얼얼하게 아팠다. 그래서 그는 웅크리고 앉아 벽을 때린 반대편 손으로 손등을 살살 주물러주었다. 그때 동생들이 문을 열고 방 안으로 들어섰다. 그들은 이불을 깔고 자리에 누워 잠을 청했다. 그들은 말이 없었다. TV 드라마에 푹 빠져 있다 돌아왔으리라 생각했다. 방 안엔 무거운 침묵이 흘렀다.

동생들은 숨을 거칠게 몰아쉬며 코를 골았다. 그도 형광등을 끄고 동생들과 나란히 누워 잠을 청했지만, 초롱초롱 정신이 맑아질 뿐이었다. 그는 눈을 뜨고 천장을 말똥말똥 쳐다보았다. 그러다가 그는 머리 위로 손을 뻗어 윗목에 놓여 있는 라디오를 켰나. 볼륨을 아주 작게 했다. 잠을 자는 동생들을 배려해. 저녁마다 그걸 들어야 잠을 자는 프로가 있었다. '밤을 잊은 그대에게'가 그것이었다. 그러나 그가 기대했던 프로는 방송되지 않고 있었다. 시간이 조금 더 지나가야 하리라. 라디오에서는 흘러간 가요가 구슬프게 흘러나왔다. 소리를 아주 작게 해놓았으므로 동생들은 그 영향을 받지 않고 단잠을 잤다. 저녁마다 밤늦게까지 라디오를 켜놓고 잤으므로 동생들은 습관이 붙은 것인지도 몰랐다.

얼마의 시간이 지나자 '밤을 잊은 그대에게'란 프로가 방송되었다. 방송 진행자는 저음의 소유자였다. 음성이 차분하였으며 부드럽고 다정했다.

"오늘은 엽서에 담긴 사연을 하나 소개해 드리겠습니다. 사슴과 나무와 꽃이 그려진 예쁜 엽서입니다. 청취자 여러분께서는 애틋하고 낭만이 있는 사연이 있으면 '밤은 잊은 그대에게' 담당자 앞으로 보내주시기 바랍니다. 그리움이 담겨 있는 사연이면 더욱 좋겠습니다. 그럼 사연을 읽어드리겠습니다.

'저는 고3 여학생인데요. 좋아하는 남자 친구가 생겼어요. 그 남자 친구만 보면 가슴이 막 떨리고 그래요. 도서관에서 우연히 만났거든요. 그런데 그 친구한테서 사랑한다는 내용의 편지가 왔어요. 저도 사랑한다고 답장을 썼지요. 손을 잡고 공원도 거닐고 그랬어요. 그런데 친구가 교통사고를 당해 불구가 되었어요. 이건 사실이거든요. 저는 지금도 그 친구를 사랑해요. 자격지심 때문인지 그 친구는 헤어지자고 하지만 저는 그럴 수 없다고 했어요. 그 친구하고 앞으로 결혼할 거여요. 무척 사랑하거든요. 저는…….'

사랑만큼 소중한 것이 없다고 했습니다. 이 여학생에게 용기를 잃지 말라고 당부하고 싶습니다. 사랑은 추운 겨울밤에도 군고구마처럼 따끈따끈하다고 했습니다. 그럼 가요를 한 곡 들은 다음 이야기를 계속하겠습니다. 전북 순창군 팔덕면 양촌리에서 김유인 씨가 희망해 온 신청곡을 보내드리겠습니다."

그는 눈을 지그시 감고 라디오에서 흘러나오는 노랫소리에 귀를 기울이었다. 라디오에서는 최희준의 '하숙생'이란 대중가요가 흘러나오고 있었다.

"인생은 나그네 길 어디서 왔다가 어디로 가는가……."

그는 가요를 듣고 있다가 의식이 자꾸만 가물가물 혼미해지는 것을 느낄 수 있었다. 노랫소리가 아득히 멀어져 갔다. 그는 자기 몸이 웅덩이 속으로 점점 깊이 빠져들어 가고 있다고 생각했다. 손을 허위적이며 나뭇등걸을 움켜잡으려고 하였지만 허사였다. 그러다가 어느 순간 그는 의식을 잃어버렸다.

눈을 뜨자 창에 뿌연 새벽빛이 어려 있었다. 그는 벌떡 일어나 앉아 벽시계를 바라보았다. 시계는 아침 6시 40분을 가리키고 있었다. 라디오는 꺼져 있었다. 아침을 먹고 등교하기 위해 태인으로 가는 첫차를 타려면 빨리 서둘러야 할 것 같았다.

"라디오를 켜 놓고 자길래 내가 자다 일어나 껐다구."

곁에서 잠을 자던 상필이가 눈을 비비며 말했다. 상철이는 코를 골며 단잠에 빠져 있었다.

"잘했다."

그는 바지를 걸쳐 입고 방 밖으로 나왔다.

"일어났구나. 상구야, 후딱 세수허고 밥 먹거라. 첫차를 타야 헐 것 아니냐."

어머니가 앞치마에 손을 닦으며 부엌에서 나왔다. 어머니는 상구보다 한 시간 먼저 일어나 새벽 어스름을 헤치며 아침을 준비한다. 어머니는 실수가 없다. 시계처럼 정확하다. 시계도 볼 줄 모르는 어머니가. 일찌감치 일어나 매일 어김없이 아침을 준비한다. 밥이 늦어 학교에 지각해 본 적이 없다.

"알았구만이라우."

교무실. 선생님들이 여기저기서 머리를 맞대고 이야기를 주고받는다. 교무실은 약간 어수선한 분위기다. 학부모와 교육 상담을 하고 있는 선생님도 있다. 교감 선생님 자리는 비어 있다. 상구는 담임 선생님과 마주 앉아 있다.

담임: (쓰다만 대입 응시원서를 들어 보이며) 이것 보거라. 다른 친구

들은 진로의 방향을 잡지 않았느냐. 원서를 대학교에 제출하기만 하면 된다. 그런데 너는 뭐지? 전북 법대에 응시할 거니?

상구: (고개를 숙인 채) 아직 결정허지 못혔구만이요.

담임: 너와 부모님의 입장이 다른 것은 알지만 계속 시간을 끌 수는 없지 않니. 마감일이 며칠 안 남았단 말이다.

상구: 마감일까지는 어느 한쪽을 택헐 것이구만요.

담임: 내 욕심으로는 너를 전북 법대에 보내고 싶다. 그렇지만 사정이 여의찮다면 어쩔 수 없이 다른 길을 택할 수밖에 없다고 생각한다. 무리를 해서 대학에 갈 필요는 없다. 대학이 인생의 전부는 아니니까 말이야.

상구: 전북 법대에 간다면 아버지께서 첫 학기 등록금만 책임지신다고 혔구만이라우. 나머지는 저보고 책임지라고 헌다니까요. 2년제 전주 교대를 가면 힘들지만 한번 가르쳐 본다고 허셨구요.

담임: 돈이 있다고 행복한 것도 아니고 판검사가 되었다고 출세한 것도 아니다. 출세나 행복은 마음속에 기준을 정하기에 따라서 다른 거야. 작고 낮아도 행복할 수 있고 출세했다고 할 수도 있단다. 전주 교대를 나와 국민학교 선생을 한다고 해서 부끄럽게 생각하면 안 된다 그 말이다.

상구: 전주 교대는 가기 싫거든요. 왠지 시시허게 보여요.

담임: 바로 그게 문제다. 나쁘게 말하면 속물근성이야. 나도 너처럼 출세주의에 빠진 적이 있었다. 그러나 지금 생각해 보면 어리석었어. 알고 보면 국민학교 교사가 되어 꿈나무를 키우는 길이 매우 보람된 삶이거든. 나는 그게 진짜 삶일 거라고 생각한다.

상구: '전주 교대를 가는 것도 괜찮다. 한번 응시해 보아라.' 그것 아닌

가요.

담임: (상구의 어깨를 두드리며) 바로 그거야. 너는 생각하는 것이 다른 애들과 달라. 눈치가 빠르고 생각이 깊거든.

상구: 생각혀 보겄구만이요. 그런디 선생님, 아르바이트혀서 혼자 번 돈으로 대학교에 다닐 수 있을까요?

담임: 다닐 수도 있지. 그렇지만 힘이 든다. 등록금이 많거든. 직장에 다니면서 학교에 가야 하므로 제대로 공부할 수도 없구 말이야. 네가 전북 법대를 꼭 가려고 한다면 만류하고 싶지는 않다. 그렇지만 내가 네 입장이라면 나는 전주 교대를 택하겠다.

상구: 선생님, 모레까지 결정허면 되겄지요?

담임: 가능하다. 그때까지 어느 한쪽을 꼭 택하거라. 그때 사진과 도장도 준비해 오고 말이야. 그럼 가보거라.

상구: (의자에서 일어나 꾸벅 인사를 하며) 잘 알겄습니다.

그는 교무실을 총총히 빠져나온다. 뚜벅뚜벅 복도를 걸어 교실로 향한다. 걸음을 옮기며 전주 교대, 전주 교대, 라고 되뇌어 본다.

그는 대입 원서를 접수해 놓고도 거의 공부를 하지 않았다. 거기쯤이야, 하는 자신감 때문인지 의욕이 생기지 않았던 것이다. 그는 집에 붙어 있지 않았다. 친구 집을 전전하다 며칠 만에 집에 들어오곤 하였다. 대입 진로가 정해진 이후로는 불면증이 어느 정도 해소되어 잠을 자는 데 불편한 점은 없었다. 그는 시험 날짜가 임박해 와도 긴장감이라든가 불안을 느낄 수 없었다.

‘전주 교대쯤이야. 가볍게 들어갈 수 있겄지. 자신 있당게. 만에 하나라도 잘못되는 수가 생겨 떨어진다면 어쩔 수 없구 말이여. 국민학교 선생 안 허면 되는 것이제 별 볼일 있겄는가.’

그의 그러한 태도와 달리 어머니나 아버지는 그가 대학 시험에 응시한다는 것에 대해 깊은 관심과 애정을 나타내었다.

“상구야, 2년제라고 혀서 가볍게 보면 안 된다. 사람은 겸손혀야 헌다. 마지막까지 최선을 다혀야 쓰는 것이여. 2년제라고 허지만 대학에 들어간다면 민하동 골짜기에서는 니가 처음인 셈이여. 아비는 시방부터 설렌단 말이시.”

아버지는 그를 자랑스러운 표정으로 바라보았다.

“상구야, 니가 전주 교대에 합격만 헌다면 선생을 헐 수 있는 것 아니니. 니가 선생을 헐 수도 있다고 생각허니 어미는 괜히 배가 부른 것 같고 그냥 흐뭇허다. 꼭 합격혀야 헌다. 선생님이 되어야 쓴다 그 말이여. 아들이 선생질 헌다는 친구들을 보면 부럽더라.”

어머니는 교사라는 직업에 무척 매력을 느끼고 있는 것 같았다.

“인기 없고 가난헌 게 선생이라는 말도 못 들었나요. 교육대학에 여자들만 몰리는 것을 보아도 알 수 있당게요. 가난뱅이 자식들이나 교육대학에 가지, 돈 있는 집 아들들은 교육대학 근처에도 얼씬거리지 않는당게요.”

“어미가 어찌 니 마음을 모르겄냐. 우리 형편을 생각혀야 쓴다. 교육대학을 나와 니가 선생질을 헌다면 민하동 골짜기에서는 성공헌 것이여.”

대학 입학시험을 본다고 전주로 가기 위해 집을 나설 때였다. 어머니는 신문지로 싼 단단한 물체를 그의 주머니 속에 쑤셔 넣었다.

"꼭 합격혀야 헌다."

그뿐 어머니는 별말씀이 없었다.

산외로 가서 전주행 직행버스를 타기 위해 빠르게 걸음을 옮겼다. 그런데 주머니 속에 있는 물체가 덜렁거려 걸음을 옮기기가 매우 불편하였다. 그래서 그는 잠시 가던 걸음을 멈추고 주머니 속에 든 물체를 꺼내었다.

'이게 뭘까?'

궁금했다. 조심스레 신문지를 펼쳐보았다. 신문지를 펼치자 곱게 싸인 은종이가 나왔다. 은종이 속에는 하얀 엿이 들어 있었다.

'고맙구만이라우.'

은종이와 신문지로 엿을 싸서 다시 주머니 속에 넣었다. 엿으로 인하여 볼록하게 불거진 주머니를 손으로 움켜잡고 터덜터덜 걸음을 옮겼다.

"꼭 합격혀야 헌다."

어머니의 얼굴이 자꾸만 눈에 밟혔다. 3년 동안 새벽밥을 지어주신 어머니. 참기름을 부어 도시락 반찬을 늘 고소하게 만들어 주었던 어머니. 꾸짖기보다는 사랑으로 감싸주었던 어머니. 식모살이라도 해서 그를 가르쳐 보겠다던 어머니. 그는 덜렁거리는 주머니를 움켜잡고 빠르게 걸음을 옮겼다.

8

표류하는 배

파도가 강의실 문턱을 넘실거렸다
파도 소리는 교수의 강의를 삼켰다
노트에는 바다의 교향시만 기록했다
배는 심하게 기우뚱거렸다

시사랑 카페에서 만난 그들의 표정을
소주에 타서 마시고
어두운 바다를 떠다녔다

해일이 있는 날이면
주인의 학대가 있었고
배는 바다의 무법자처럼 날뛰며
거대한 뿔로 파도를 들이받았다

아침을 먹고 고모네 집에서 나와 학교로 가기 위해 걸음을 옮겼다. 입학식이 있는 첫날의 등굣길. 설렌다든가, 긴장된다든가, 유쾌하다든가, 하는 마음이 없었다. 터벅터벅 기계적으로 발걸음을 떼어놓았다. 남천교를 지나자 곧 학교가 나왔다. 고모네 집에서 학교까지는 멀지 않은 거리였다. 걸어서 채 7분도 걸리지 않았다. 원서를 구할 때, 원서를 접수할 때, 시험에 응시할 때, 합격자를 발표할 때, 그리고 오늘까지 다섯 번째 학교에 가는 셈이었다.

교문에는 '신입생 여러분을 환영합니다.'라는 플래카드가 내걸려 있었다. 교문 안으로 들어서자, 좌우로 길게 늘어서 있는 벽보판이 그의 시선을 끌었다. 히말라야시이다가 가지를 휘휘 늘어뜨린 채 여기저기 서 있었다. 걸음을 옮기며 위를 쳐다보자, 하늘이 나뭇가지 사이로 조각조각 오려져 있었다. 히말라야시이다 숲 그늘을 지나 본관 안으로 들어서자, 강당으로 가는 안내판이 보였다. 안내판에 입학식은 강당에서 거행한다고 쓰여 있었다. 안내판에 붙은 화살표를 따라 걷자, 대형 강당이 나왔다. 신입생으로 보이는 젊은이들이 강당 주위를 서성이고 있었다. 그도 강당 주위를 서성이며 시간을 보냈다.

신입생과 재학생, 그리고 학부모들이 강당 안을 가득 메우고 있다. 학교 간부로 보이는 인사들이 연단 위에 정장 차림으로 앉아 있다.

사회: (연단 왼쪽 끝에서 마이크를 잡은 채) 지금으로부터 ○○○○학년도 신입생 입학식을 거행하겠습니다. 먼저 국민의례가 있겠습니다.

국기에 대한 경례, 애국가 제창, 순으로 국민의례가 진행된다. 상구는 입을 달싹거릴 뿐 애국가를 부르지 않는다. 애국가 소리가 강당 안을 뒤흔든다.

사회: 다음에는 꽃다발 증정이 있겠습니다. 신입생, 재학생 대표께서는 앞으로 나와 주시기를 바랍니다. (재학생 대표가 신입생 대표에게 꽃다발을 증정한다. 우레와 같은 박수가 터져 나온다)

입학식과 신입생 오리엔테이션 행사가 끝나고 자리에서 일어나자, 허리와 어깨에 뻐근한 통증이 일었다. 그는 강당 밖으로 나와 껑충껑충 뛰며 몸을 풀어주었다. 강당에서 나온 신입생들은 학교 풍경을 호기심 어린 눈으로 바라보면서 정문 쪽으로 걸어 나갔다. 신입생 동기들이 강당 주위를 빠져나가자, 그에게는 교정이 썰렁하게 느껴졌다. 강당 옆에 있는 오동나무 가지 끝에 달린 마른 잎새들이 꽃샘바람을 맞고 하늘거리며 낙하했다. 바스락거리며 굴러온 낙엽들이 그의 발끝에서 움직임을 멈추었다.

고등학교와는 다르다, 게시판을 잘 보고, 다녀야 한다, 수강 신청은 각자 할 것이며 시간표도 각자 짠다, 학교 주위에는 하숙집이 많지만, 턱없이 비싸므로 그걸 참고해야 한다, 선배들이 서클 회원을 모집하기 위해 열을 내어 덤빌 때 무조건 응하지 말고 심사숙고하여야 한다, 도서관은 항시 개방되어 있으므로 많이 애용하기 바란다. 그에게는 오리엔테이션 때 들은 이야기들이 실감 있게 다가오지 않았다. 무심코 남의 이야기를 들은 것 같은, 자기와는 관계가 없는 것 같은 그런 느낌이 들었다. 학교에서의 일과기 끝난 셈이었다.

'일과가 끝났으므로 고모네 집으로 가야 헌다. 그곳은 나의 거처이니까.'

그는 그의 거처를 향하여 발걸음을 떼어놓았다. 터벅터벅. 맥이 없는 걸음걸이로. 두어 끼 굶은 사람처럼. 억지로 끌려왔다가 끌려가는 것만 같은 걸음걸이였다.

학교에서는 오리엔테이션 때 어쩌고저쩌고하면서 자랑거리를 늘어놓았지만, 그에게는 신통하게 들리지 않았다. 뛰어 보았지야 벼룩이고, 자랑스러워 보았지야 반 토막 교육대학이란 생각이 그를 압도하였다. 그는 그처럼 교육대학을 시큰둥하게 여기고 있었다. 국민학교 교사가 되고 싶어 하지도 않았고, 교육대학에 가고 싶어 하지도 않았다. 그런데 그는 울며 겨자먹기식으로 입학했다. 그는 학교 시설이나, 학교에 스민 향기나 아니 교육대학 그 자체에 대해 매력을 느끼지 못했다. 그는 그런 마음으로 학교와 고모네 집 사이를 시계추처럼 왕복하며 하루하루를 보내었다.

일주일이 지나는 동안 여러 선배로부터 서클에 가입해 달라는 권유를 받았다. 선배들은 적극적으로 그에게 덤볐다. 야카미니, 신곡이니, CCC니, RCY니, 다람쥐니, 황학이니. 선배들이 소개해 준 서클의 이름은 다양하였다. 신중하게 생각해서 선택하라는 오리엔테이션 때의 이야기 때문에 그는 선뜻 어느 하나를 고르지 못했다. 그에게 다가온 선배 중에서 이상춘이란 형이 인상적으로 다가왔다. 친절하였으며 겸손하게 느껴져 그의 마음을 끌었다. 그래서 그는 그 선배의 뜻에 따라 야카미란 서클에 가입하게 되었다. 흥사단 야카미라 부르기도 했다. 도산 안창호 선생의 뜻을 받들기 위해 만든 단체라고 하였다. 이상춘 선배는 나중에 알고 보니까 야카미 서클의 회장이란 직책을 맡고 있었다. 말이 유창하고 무척 쾌활하였으며 사람 좋아 보이는 서글서글한 인상이었다.

야카미에 새로 가입한 회원은 그 말고도 9명이나 더 있었다. 그러니까 그를 포함해 모두 10명이 신규로 야카미에 가입한 셈이었다. 새로 가입한 동료들과 선배들이 그에게는 서먹서먹했다. 강의실에서 만난 친구들이나 교수들도 낯설게 느껴졌다. 학교 학생과나 교학과나 도서실이나 어디로 가도 낯선 얼굴들뿐이었다. 편히 앉지 못하고 엉거주춤한 자세로 쪼그려 앉아 있는 것처럼 그에게는 학교생활 그 자체가 불편하고 피로했다. 그의 그런 학교생활에 조금이나마 청량제 역할을 한 것이 있다면 그것은 서클 활동이었다.

토요일이었다. 수업이 끝나고 신규 회원 환영식이 있다고 하여 그는 서클 모임에 참여했다. 환영회는 중국 음식점 별실에서 열렸다. 별실이라고 해서 무슨 고급 음식이 푸짐하게 나오는 그런 자리는 아니었다. 별

실은 대학생들을 받기 위해 만들어 놓았는지 허름해 보였다. 자장면을 앞에 놓고 소주잔을 돌리는 것이 메뉴의 전부였다. 선배들은 기타 반주에 맞추어 노래를 부르고 춤을 추었다. 그도 신규 회원들과 함께 선배들을 따라서 몸을 흔들었다. 그로서는 생전 처음 흔들어 보는 춤이었다. 그는 스텝도 박자도 기타 반주에 맞출 수 없었다. 대충 거칠게 흔들었는데 거기에는 용기가 필요했던 것이다. 그는 소주라는 술기운이 아니었다면 혼자 우두커니 앉아서 동료들과 선배들이 노는 모습을 지켜보다가 돌아갔을지도 몰랐다. 환영한다면서 부어주는 선배들의 술을 몇 잔 마시자, 얼굴이 벌겋게 충혈되어 왔으며 알딸딸한 취기를 느낄 수 있었다.

별실이 꽤 넓었으므로 춤을 추는 데는 지장이 없었다. 그는 이마에 땀이 줄줄 흐를 때까지 몸을 흔들었다. 가슴에 걸린 체가 쑥 내려갔을 때 같은, 어두운 곳에 갇혀 있다가 밝은 곳으로 나왔을 때 같은 상쾌감이 그의 전신을 훑고 지나갔다. 그로서는 처음으로 느껴보는 짜릿한 전율이었고 즐거운 쾌감이었다.

그는 야카미 서클 활동에 적극 참여하였다. 그러나 학과 수업에는 소극적인 자세를 보였다. 강의 시간에 꼬박꼬박 참여는 하면서도 교수들의 강의 내용에는 무관심한 태도를 취했다. 처음부터 교육대학은 별 볼 일 없는 대학이라고 생각해서 그런지 몰라도 그에게는 교수들의 말이 하찮고 시시하게만 들렸던 것이다. 그러나 그중에서 수학과 강시종 교수와 지학과에 김현주 교수는 유창한 언변을 구사하여 그의 관심을 끌었다. 그 두 교수는 논리 정연하였으며 교수답게 전문적인 소양이 있어 보였다. 그래서 수학 시간과 지학 시간에는 귀를 세우고 강의 내용 속으로 빠져들곤 하였다. 두 교수는 전문적인 지식을 나열하면서도 그 지식이 지식 자체로 끝나지 않고 삶과 고리를 만들어 이야기를 철학적으로 전개하였던 것이다. 그로서는 철학이 무엇인지 알지도 못했지만 막연하게나마 그가 생각하고 있는 그 관념에 부합되었던 것이다. 두 교수가 전개하는 강의 시간 외에 강의실에 들어오면 잠을 자거나 소설책을 읽으면서 시간을 보내었다. 그는 교육대학에 들어와서 막연한 어떤 갈증 같은 것을 느꼈다. 물을 마시면 배만 불러오지 목이 마르기는 마찬가지였다. 촉촉하게 목을 축여주는 것이 있다면 서클 활동을 하면서 소주잔을 꺾으며 동료나 선배들과 함께 유쾌한 시간을 보내는 그 자체였다.

그는 서클 활동을 하면서 철주, 태석, 긍섭이라는 친구를 사귀었다. 수업이 끝나고 귀가하면서 그 친구들과 함께 허름한 포장마차에 들러 소주잔을 꺾곤 하였다. 고등학교 때 위장병에 걸려 고생한 적이 있었으므로 절주하기 위해 노력하였지만 그게 쉽지 않았다. 그는 술을 마실 때마다 과음은 금물이라는 생각을 갖고 적게 마시기 위해 노력했다. 친구들 몰래 술을 바닥에 붓기도 하였다. 대학 사회에서 맨 먼저 배운 것은 술이었다. 친구들과 포장마차에서 한잔 꺾고 음악다방에 들러 노래를 들으며 시간을 죽이면 밤이 금방 깊어지곤 하였다. 술기운이 올라온 상태에서 음악을 듣고 있으면 몸과 마음이 깃털처럼 가볍게 느껴지면서 상쾌한 기분과 만나곤 하였다.

토요일은 집에 가는 날이었다. 토요일 저녁은 집에서 자고 일요일 오후에 전주로 간다. 그러니까 일주일에 하루는 집에서 자는 셈이었다. 그 집에서 자는 하루가 그에게는 그렇게 달콤할 수가 없었다. 부모님이 계시는 고향 집에 몸을 누이면 종이에 물이 스미듯 잠이 몰려와 혼곤한 수면 속으로 빠져들었다. 잠에서 깨어나면 몸이 가뿐하였으며 기분이 상쾌하게 느껴져 날아갈 것만 같은 기분이었다.

"상구야, 너 술 먹고 늦게 들어오는 날이 많지야. 그게 사실이냐?"

한번은 아버지가 그의 손을 잡고 물었다.

"뭣 땀시 그러는디요?"

"글씨. 그게 사실인지 말이나 혀보아라잉."

"사실이구만요. 술을 많이 미시지는 않이요."

"정신 차려라잉. 몸 생각혀야 쓴다. 죽으려다 간신히 살아난 놈이 술을 먹다니. 술에는 장사가 없는 벱이여."

"알겄구만이라우."

그는 교대에 들어와 책을 손에서 놓다시피 하였다. 공부에 도움이 되는 책은 아예 멀리하여 버렸다. 한두 권씩 읽는다면 흥미 위주의 소설을 읽는 것이 고작이었다. 그러다 보니까 책상 앞에 앉는 기회가 적어지고 밖으로만 돌다 보니까 술과 가까이하게 되었다. 부모님의 당부도 있고 해서 술을 좀 피하려고 하는 눈치가 보이면 철주라는 친구가 가만히 있지 않았다.

"야, 이놈아, 무엇 땜시 수업이 끝나자마자 도둑고양이 모양 살짝 도망가니. 너 이놈 알고 보니까 형편없는 녀석이더라고."

"임마 도망가기는 누가 도망갔다고 그러냐. 피로해서 일찍 들어갔다. 뭐가 떫부냐?"

"그러면 임마 형님한티 결재를 필허고 가야 쓸 것 아니냐. 쪼깨 떨떠름허다."

그는 철주와 빙긋 웃어가며 거친 반말을 주고받았다. 그러다가 나중에 두 사람은 껄껄 웃으며 대화를 끝낸다. 그는 철주에게서 부담을 느끼지 못했다. 참으로 편안한 친구라고 생각했다.

음악다방(모차르트)에서 음악을 들은 다음에는 당구장으로 가서 당구를 치고 그러고는 소주를 마셨다. 공부에는 관심이 없었지만 분주한 나날이었다. 회식, 야유회, 독서회, 미팅 등 서클 활동은 주 1회 모임을 갖고 활발하게 전개되었다. 그는 그런 행사에 대부분 참석하였다. 즐거운 마음으로 적극 참여하고서 고모네 집으로 돌아와 누워 있으면 가슴이 공허하게 느껴졌다. 여러 차례 미팅도 해보았지만, 여자에 대해서 별 흥미가 일지 않았다. 그는 그에게 관심을 보이는 여자들도 있기는 있었지만, 그녀들을 배타적으로 밀어냈다. 얼굴이 밉다든가 성격이 맞지 않는다든가 하는 그런 이유도 없이 그녀들을 그냥 거부했다. 그냥 마음이 내키지 않는 그런 것이었다.

하루는 학교에서 수업을 마치고 집으로 가는데 웬 아가씨 하나가 그의 앞을 가로막았다. 여자의 얼굴은 붉게 상기되어 있었다.

"실례인 줄 알지만 어쩔 수 없었어요. 할 이야기가 있어서요."

아가씨가 당돌하게 말했다. 그는 걸음을 멈추고 서서 아가씨를 빤히 쳐다보았다. 그는 곧 그 여자가 누구라는 것을 알아낼 수 있었다. 그녀의 길게 늘어진 머리에서 윤기가 흘렀다.

"누구시지요?"

그는 뚝 시치미를 떼고 모르는 척했다.

"도장순이어요. 그래도 모르시겠어요?"

"네, 이제야 기억나는군요. 무신 급한 일이라도 생겼는가요?"

"그래요, 급한 일이라고 하면 급하다고도 할 수 있지요. 관점에 따라서 조금 다르겠지만 말입니다."

"저그 카페로 갑시다. 자세헌 이야그는 거그서 헙시다."

그는 여자와 함께 시사랑 카페로 들어갔다. 카페는 한산했다. 두 사람은 커피를 주문하고 한동안 침묵을 유지했다.

"불쑥 뵙자고 해서 실례가 되었다면 용서하세요. 미팅 때 전화를 주신다고 해놓고 왜 연락을 안 했지요? 전화를 기다리다 자존심도 상하고 화도 나고 해서 찾아왔어요."

여자가 침묵을 깨뜨렸다.

"이해가 가네요. 장순 씨가 마음에 들지 않아서 전화를 안 헌것도 아니고 분주히 서클 활동을 허다 보니께 그렇게 되었구만요. 저 같은 사람의 전화를 기다려 주었다고 허니 고맙네요."

"쉽게 말씀하시네요. 저는 많이 망설이고 망설이다 용기를 내었습니다. 미팅 때 본 우수에 젖어 있는 댁의 모습이 뇌리에서 지워지지 않더군요. 한 번 더 만나보고 싶다는 강렬한 욕구가 저를 여기까지 오게 만들었습니다."

주문한 커피가 나왔다.

"잘 오셨습니다. 장순 씨를 환영헙니다. 앞으로 종종 만나 우정을 나눕시다."

"처음 만났을 때와는 달리 성격이 쾌활하게 느껴지네요."

"그러십니까. 저는 오락가락허거든요."

"혹시 예술에 관심 없으세요? 예를 들면 문학이나 그림, 서예 같은 것 말이어요."

"전혀 관심 없습니다. 국어반이어서 시를 써보기도 허고 그러지만, 시인이 되겠다는 생각을 헌 적은 없습니다."

"저는 처음 문학을 하시는 분이 아닌가, 하고 혼자 생각했습니다."

"기대에 어긋나게 혀서 미안허구만요. 우수에 젖어 있는 것처럼 느끼셨다면 예술적인 정서에서 나왔다기보다는 어떤 절망적인 것에서 나왔을 것이구만요."

"절망적인 어떤 사건이라도 있었나요?"

"막상 절망적이라고 붙여놓고 보니께 그렇네요. 장순 씨가 들으면 별 것 아니라고 헐지도 모르니께요. 시방 말씀드릴 수는 없고 그럴만헌 것이 있었거든요."

"궁금하게 만드는군요."

"저를 만나면 차차 알게 될 겁니다."

"그럼 저는 상구 씨를 꼭 만나야 하겠네요."

"그렇게 되었나요."

두 사람은 잔을 들고 마지막 남은 커피를 마셨다. 두 사람은 자리에서 일어섰다. 그가 커피값을 지불했다. 밖으로 나오자, 해가 서산에 걸려 있었다. 그는 장순 씨와 다음 약속을 하고 헤어졌다. 고모네 집으로 돌아오는 기분이 나쁘지 않았다. 그렇다고 장순 씨와 앞으로 만난다는 것에 대한 설렘도 없었다. 덤덤하다고 할까.

그는 장순 씨를 만나면서부터 한 가지 어려운 문제를 쉽게 해결할 수 있었다. 그는 강의받고도 필기를 하지 않았다. 교육대학 교육과정이라고 해야 어떤 전문적인 지식을 배우는 것도 아니고 해서 그는 기록을 하지 않았다. 교수의 말을 오른쪽 귀로 듣고 왼쪽 귀로 흘려 버렸다. 그러나 수학과 강시종 교수와 지학과 김현주 교수의 강의를 들을 때는 예외였다. 강의 내용을 노트에 자세히 기록해 두었다. 그래서 강시종 교수와 김현주 교수가 맡은 과목을 평가받을 때는 어려운 점이 없었다. 정리해 둔 노트를 가지고 시험에 철저히 대비했었으니까. 반면에 다른 교수가 맡은 과목을 평가받을 때는 애로 사항이 있었다. 정리해 둔 노트가 없으니, 시험에 대비할 수 없었던 것이다. 그때 그 위기 상황에서 그를 구해준 사람은 장순 씨였다. 장순 씨는 노트를 빌려 달라는 그의 요구에 순순히 응했다.

"맨입으로 안 되는데요."

"알았구만이라우. 맥주 살 팅게 염려 놓으시오잉."

노트를 빌릴 때 으레 농담조로 주고받는 말이었다. 장순 씨의 노트는 정교하게 기록되어 있어 누가 보아도 요점을 쉽게 파악할 수 있었다. 그는 장순 씨의 노트를 복사하여 사용했다. 그 복사한 것을 가지고 사설 독서실에 묻혀 벼락공부하였다. 그는 그렇게 기말고사 시험을 치렀다. 시험이 끝나고 장순 씨에게 맥주를 샀다. 이런저런 이유로 그는 장순 씨와 자주 만나 술도 마시고 산책도 하면서 많은 이야기를 나누었다. 오목대 위에 올라가 전주 시내를 바라보며 장래 꿈을 이야기하기도 하였다. 이슬비가 내리는 날 오목대 위에서 두 사람은 서로 손을 잡았다. 우산 하나 속에 두 사람이 들어가 자연스레 손을 잡았다. 은밀하면서도 따뜻한 손. 그러고 한동안 말이 없었다. 장순 씨를 만나고, 서클 활동에 적극 참여하고 하다 보니 한 학기가 저물어 갔다.

2학기 등록 기간이 다가오자, 그에겐 걱정거리가 하나 생겼다.

"상구야, 학자금을 쪼깨 융자 받아야 쓰겄다. 은행에서 융자혀 주는 제도가 있다고 허드라. 집에서는 지금 돈을 빼낼 길이 없다."

아버지는 그의 등록금 때문에 우울한 표정을 지었다.

"그러지요 뭐. 걱정 마세요."

말은 가볍게 했지만, 융자받고 나서 갚아야 한다는 것이 부담으로 다가왔다. 그는 장순 씨에게 학자금에 대한 문제를 일절 언급하지 않았다. 2학기부터는 아르바이트를 해서 한 푼이라도 벌어야겠다고 생각했다.

서클 모임에서 술을 마시다 이상춘 선배에게 아르바이트 문제를 언급했다.

"오감도라고 시내에 있는 레스토랑인데 웨이터를 구한다고 하드라고. 거기 어때?"

아르바이트 자리가 생각보다 쉽게 나타나 반가웠다.

"시간이 맞아야지요. 낮에는 못 나가니께요."

"그건 내가 더 잘 알지. 오후 5시부터 밤 11까지야."

"시간은 맞네요."

"그다음은 보수가 궁금하겠지."

"시급이 얼마인디요?"

"얼마라고 했는데 까막었네. 나한테 제의가 들어온 것인데 거절했지. 아르바이트 안 해도 나는 학교에 다닐 수 있으니까 말이야."

“선배님은 좋겄습니다. 나는 이게 뭡니까. 생리에도 맞지 않는 웨이터를 혀야 허니.”

“그런 소리 말어. 한 푼이라도 버는 것이 좋은 것이여. 어때 생각 있나?”

“한번 혀보겄습니다. 학교는 졸업혀야 허니께요.”

“알았어. 내가 이야기해 볼게.”

‘뭐시대여. 돈이 나를 비참허게 만들고 말이여. 돈이 나를 질질 끌고 다닌다니께. 나는 돈의 노예라구. 웨이터를 허기 싫어도 혀야 쓰니께 말이여.’

그가 원하던 대학에 들어갔으면 졸업하기 위해 즐거운 마음으로 웨이터를 할 수 있을 것 같았다. 그런데 그것도 아니잖은가. 교육대학을 졸업하기 위해 술 심부름을 해서 돈을 벌어야 한다니.

웨이터 생활은 생각보다 쉽지 않았다. 일주일을 넘기지 못하고 코피를 쏟았다. 서서 일하기 때문인지 첫째 다리가 아팠다. 웨이터, 웨이터, 하면서 반말로 부르는 손님들을 대할 때마다 자존심이 잘근잘근 짓밟히는 것 같아 울컥 울화가 치밀었다. 그러나 돈을 벌기 위해 레스토랑 웨이터로 들어온 이상, 아니 돈의 노예가 된 이상 자존심을 짓누르고 예, 예, 하면서 친절하게 나오지 않을 수 없었다. 일을 끝내고 귀가할 때는 시든 시금치 줄기처럼 풀이 죽어 흐느적거리기 일쑤였다.

몸이 피곤해서 그런 면도 있지만 사장 차석봉의 난폭한 행동과 거친 말씨로 정신적 스트레스를 받으면 당장 일을 그만두고 싶었다. 사장 부부가 싸움하는 날은 부인의 안면에 으레 반창고가 붙었다. 부인은 반창고를 붙이고 나와 남편이 자리를 비운 사이 부부 싸움 건을 미주알고주알 까발

리곤 하였다.

직장 생활을 처음 해보는 그로서는 서투른 점이 많이 있을 것이었다. 사장은 그의 그러한 점을 용납하지 않았다.

"야, 새끼야, 너 그렇게 헐라면 그만두어. 너 아니어도 아르바이트생은 많아. 왜 늦게 나오냐 그 말이여. 그리고 또 있어. '어서 오십시오. 이쪽으로 앉으시지요. 뭘 드시겠어요?' 왜 이렇게 공손허게 안내허지 못허냐 그 말이여. 고개가 너무 빳빳허던 말이여. 상체를 40도 이상 구부리고 공손허게 인사를 허라 그 말이여. 너는 그런 기본적인 것들이 안 되고 있어."

"잘 혀보겄습니다. 죄송헙니다."

"장난으로 생각허면 안 돼. 나에게는 중대헌 사업이란 말이여. 허기 싫으면 당장이라도 그만두라고. 신출내기 새끼가 겁도 없이 말을 안 듣는단 말이여. 앞으로 두고 보겄어."

사장 차석봉은 눈을 부릅뜨고 몰풍스럽게 말했다. 그는 차석봉 앞에 부동자세로 서서 꼼짝하지 않았다. 돈이 없는 부모가 원망스러웠고 고개를 주억거려야 하는 자신의 신세가 불쌍했으며 거만하게 구는 차석봉이 미웠다.

그는 그날 손님들의 시중을 들면서 제정신이 아니었다. 하던 일을 팽개쳐 버리고 당장 뛰쳐나가고 싶었지만 이를 물고 참았다. 속에서는 주먹만 한 것이 치밀고 올라와 목젖을 간지럽혔다. 끓어오르는 열기를 용케도 견디어 냈다.

그날 이후 그는 레스토랑 오감도에 나오면 바짝 긴장하여 생활하였다. 주인인 차석봉만 만나면 괜히 뒷다리가 후들거렸다. 그는 주인인 차석봉을 똑바로 쳐다보지 못했다.

하루는 차석봉이 불러 급히 달려가 보니 계산대 옆에 장순 씨가 서 있었다. 그는 그녀를 빈 좌석으로 안내하였다. 그러나 그녀는 좌석에 앉기를 거부했다. 다음에 어디로 나오라는 일방적인 약속을 던지고는 오감도를 나가 버렸다. 그는 웨이터를 하면서 장순 씨를 피해 왔다. 부잣집 딸인 장순 씨에게 구차한 모습을 보이기 싫었던 것이다. 장순 씨는 그가 일하는 곳을 물어물어 찾아왔을 것이었다.

주인인 차석봉은 그의 친구들이 찾아오는 것을 싫어했다. 서클 친구인 철주, 태석, 긍섭 들이 찾아오는 것을 곱지 않은 시선으로 쳐다보았다. 그들이 찾아와 밥을 먹고 술을 마시면 그 뒤처리는 그의 몫이었다. 친구들은 술값을 내려고도 하지 않았고 그는 친구들에게 술값을 내라고도 하지 않았다. 차석봉은 친구들이 먹은 만큼 장부에 기록해 두었다가 그의 일당 지급 시 공제하곤 하였다. 그는 처음 친구들이 찾아오는 것을 기분 좋게 생각했고 그래서 술값도 지불해 주었으나 찾아오는 횟수가 많아지면서 그에게는 부담이 되었다. 친구들이 찾아오는 것을 차석봉이 싫어했으므로 그에게는 더욱 심적 부담이 컸다. 그래도 그는 친구들에게 끝까지 최선을 다했다. 하지만 친구들이 보는 입장은 다른 모양이었다.

"상구야, 너 변했더라. 돈맛을 보니까 세상이 달리 보이데? 그러면 못 쓰는 것이여. 웨이터를 혀서 벌면 얼마나 벌겄냐. 그렇게 번 돈이 친구의 우정보다 중요허단 말이냐. 나 이자 오감도에 안 갈란다."

철주가 침통한 표정으로 그를 바라보고 있다가 몸을 돌려 등을 보였다.

“그건 오해다. 나는 너희들에게 최선을 다혔다. 나 돈에 빠진 놈도 아니고 돈맛도 모르는 놈이다. 너무 그러지 말거라잉. 웨이터 생활을 내가 허고 싶어서 허는 줄 아니. 너희들은 내 속을 모를 것인 게 그만두자. 너희들은 아르바이트를 안 허고도 학교에 다닐 수 있다는 것이 복 받은 것이여. 그걸 알기나 허냐.”

“우리들이 오감도에 너무 자주 간 것은 사실이야. 그런데 그것은 상구 너를 보기 위해서 갔던 것이라구. 술을 얻어먹기 위해 갔던 것은 절대 아니었다 그 말이여.”

태석이가 철주와 그를 겨끔내기로 쳐다보며 말했다. 긍섭이는 말이 없었다. 그 친구는 평소 말이 없기로 유명한 친구였다. 서로의 우정을 확인하는 선에서 이야기를 끝냈다.

약속 장소에 나가보니 예상했던 대로였다. 장순 씨가 입술을 내민 채 잔뜩 화가 난 표정으로 앉아 있었다.

“미안허구만요. 눈치챘겠지만 웨이터 생활을 허다 보니께 시간이 없더라구요. 웨이터라는 자격으로 장순 씨를 만난다는 것이 자존심도 상허고 혀서 피해다녔당게요.”

“공동묘지에 가보면 이유 없는 무덤이 없을 거라구요. 변명은 하지 마세요. 귀에 들어오지도 않아요. 이제 알았어요. 상구 씨가 저를 어떻게 생각하고 있는지 말이어요.”

“변명은 허지 않을게요. 장순 씨 마음대로 허세요.”

“그게 무슨 뜻이어요?”

“무신 뜻이라니요. 아무런 뜻도 없어요. 그냥 혀본 소리랑게요.”

장순 씨는 불편한 표정을 좀처럼 풀지 않았다. 맥주를 마시면서도 심각한 표정으로 일관하였다. 그런 장순 씨에게 그는 별로 할 말이 없었다. 심신이 피곤해 깊은 단잠을 자고 싶은 생각밖에 없었다. 맥주를 마시다 장순 씨가 벌떡 일어나더니 밖으로 나갔다. 그녀는 돌아오지 않았다. 그는 그녀를 기다리다 술값을 계산하고 밖으로 나왔다. 장순 씨를 만난 뒤끝이 왠지 씁쓸했다.

며칠 뒤 장순 씨에게서 한 통의 편지가 날아왔다. 그는 예상하였다. 그의 짐작은 적중했다. 또박또박 바르게 쓴 글씨로 장순 씨는 그만 만나자는 이별 선언을 했다. 당황스럽기는 했어도 충격적이지는 않았다.

'원헌다면 헐 수 없지. 행복허라구.'

편지를 구겨서 길가에 팽개쳐 버렸다. 그는 자신의 감정이 냉정해지는 것을 발견하였다. 구멍가게에서 소주 한 병을 샀다. 그걸 들고 오목대로 갔다. 송림 사이로 제법 써늘한 바람이 불어왔다. 상수리나무 잎새들이 바람을 맞을 때마다 우수수 떨어져 내렸다. 전주 시내를 내려다보며 병나발을 불었다.

'사람은 만나면 헤어지는 법. 이별은 또 하나의 만남이라고 하잖았던가. 나는 장순 씨를 사랑허지 않았어. 친구로서 만나왔을 뿐이라구.'

장순 씨에게 전화를 해야 한다든가, 장순 씨 집에 쳐들어가야 한다는 그런 생각이 들지 않았다.

장순 씨가 그의 곁을 떠나가자, 그는 그녀의 덕을 볼 수 없었다. 장순 씨가 떠나갔다는 흔적은 곧 그에게서 나타났다. 기말고사 시험 때 고통을 당해야 했다. 노트를 정리해 놓은 것이 없어 여기저기서 공책을 빌려 시험에 대비했으나 그 결과는 역부족이었다. 한 과목이 F 학점을 맞아 재수강을 받아야 했다. 늦게 들어온 후배들과 한 학기 동안 함께 공부해야 하는 수모를 당해야 했다.

아르바이트 생활을 하면서 서클 활동에 제약을 받았다. 그러나 시간을 내어 서클 모임에 적극 참여하기 위해 최대한 노력했다. 아르바이트 관계로 그가 빠진 서클 모임에서 중대 사건이 발생했다. 그는 그때 그 장소에 없었으므로 자세한 것은 알 수 없었지만, 친구들을 통해 나중에 사건의 개요를 알게 되었다. 야카미 서클 회원들이 다른 대학교 학생들과 싸움이 붙어 걷잡을 수 없는 난장판으로 전개된 중대 사건이었다. 회식 자리에서 일어났으므로 술잔과 술병과 그릇이 날아가 서로 당한 상처의 정도는 심각했다. 다른 대학 남학생들이 교대 여학생들에게 접근하여 치근대는 데서 발생한 사건이라고 했다. 다리가 부러지고, 이마가 찢어지고, 갈비가 부러지고, 머리가 깨지는 유혈이 낭자한 사건이었다. 이 사건은 그날 밤 지방 방송국 뉴스에까지 보도되면서 사회 문제로까지 비화하였다. 학교 당국은 야카미 서클 단체를 즉각 해체하였다. 그리고 수사 기관에서는 양측 대학생들 중에서 적극 가담자를 색출하여 경찰서 유치장에 감금해 버렸다. 피해자와 가해자가 합의하여 형사 처벌을 하는 선까지는 가지 않았지만 그 후유증은 야카미 서클 회원들에게 심각한 영향을 주었다. 야카미 서클 회원이었다는 전력은 그들에게 자랑거리가 되지 못했다.

2학년 2학기 교생 실습 기간 때 술을 먹고 나가 학생들 앞에 선 적이 있었다. 담당 지도교사는 물론 교장까지 나중에 이 사실을 알게 되었다. 술을 먹었던 사람은 그 혼자가 아니었다. 철주, 태석, 긍섭까지 네 사람이 술을 함께 마셨던 것이었다. 점심을 먹으면서 반주로. 교장의 호출을 받고 교장실로 갔다. 철주, 태석, 긍섭이 먼저 도착해 고개를 숙이고 있었다. 왠지 분위기가 숙연했다. 교장은 네 사람을 의자에 나란히 앉혀놓고 무겁게 입을 열었다.

"교대에서 무얼 배웠지요?"

점잖은 말씨였지만 음성에서는 노기가 뚝뚝 묻어나왔다. 교장은 네 사람을 한 입에 집어삼킬 듯 노려보았다. 아무도 대답이 없었다. 잠시 침묵이 흘렀다.

"말해보세요. 무얼 배웠지요?"

재차 물었다.

"배운 게 없습니다."

그는 무심코 그렇게 대답했다. 교장이 그를 쏘아보았다. 교장의 입술이 파르르 떨렸다.

그날 강한 질책을 받고 교장실을 나와야 했다.

돌이켜보면 그때 일이 꿈결처럼 느껴진다. 지금 생각해 보아도 교대에서 배운 것이 없는 것 같다. 강시종 교수와 김현주 교수에게서 진솔한 이야기를 많이 들은 것은 사실이지만 교대 2년을 통해 무얼 배웠냐고 단도직입적으로 물어보면 머리 속에 아무것도 떠오르지 않았다.

그러나 교대 2년 동안 큰일을 해낸 것이 있다고 자부할 만한 것이 있었다. 그것은 레스토랑 주인 차석봉이에게 수모를 당하면서도 웨이터 생활을 해냈다는 사실이었다.

그리고 한 장 스냅 사진처럼 머릿속을 스치고 지나가는 것이 있다면 강당 옆에 있는 2월의 벤치였다. 썰렁한 벤치에 앉아 있으면 오동나무 마지막 잎새가 가는 세월을 붙잡고 몸부림했었다. 그는 지금도 찬 2월의 벤치가 떠오르면 오동나무 잎새처럼 으스스 몸을 떤다.

9

첫 기항지에서

방파제를 따라 걸으면
조개를 줍는 사람들
풍경처럼 다가왔다

비껴 내리는 노을을 타고 앉아
뭍을 꿈꿀 때
어둠이 다가와
별을 노래해 주었다

섬사람들 속에
섬 하나가 떠 있었다

저녁 바다는 핏빛이었다
그 바다를 보면서
다음 저녁 바다를 성급하게 기다렸다

발령장을 들고 버스에서 내리자 멀리 산 밑에 웅크리고 있는 흰 건물이 보였다. 그는 그곳이 부임해야 할 학교일 것이라고 생각했다. 낯선 곳에 내렸으므로 어리둥절하지 않을 수 없었다. 잠시 서서 주위를 둘러보았다. 교육청 장학사가 말했던 대로 무창리는 용인의 산골이었다. 버스 정류장을 중심으로 주위가 온통 산이었다. 버스가 하루에 네 번 들어간다고 했으므로 어느 정도 예상은 했었다. 그러나 생각보다 산골이었으므로 그는 암담한 기분에 사로잡혔다. 꼭 깊은 동굴 속에 들어온 기분이었다. 벽처럼 둘러싸인 산들로 인하여 가슴이 답답하게 느껴지기도 하였다. 산골이라 공기는 맑겠지만 전후좌우에 버티고 서 있는 산들로 인하여 금방이라도 숨이 콱 막힐 것 같았다. 산골에서 태어나 산골에서 자랐지만, 고향보다 더 깊은 산골로 여겨졌다. 발령받자마자 사표를 낸다는 사람들의 이야기를 들은 적이 있는데 이런 경우를 두고 하는 말 같았다. 그렇다고 그는 사표를 낼 수도 없었다.

생활용품이 든 큰 가방 하나를 들고 한참을 서 있었다. 그가 서 있는 정류소 주위에는 슬레이트 지붕들이 옹기종기 머리를 맞대고 있었다. 고개를 숙여야 들어가는 구멍가게와 선술집도 보였다.

"저그가 무창국민학교인가요?"

그는 행인에게 손으로 건물을 가리키며 물었다.

"예, 맞아요."

행인은 고개를 끄덕거리며 지나쳐 갔다.

'첫 발령을 옹색헌 산골로 반아서 앞으로 고생 좀 허겄당게. 하숙을 헐 데나 있을지 모르겄어. 그러나저러나 발령받았으니까 가보아야지. 교장 선생님과 선생님들이 기다리고 있을 것이니께 말이여.'

그가 묵직한 가방을 들고 끙끙대며 댓 걸음 옮겨놓았을 때였다.

"무창국민학교로 발령을 받으신 선생님이시지요?"

자전거에서 내린 사내가 그를 보고 친절하게 말을 건넸다.

"맞는디요."

"저는 그 학교 아저씨여요."

"네, 그렇군요."

그는 학교 아저씨와 통성명하며 반갑게 악수하였다. 거무튀튀한 얼굴이었지만 인상은 서글서글하게 느껴졌다.

"가방을 자전거 위에 올려놓으세요."

"들고 가도 되는디요."

그는 한사코 사양하였지만 막무가내였다. 자전거를 세워놓고 아저씨가 직접 가방을 들어 짐받이 위에 싣더니 고무줄로 칭칭 감았다. 아저씨는 가방을 실은 자전거를 끌고, 그는 그 뒤를 따라 학교로 향했다. 3월의 꽃샘바람이 턱 끝에 차갑게 와닿았다. 조금 가니 산 밑에 슬레이트 지붕들이 띠처럼 길게 이어져 있는 마을이 보였다. 아저씨는 그 띠처럼 형성된 마을을 무창부락이라고 불렀다.

"저는 무창부락에 살고 있어요. 학교에서 가까운 셈이지요."

"이곳이 고향이란 말씀인가요?"

"그렇습니다."

"불편헌 점이 많으시겄어요. 버스가 자주 안 다니던디요."

"오래 살다 보니까 그런 것 모르겠어요. 돌아다녀 보아도 고향만큼 좋은 곳이 없던데요."

그는 학교 아저씨의 말을 이해할 수 있었다. 고향은 어머니와 같은 곳이라고 하잖았던가. 조금 부족한 점이 있어도 어머니이기 때문에 소중하듯이 고향은 누구에게나 안락한 곳이 될 수 있을 것이었다.

학교에 들어서자, 운동장이 썰렁하게 느껴졌다. 넓은 운동장에 학생들이 한 명도 없었다. 그는 아저씨에게 그 이유를 물었다. 그러자 아저씨는 말했다.

"전교생이 150명 정도여요. 운동장은 넓은데 학생들이 적다 보니까 때로는 텅 빌 때도 있지요."

"참말로 작은 학교네요."

"해마다 학생 수가 줄고 있어요."

"이농 현상 땜시 그런가요?"

"그런 셈이지요."

텅 빈 운동장 한가운데를 지나 교무실이 있다고 하는 쪽으로 걸어갔다.

"선생님은 교무실로 가 있으세요. 이 가방은 하숙집에 갔다 놓을게요."

"이런 곳에도 하숙집이 있나요?"

"하숙하는 곳이 있어요. 학교 바로 옆이지요. 학교에서 20m 거리 이내일 겁니다. 지난번에 하숙하던 선생님이 읍내로 발령을 받았기 때문에 빈 자리가 생긴 거지요. 하숙집 주인이 음식을 잘해요."

"잘 되었구만요. 한 가지 걱정이 해결되었네요. 그렇지 않아도 하숙 문제를 걱정했었거든요."

아저씨는 하숙집으로 간다며 자전거를 끌고 마을 쪽으로 향했다. 그는 아저씨가 가르쳐 준 동쪽 맨 끝 교무실로 발걸음을 떼어놓았다.

교무실에는 선생님들이 모두 모여 있었다. 교장 선생님 앞에 발령장을 내밀자, 선생님들이 모두 손뼉을 치며 그를 환영해 주었다. 교장 선생님까지 선생님들은 모두 여덟 명이었다. 교장 선생님은 반갑다며 그의 손을 힘주어 잡았다.

"임 선생님, 술은 하십니까?"

교장 선생님이 그에게 맨 먼저 물은 말이었다.

"쪼끔 허구만요."

"그럼, 다행입니다. 오지에서 근무하려면 술을 잘 마셔야 하거든요. 그런 의미에서 우리 안주 없이 한잔합시다."

교장 선생님은 책상 밑에서 소주병을 꺼내더니 물컵에 가득 두 잔을 따랐다. 그러고는 한 잔을 그에게 건넸다. 그는 엉겁결에 잔을 받았다.

"자, 떼지 않고 마시는 겁니다. 알겠지요? 마십시다."

교장 선생님이 먼저 가볍게 잔을 비웠다. 난처했다. 마시기도 그렇고 마시지 않기도 그렇고. 교장 선생님이 어떤 분인지 몰라 그는 잠깐 망설이지 않을 수 없었다. 첫날부터 넙죽 소주를 받아 마시면 어떻게 생각할까.

"뭐 해요. 빨리 마셔요."

교장 선생님의 말이 교무실을 울리었다.

'마시고 보는 거다.'

그는 벌컥벌컥 소주를 마셨다. 그렇게 소주를 마셔보기는 처음이었다. 잔을 내려놓자, 선생님들이 빙긋 웃고 있었다.

"교장 선생님은 좋으신 분이어요. 너무 겁먹지 마세요. 술을 조금 좋아하시거든요."

교무주임이라는 선생님이 다가와 그에게 직원 명단을 건네주며 말했다. 술기운이 올라와 알딸딸한 기분이었다. 그는 그의 자리라고 지정해 준 철제 책상 앞에 가서 앉았다. 맞은편에는 머리가 긴 여선생님 한 분이 앉아 있었다. 20대 중반쯤으로 보였다.

교무주임의 안내를 받아 하숙집으로 들어서자, 아줌마가 반갑게 맞이한다.

아줌마: 어서 와요. 아까 학교 아저씨한테 이야기 들었어요. (앞치마에 손을 닦으며 활짝 웃고 있다. 50대 중반쯤으로 보인다)

상구: 무창국민학교에 새로 부임헌 임상구입니다. 잘 부탁헙니다.

교무주임: 총각 선생님이어요. 잘 부탁해요. 방에 불은 넣었겠지요?

아줌마: 이야기를 듣고 진작 넣었어요. 장작을 땠기 때문에 뜨끈뜨끈할 겁니다.

교무주임: (하숙방 문을 열고 아랫목에 손을 넣어본다) 이불 밑이 따뜻하네요.

하숙집 마당에는 수도가 설치되어 있다. 수도꼭지 앞에서 세수를 하던 여자가 일어나 그를 힐끗힐끗 쳐다본다. 아까 교무실 그의 맞은편에 앉아 있던 여선생님이다.

상구: (여선생님과 눈길이 마주치자) 안녕하세요!

여선생님: 안녕하세요! 한 식구가 된 셈이네요. (목에 걸친 수건이 찰랑거린다)

아줌마: (두 선생님을 겨끔내기로 쳐다보며) 그러고 보니 처녀와 총각이 한솥밥을 먹게 되었네요. 서로 조심하세요. 연애하면 안 되니까.

교무주임: (아줌마를 응시하며) 별걱정을 다 하시네요. 처녀와 총각이 연애하면 어때서요. 그것도 한때인데.

상구: 두 분 말씀을 모두 참고헐 팅게 걱정허지 마세요.

여선생님은 말없이 웃고만 있다.

아줌마: 그래요. 알아서들 해요. 웃으려고 하는 소리이지요. 저는 음식 솜씨가 없는데 어쩌지요?

상구: 지는 아무거나 잘 먹습니다. 되는대로 주십시오.

교무주임: 아줌마가 알아서 잘해주세요. 그럼 저는 가볼게요. (교무주임이 꾸벅 고개를 숙이고는 대문 쪽으로 걸어간다. 교무주임이 떠나간 자리에 저녁 어스름이 몰려든다)

저녁을 먹고 아랫목에 길게 누워 천장을 말똥말똥 쳐다본다. 그의 방 옆에 있는 문간방 여선생님 거처에서는 은은한 음악이 흘러나온다. 갑자기 발령받고 장거리 이동을 해서 그런지 그는 피로감을 느낀다. 여선생님 방에서 흘러나오는 음악에 자꾸만 신경이 쓰인다.

무창부락 입구 정류소가 있는 곳에 식당이 하나 있었다. 선생님들은 그곳을 선술집, 과붓집, 색싯집, 과부 식당 등으로 이름을 지어 불렀다. 그곳에서 신입 교사 환영회가 열렸다. 여선생님들은 간단히 식사만 하고 떠나갔다. 그러나 남자 선생님들은 식사 후에도 계속 소주잔을 돌렸다. 술잔을 돌리는 데 적극적인 사람은 교장 선생님이었다.

"자, 임 선생님 한잔 받아요. 무창국민학교에 부임하게 된 것을 진심으로 축하드립니다."

교장 선생님이 그에게 잔을 건넸다.

"쪼끔만 주십시오. 술을 많이 못헙니다."

그는 잔을 받으며 작게 말했다.

"엄살떨지 말아요."

교장 선생님은 잔에 찰랑찰랑하게 술을 따랐다. 교장, 교감, 교무주임, 새마을주임, 학교 아저씨, 그까지 포함해서 6명이 술잔을 돌렸다. 환영회라는 명분으로 그에게 술잔이 집중되었다. 인사로 건네는 술잔을 거부할 수도 없었다. 주는 대로 술을 받아 마시다 보니 금방 취해왔다.

"임 선생님, 한잔해요."

학교 아저씨가 그의 잔에 술잔을 부딪쳤다.

"취허는디요. 저 그만 마실랍니다."

그는 술잔을 들어 부딪치고는 그냥 제자리에 놓았다.

"임 선생님, 마셔요, 마셔. 왜 술잔을 들었다 놓습니까. 마셔야지요."

새마을주임이 술잔을 들고 건배할 것을 요구하였다. 그는 잔을 또 부딪쳤다. 잔을 비웠다. 그는 알딸딸하게 취해올수록 바짝 긴장하기 위해 눈을 부릅떴다.

'실수허면 안 된다. 술 마시고 취혀서 홍청거리면 꼴불견이다. 만약 그렇게 된다면 이미지가 땅에 떨어져 나를 곤혹스럽게 혀줄 것이다. 낯선 타향. 객지에서 몸조심혀야 헌다.'

그는 실수하지 않기 위해 술을 그만 마셔야 한다고 생각했다. 그러나 상황은 그의 뜻대로 전개되지 않았다. 학교 아저씨가 상을 치는 젓가락 장단에 맞추어 노래를 불렀다. 합창으로 발전한 노랫소리가 술청 안을 줘흔들었다. 선생님들 외에 다른 손님은 없었다. 교장 선생님은 '목포의 눈물', 교감 선생님은 '짝사랑', 교무주임은 '돌아와요 부산항', 새마을주임은 '이별의 부산 정거장', 학교 아저씨는 '물레방아 도는데', 그는 '머나먼 고향'. 이렇게 한 곡씩 부르고 나자 술이 확 깨는 기분이었다. 그러한 기분은 다른 분들도 마찬가지일 것이었다. 노래가 멎자 부산하게 술잔을 돌렸다. 모두 얼굴이 벌겋게 충혈되어 있었다. 그는 약간 어지럼증을 느꼈지만 견딜 만하다고 생각했다.

"임 선생님, 학교생활을 잘하려면 술을 마셔야 돼요. 그걸 알고 있습니까?"

"네, 알고 있구만이라우."

그는 엉겁결에 그렇게 대답했다.

"그럼 됐어요. 잘해보자구요."

교장 선생님이 그의 등을 다독거려 주었다. 그는 속으로 이렇게 생각했다.

'술을 마셔야 직원들과 잘 어울리고 그래야 협조 관계가 원활하게 이루어진다는 뜻이겠지.'

술병을 모두 비웠다. 빈 술병들이 키 재기를 하고 있었다.

"다들 일어납시다. 나가서 맥주 한 잔씩만 합시다."

교장 선생님이 자리를 툭툭 털고 일어났다. 교장 선생님은 조금도 자세가 흐트러지지 않았다. 조금씩 비틀거리는 다른 선생님들과 대조적이었다. 나이가 제일 많은 데도 불구하고 교장 선생님은 당당한 체구를 갖고 있었다.

"그것 좀 마셨다고 비틀거립니까. 시원찮군요."

교장 선생님이 휘청거리는 선생님들을 보고 한마디 하였다.

"교장 선생님, 왜 그러십니까. 아직 안 취했습니다. 얼마든지 마실 수 있다 이 말입니다."

교감 선생님이 말을 받았다.

소대장의 뒤를 따라가는 졸병들처럼 교장 선생님을 따라 일행은 구멍가게로 들어갔다. 가게 안에는 대여섯 명이 앉을 수 있는 의자와 탁자가 마련되어 있었다. 자리에 앉자 교장 선생님은 마른안주와 맥주 5병을 시켰다. 새마을주임이 병마개를 딴 다음 교장 선생님 잔에 맥주를 따르려 했다. 그러자 교장 선생님은 손을 내두르더니 맥주병을 빼앗아 갔다.

"자, 받으라구요. 내가 산 거니까 내가 따라야지요. 그렇지 않소?"

교장 선생님은 일행을 겨끔내기로 쳐다보았다.

"그렇지요. 교장 선생님 말씀이 백번 맞지요."

교무주임이 해낙낙하게 웃으며 아부했다. 교장 선생님은 탁자 위 준비된 6개의 잔에 맥주를 따랐다. 잔 위로 맥주 거품이 소복하게 올라왔다.

"임 선생님, 어때요. 술이 취합니까?"

교장 선생님이 그의 눈동자를 빤히 쳐다보며 물었다.

"괜찮허구만요."

다 함께 건배한 다음 일제히 잔을 꺾었다. 주거니 받거니 맥주잔이 오고 가면서 술자리는 소란스러워졌다. 누구보다 교장 선생님이 말을 많이 하였다. 5병은 금방 바닥이 났다. 다시 5병을 더 시켰다.

자정이 가까워지자 주인이 물건들을 정리하기 시작했다. 문을 닫는다는 주인의 채근에 일행은 술값을 지불하고 밖으로 나왔다.

밖에는 달빛이 뿌옇게 깔려 있었다. 교장 선생님은 당신네 집으로 가서 포도주 한 잔 더 하자며 선생님들을 끌었다.

"오늘은 그만합시다. 취하는데요."

교감 선생님이 제동을 걸고 나왔다.

"그럴까. 오늘 포도주를 좀 소비시키려고 했더니 마음대로 잘 안되네."

교장 선생님은 대꾸하면서도 아쉬운 표정이 역력했다.

일행은 작별 인사를 나눈 뒤 각자 집으로 발걸음을 옮겼다. 교무주임이 교장 선생님을 자택까지 모셔다드린다면서 팔을 잡고 부축하여 드렸다.

"나 안 취했어요."

교장 선생님은 부축하는 교무주임의 팔을 뿌리쳤다. 교무주임은 교장 선생님의 팔을 다시 잡았다. 교무주임이 교장 선생님 팔에 오히려 매달려 있는 것처럼 보였다.

여선생님(진용희)과는 잠자는 때를 빼고 늘 가까이 있는 시간이 많았다. 같은 하숙집 옆방에서 서로 잠을 자고 같은 학교 이웃 교실에서 생활하다 보니 부딪치는 기회가 많았다. 그런 이유로 두 사람은 금방 친해졌다. 진용희 선생님은 5학년 1반 담임이었고 그는 6학년 1반 담임이었다. 그는 진용희 선생님네 반 체육 수업을 전담하였고 진용희 선생님은 그의 반 음악 수업을 전담하였다. 그는 오르간 연주에 자신이 없었고 진용희 선생님은 여자라서 체육 수업을 하기가 거북했으므로 서로 바꾸어 두 과목에만 전담 수업을 하였다. 그렇게 하자 서로 도움을 받을 수 있어 좋았다.

1교시 수업이 끝나면 진용희 선생님 교실에서 매일 차를 마셨다. 커피포트에 손수 물을 끓여. 진용희 선생님은 그에게 유자차나 율무차를 타 주었다.

"커피를 한잔 마시고 싶은디요."

그는 유자차나 율무차에 싫증을 느끼고 있었다.

"그건 마시지 마세요. 몸에 좋지 않아요."

진 선생님은 그에게 커피를 마시지 말라고 당부하였다.

'나의 건강을 염려혀 주는 배려에서 나온 것이겄지.'

그는 그렇게 생각했다. 진용희 선생님이 고마웠다.

하루는 진용희 선생님이 그에게 극장표 2장을 내보였다.

"가지세요. 동생이 준 거여요."

진용희 선생님은 같이 갈 사람이 없어 필요 없다고 하였다.

"받아 보아야 나도 마찬가지구만요. 나도 갈 사람이 없당게요. 혼자 가기도 그렇구요."

그는 극장표를 받으려다 무르춤하지 않을 수 없었다. 망설이다 우선 극장표를 먼저 받고 보았다. 그는 좋은 수를 떠올리고는 활짝 웃으며 말했다.

"진 선생님, 그럼 잘 되었구만요. 표는 2장이 있고 둘 다 같이 갈 사람이 없으니께 우리 둘이 함께 극장에 갑시다."

"저하고요?"

진용희 선생님이 놀라운 표정을 지었다.

"뭐가 잘못되었는가요?"

"그건 아니구요. 조금 의외라서."

"아따 그러지 말고 함께 가봅시다잉. 외로운 처녀와 총각이 데이트 조금 헌다고 혀서 죄 될 것 없당게요."

"그럽시다. 한번 가봅시다."

그렇게 해서 그는 진용희 선생님과 함께 극장에 가게 되었다.

하숙집 아줌마가 시장에 갔다가 마을 입구로 들어서자 수군거리던 마을 사람들이 갑자기 입을 닫고 딴청을 부린다.

아줌마: 왜들 그래? 내가 오니까 쉬쉬하는구만. 무슨 일 있어?

마을 사람 1: 몰라도 되는 일이여. 신경 쓰지 마.

마을 사람 2: 하숙집에서 여태까지 모르고 있었구만.

마을 사람 3: 모를 리가 있나. 알고 있겠지.

아줌마: 무슨 일인데 그런대여. 정말 모른다니까.

마을 사람 3: 진 선생님과 임 선생님이 연애한다고 하더구만.

아줌마: 그게 사실이었구만. 뭔가 조금 이상하게 느껴지더라구. 그게 뭐 나쁜 일인가?

마을 사람 1: 좋은 일만은 아니지. 풍기문란죄에 해당된다구. 교사이기 때문에 더욱 그렇다니까.

마을 사람 2: 쫓아내야 한다고 떠드는 사람도 있더라구.

하숙집 아줌마가 장바구니를 들고 집으로 들어서자, 퇴근해 돌아온 임 선생님과 진 선생님이 마당에서 얼굴을 씻고 있다.

진 선생님: (고개를 들고 수건으로 얼굴을 닦으며) 시장에 다녀오세요?

아줌마: 네. (아줌마의 표정이 굳어 있다)

진 선생님: 어디 아프세요?

아줌마: 아니요.

상구: 무신 기분 나쁜 일이 있는 모양이네요.

아줌마는 대꾸가 없이 부엌으로 가더니 바구니를 놓고 나온다.

아줌마: 진 선생님 저 좀 보시겠어요. 저를 따라오세요.

진 선생님: 무슨 일이지. (중얼거리며 아줌마를 따라 집 뒤꼍으로 간다)

상구: 아줌마 눈치를 보니께 안 좋은 것 같은디 말이여. (앉아서 대야에 와이셔츠를 빤다)

뒤꼍에는 감나무와 오동나무가 한 그루씩 서 있다. 진 선생님과 아줌마가 감나무에 붙어 서 있다.

아줌마: (주위를 살핀 뒤 아주 작은 소리로) 진 선생님, 내 말 잘 들어요. 저도 들은 소문이거든요.

진 선생님: (눈을 크게 뜨며) 그게 뭔데요?

아줌마: 여기는 시골이라서 말이 많은 곳이거든요. 서로가 생활하는 것들을 훤히 알고 있어요. 찬장에 대접이 몇 개 있는지도 알고 있다니까요. 누가 감기만 걸려도 금방 알게 되어요.

진 선생님: 저에 대한 나쁜 소문이라도 있나요?

아줌마: 그런 셈이지요. 별것 아닐 수도 있지만 진 선생님이 교육자이기 때문에 문제가 되는 것 같아요.

진 선생님: 궁금하네요. 그게 뭔데요?

아줌마: 마을 아줌마들이 수군거리더라구요. 제 입으로 직접 밝히기가 거북스럽네요. 와닿는 것이 없나요? 감이 올 것 같은데요.

진 선생님: (쭈뼛쭈뼛 아줌마를 응시하며) 글쎄요. 괜찮으니까, 아줌마가 한번 말씀해 보세요.

아줌마: 진 선생님과 임 선생님이 연애한다고 마을 사람들이 입방아를 찧는 모양이어요.

진 선생님: (상기된 표정으로) 헛소문이어요. 우리는 그런 일 없는데요.

아줌마: 아니 땐 굴뚝에서 연기가 날 리 없잖아요. 연애는 하되 비밀리에 하셔야지요.

진 선생님: 우리 그런 일 없었다니까요.

아줌마: 하여튼 그렇게 알고 계세요. 마을 사람들이 풍기문란죄 어쩌고저쩌고한다니까요. 소문이 있다는 것을 알려드리려고 조용히 부른 거여요. 기분 나쁘게 생각하지 마세요.

진 선생님: 그럼요.

아줌마: 시골은 도시하고 다를 거여요. (아줌마는 총총히 걸어 앞마당으로 향한다)

그는 진 선생님과 당분간 사이를 두어야겠다고 생각했다.

일요일 외출을 금하고 마을 사람들과 고스톱을 치거나 술을 마셨다. 이틀거리 돌아오는 숙직을 해야 했으며 그런 밤에는 숙직실에서 마을 사람들과 고스톱을 쳤다. 그때는 학교 아저씨가 약방의 감초처럼 끼었다. 치기 싫어도 어쩔 수 없었다. 혼자 멍하니 앉아 벽만 쳐다보고 있을 수도 없었다. 숙직을 하지 않는 날에도 종종 숙직실에서 고스톱을 쳐야 했다. 하숙집이 숙직실에서 아주 가까웠으므로 그는 자주 호출받았다. 급한 일이 있다고 하여 뛰어가 보면 고스톱 치는 것 아니면 술 마시기였다. 혼자 우두커니 앉아 외로움에 빠지는 그런 한가한 시간은 거의 없었다.

수업을 마치고 곧장 운동장으로 나가 퇴근 시간까지 배구부 어린이들을 지도하였다. 그러다 보니 피곤하여 밤에는 일찍 자고 싶었지만 그게 용이하지 않았다. 무거운 몸이지만 고스톱판이나 술판에 어울리지 않을 수 없었다. 오늘은 별일 없겠지, 하고 누워서 잠을 청하는 날이면 학교 아저씨나 새마을주임, 아니면 교무주임이 어김없이 그를 불렀다. 어느 날은 교장 선생님이 부를 때도 있었다. 교장 선생님이 부르는 날이면 과부 식당으로 가서 선생님들과 함께 잔뜩 술을 마시곤 하였다. 술에 취하면 교장 선생님은 농담처럼 말하곤 했다.

"연애한다는 소문이 있던데요. 하려면 화끈하게 하시오. 소문 안 나게 말이요."

"헛소문이리니까요."

그럼, 그는 그 사실을 부인하기에 급급했다.

만나는 횟수를 줄이자, 안달이 난 쪽은 진 선생님이었다. 소문이 뭐가 두렵냐. 나쁜 죄를 지은 것도 아니다. 일요일 용인을 떠나 서울에서 만나고 갈 때는 따로따로 행동하자. 소문이 문제가 아니라 둘 사이의 애정이 문제다. 과감하게 밀고 나가자. 진 선생님은 적극적이었다.

토요일 오후 그녀의 요구로 남산을 올랐다. 송림 사이로 솔솔 바람이 불었다. 둘은 나란히 서서 오솔길을 걸었다. 바람이 불 때마다 그녀의 머릿결이 버드나무 줄기처럼 살랑거렸다. 그녀는 한동안 말이 없었다. 느티나무 밑에 벤치가 있는 곳을 지나칠 때였다. 그녀가 그의 손을 잡고 끌었다.

"우리 벤치에 앉아 조금 쉬었다 가요."

"그럽시다."

두 사람은 벤치에 나란히 앉았다. 느티나무 가지 사이로 조각난 하늘이 보였다. 얼굴에 와닿는 바람이 상큼했다. 그래서 그는 코끝을 벌름거리며 심호흡했다. 가슴을 열고 깊게 숨을 둘이 쉬자, 상쾌한 기분과 만날 수 있었다. 그녀도 그를 따라서 심호흡하더니 기지개를 켰다.

"참 좋네요. 도심 속에 있는 산이지만 쾌적하게 느껴지네요."

"그래서 루소는 '자연으로 돌아가라'고 했을 것이구만요."

"그렇지만 무창리는 싫더라구요. 산 좋고 물 좋은 곳이지만 무창리에서는 살고 싶은 생각이 없더라구요."

"무엇 땀시 그런가요?"

"글쎄요. 꼬집어 말할 수는 없지만 왠지 싫더라구요."

"소문 땀시 그런 것 아닐까요."

"그것 때문에 그렇다고 할 수도 없지만 그것 때문에 그렇다고 긍정하기도 그렇네요."

"진 선생님은 계속 교직 생활을 혀서 교감·교장 선생님까지 허셔야지요. 그런 것 생각혀 보셨나요?"

"교직에 계속 있는다면 승진을 해야지요."

"지는 왠지 그런 것에 관심이 가지 않는다니께요. 교사 생활을 계속허고 싶지도 않고 그렇다고 다른 계획이 있는 것도 아니고 그냥 덤덤허다니께요."

"목표가 뚜렷해야 하지 않을까요."

"그것도 뚜렷허지 않다니께요. 저란 사람 문제 있지라우?"

"문제라고까지 할 수 있나요. 시간이 가면서 달라지겠지요. 그럼 결혼 같은 것에 대해서는 어떻게 생각하고 계시는데요?"

"그것도 덤덤허당게요. 아직 나이가 어려서 그런지 통 관심이 가지 않는당게요."

그는 그렇게 말을 하면서 표정이 달라지는 진 선생님의 반응을 목도할 수 있었다. 진 선생님은 그의 시선을 피하고 있었다.

"결혼할 생각이 없다면 저를 만나는 이유가 뭔가요. 기분이 그렇네요."

"결혼을 안 헌다는 것은 아니잖아요. 누구든 여자에 대해서 관심이 별로 가지 않는다는 뜻이지요. 죄가 있다면 솔직허게 말씀드린 죄밖에 없당게요. 지는 지신이 생각허도 쪼깨 문제가 있당게요. 남들은 부부 교사 혀서 일찍 생활 기반 잡고 떵떵거리면서 살기를 원헌다고 허든디 말이요. 그리서 친구들은 대학 때부터 여자를 잡아놓는다고 허던데 말이요. 지는 그런 것에 관심이 가지 않는당게요. 그렁게 지에게는 돈도 여자도 그렇고 그런 거라구요."

"뚜렷한 목표도 없으면서 그러면 큰일이네요."

"확실히 문제가 있다고 봐야 허지요?"

"본인이 시인하고 들어가니까 조금 이상하게 느껴지네요. 겸손해서 그렇게 이야기하는 것도 같고, 보통 사람이 아니라서 그런 생각을 갖는 것이 아닌가도 여겨지네요. 안에 비장의 무기를 감추어 두고 겉으로는 조금 모자라는 척하는 것이 아닌가요."

"지를 좋은 쪽으로만 보시지 마세요. 물건을 너무 화려허게 포장허면 나중에 실망헌다니께요. 지는 있는 그대로를 보여준 것뿐이라니까요."

"꿈이 없는 사람이 있겠어요. 괜히 해보는 말이겠지요. 우리 그런 이야기 그만하고 일어나요. 슬슬 걷자구요."

그는 그녀의 요구에 따라 걷고 싶지 않은데도 불구하고 몸을 일으켰다. 어두운 표정을 보이자, 그녀가 물었다.

"어디 아프세요?"

"아니요."

그는 머리를 저었다. 느티나무 밑을 벗어나자, 좌우로 나무들이 줄지어 서 있는 한적한 오솔길이 나왔다. 그녀는 매달리듯 그의 팔을 잡고 바싹 몸을 밀착 시켜왔다. 그는 그녀의 몸에서 따뜻한 온기를 느꼈다. 문득 그녀를 끌어안고 싶다는 충동을 느꼈지만, 그것도 잠시였다. 그는 곧 냉정해질 수 있었다. 그는 땅을 쳐다보고 터벅터벅 걸음을 옮겼다. 그가 소극적인 자세로 나올수록 그녀는 더 적극적이었다.

"저녁으로 뭘 사줄 거여요?"

"진 선생님이 먹고 싶어 허시는 것 사드려야지요."

"그럼 피자 사주세요."

"그렇게 헙시다잉."

그의 말꼬리가 조금 우스웠던 모양이었다. 그녀가 해해거리고 웃었다. 그러면서 그녀는 그의 손을 꼬오옥 움켜잡았다.

밤마다 학교 숙직실로 놀러 오는 마을 사람이 있었다. 탁 씨였다. 특별한 경우를 빼고 거의 매일 숙직실을 찾아와 선생님들과 함께 고스톱을 쳤다. 털털한 성격의 탁 씨는 두루뭉술하여 누구와도 잘 어울렸다. 탁 씨는 5학년에 다니는 아이가 있어 학부형인 셈이었다. 그렇지만 선생님들과 탁 씨 사이에는 흔히 있을 수 있는 선생님과 학부형 사이의 딱딱한 거리감이 존재하지 않았다.

숙직실에 담배 연기가 가득하다. 선생님들과 학교 아저씨와 탁 씨가 둘러앉아 고스톱을 치고 있다. 윗목에는 소주병과 오징어가 놓여 있다.

탁 씨: (소주를 마시고 빈 잔을 상구에게 넘기며) 한잔 들어요. 돈이 계속 나갈 때는 술을 마셔야 한다니까요. (찰랑찰랑 넘치게 술을 따른다)

상구: (술을 목구멍 깊숙이 털어 넣는다) 소주가 징그럽게 쓰네요잉. 돈을 잃으면 소주가 왜 더 쓴지 모르겄당게요.

학교 아저씨: 속상하니까 그렇지요. 아이쿠 이게 뭐냐. 청단에 구사라. 왔구나 왔어. (화투를 담요 위에 던진다. 천 원짜리 지폐와 동전이 들어온다. 아저씨는 그 돈을 잽싸게 받아 담요 밑에 넣는다. 싱글벙글 웃는 얼굴이다)

탁 씨: 누구는 부자 되겠소. 자꾸 끌어가니까 말이요.

학교 아저씨: 당연한 이야기 아니요. 잃는 사람이 있으니까 따는 사람이 있는 거지요. 이웃돕기 해서 해로울 것 있겠소.

새마을주임: 광 값은 안 주는 거요. (큰 소리로 외치자 탁 씨와 상구와 학교 아저씨가 각각 400원씩을 내놓는다)

교무주임: 나만 한 번도 먹지 못했구만요. 나에게는 왜 광도 들어오지 않는 거요.

탁 씨: 죄짓지 말아요. 평소 남들한테 잘해야 화투가 잘 풀리는 겁니다.

교무주임: 그럼 내가 죄를 많이 지어서 화투가 붙지 않는다 그 말이요?

학교 아저씨: 웃기는 소리들 좀 그만하시오. (화투를 끌어모아 가지런

하게 귀를 맞춘다. 손바닥으로 화투의 어깨를 탁탁 두드려 준다. 가지런하게 모인 화투가 손바닥 안으로 들어오자 오른손으로 화투 끝을 잡고 소리 나게 댓 번 쳐준다. 그런 다음 화투를 나누어준다)

탁 씨: 쳐봅시다. (바닥에 깔린 화투와 손에 든 화투를 맞추어 보느라 눈이 동그랗다)

상구: 나 들어갈라요. 통 표가 안 들어오네요잉. (손에 든 화투를 바닥에 놓는다)

새마을주임: 한 번 쳐봅시다. 이판사판 아니오.

교무주임: 절호의 찬스인데 또 광이 없네요. 지지리도 운이 따르지 않는다니까요.

상구: 한잔 받으세요. 술이나 마십시다. (상구는 교무주임에게 술잔을 건넨다. 찰랑찰랑하게 술을 따른다)

교무주임: 마셔봅시다. (잔을 들어 가볍게 비운다. 쓰다면서 이마에 주름을 모으더니 오징어 다리를 잡고 씹는다)

상구는 교무주임과 주거니 받거니 술을 마신다. 상구는 얼굴이 화끈거려 오는 열기를 느낀다. 두 사람은 고스톱판에서 열외로 나와 술만 마신다.

숙직을 같이하면서 자주 동침을 함께 해서 그런지 학교 아저씨가 친형처럼 느껴졌다. 다른 선생님들이 보여주었던 것보다 학교 아저씨가 그에게 보여주었던 친절은 남다른 것이었다. 시골 낯선 오지에서 학교 아저씨는 그에게 꿀처럼 달콤한 사람이었다. 부임 첫날 가방을 들어다 주었던 것에서부터 근래 그에게 충고를 해주기까지 꾸준히 애정을 표시해 주었다.

하숙집 아줌마는 이런 사람이다. 그러니까 이렇게 행동하는 것이 좋다. 교장 선생님은 술을 좋아하지만 이럴 때 화를 낸다. 그때는 이렇게 해라. 낯선 타향에서 어려운 점은 없느냐. 있으면 이야기해 보아라. 새마을 주임과 교무주임이 겉으로는 매끄럽게 나가는 것 같지만 관찰하면 어딘가 서먹한 구석이 있다. 이걸 참고 하는 것이 좋다. 연애는 하되 확실하게 해두는 것이 좋다. 언제 결혼하고 둘 중 누가 어느 학교로 갈 것이다, 라고 말이다. 가자, 과부 식당으로 가서 막걸리나 한잔 마시자.

이런 식이었다. 술도 한 잔씩 살 줄 아는 학교 아저씨였다. 구두쇠 같은 선생님들과는 대조적이었다. 학교 아저씨는 말단 심부름꾼 위치에 있지만 무창리의 토박이로서 그리고 무창국민학교 최고 고참자로서 학교에서 말발이 서는 위치에 있었다. 학교가 지내온 내력이라든가, 과거에 있었던 사건이라든가, 학부모 관계에 유의할 점이라든가, 하는 것을 비교적 소상히 인지하고 있었다. 교장 선생님도 가끔 학교 아저씨에게서 자문을 구했다. 처음 발령을 받고 문서 수발 요령을 몰라 난처한 경우를 많이 당했다. 빗발처럼 날아오는 공문을 처리할 줄 몰라 발만 동동 굴러야 했다. 그때 그에게로 다가와 공문 작성하는 법, 접수법, 발송법, 계획서 쓰는 법 등을 가르쳐준 사람은 학교 아저씨였다. 과거 면사무소 서기로도 근무한 적이 있다는 아저씨는 비교적 해박한 지식의 소유자였다. 그는 아저씨로부터 많은 도움을 받았다.

"어려운 점이 있으면 서슴없이 이야기해요. 아는 데까지는 친절히 안내해 줄 테니까요. 형님이라 생각하면 훨씬 부담 없게 느껴질 거요."

아저씨한테서는 맏형 같은 따뜻함을 느낄 수 있어 좋았다. 아저씨는 그가 적극적으로 좋아하는 사람 속에 속했다. 아저씨는 비록 현실의 위치가 화려하지 못해도 진실하고 인간미가 넘치는 사람이었다. 그가 무창리에 와서 제일 많이 술자리를 함께 한 사람은 학교 아저씨였다.

하루는 과부 식당에서 아저씨와 함께 술을 마시고 나오자, 자정이었다. 자정의 밤, 골목은 쥐 죽은 듯 고요했다. 골목골목마다 달빛이 출렁거리고 있었다. 무창부락 쪽에서 작게 개 짖는 소리가 들렸다.

"임 선생님, 우리 집에 가서 한잔할까요?"

휘청거리며 걷는 아저씨에게로 다가가 팔을 부축하여 주었다.

"다음에 허지요. 오늘은 쪼깨 늦은 것 같구만요."

"그럴까요."

"많이 취허신 것 같아요. 조심혀야 쓰겄네요."

"임 선생님, 무슨 소리 하는 거요. 나 안 취했습니다. 말짱하다니까요. 나 오늘 기분 좋습니다."

휘청거리며 걸어가던 아저씨가 갑자기 그의 목에 팔을 걸어왔다.

"저도 기분이 좋구만요."

"임 선생님, 정말 그렇습니까?"

"그렇당게요."

"그러면 임 선생님도 나처럼 내 목에 팔을 걸어봐요. 서로 어깨동무하자니까요."

"그러지라우."

두 사람은 서로 어깨동무하고 '짝사랑'을 부르며 마을 골목을 휘청휘청 걸어갔다. 박자와 음정을 무시한 채 부르는 노랫소리는 무창부락 골목을 쥐흔들어 댔다. 개 짖는 소리는 아까보다 한 음정 높아져 있었다. 두 사람이 기우뚱거릴 때마다 길바닥에 깔린 달빛이 물안개처럼 너울거렸다.

"임 선생님, 진 선생님하고 결혼할 거요?"

"결정을 내리지 못혔구만요."

"인생이 뭡니까. 뭐 거창한 것인 줄 압니까. 별것 아니란게요."

"지는 잘 모르겄구만요."

"되는대로 그냥 사는 겁니다. 거창하다고 생각한 것 알고 보면 별것 아닙디다. 내가 누구요. 무창국민학교 청부 아니요."

아저씨는 큰소리로 떠들어대었다. 몸의 중심은 흔들렸지만 비교적 발음은 정확한 편이었다.

"아저씨가 누구라는 것은 다 알고 있는 사항 아닌가요."

"그렇지요. 다 알고 있지요. 그게 중요하다 그겁니다."

아저씨는 그의 볼에 당신의 볼을 갖다 대며 비벼대었다. 두 사람은 아저씨네 대문 앞에 와서 걸음을 멈추었다.

"들어가세요. 오늘 즐거웠습니다."

"임 선생님, 우리 집에 가서 한 잔만 더 합시다."

"아니랑게요. 오늘은 그만허자고 아까먹새 이야기혔지 않아요. 저 갈게요. 들어가세요."

그는 몸을 돌이켰다. 하숙집으로 뛰었다. 그의 뒤에서 임 선생님, 임 선생님, 하고 부르는 소리가 들렸다. 그래도 그는 뒤를 돌아보지 않았다.

하숙집 대문은 열려 있었다. 집안은 고즈넉했다. 그는 조심스레 걸음을 옮겨 하숙방으로 향했다. 불 꺼진 진 선생님 방에서는 인기척을 느낄 수 없었다. 죽창에는 달빛만 어른거렸다. 하숙방 문을 가만히 열고 들어가 형광등 스위치를 찾았다. 한참 벽을 더듬다 젖꼭지처럼 툭 불거진 돌출 부분을 찾아내었다. 꼭지를 위로 올리자 찰칵, 소리가 나더니 형광램프가 깜박거렸다. 방 안에 불이 켜지면서 눈부신 빛살이 동공을 찔렀다. 그는 잠시 눈을 가늘게 뜨고 있어야 했다. 옷을 벗어 윗목에 던졌다. 윗목에는 물이 든 주전자와 컵이 준비되어 있었다. 반가웠다. 갈증을 참아왔던 그였다. 주전자를 들고 벌컥벌컥 물을 들이켰다. 물을 마시자, 가슴이 시원했다. 주전자를 윗목으로 밀어놓고는 아랫목에 길게 누워 이불을 덮었다.

'아참 불을 끄지 않았군.'

그는 벌떡 일어나 벽에 부착된 스위치를 아래로 내렸다. 그러자 방 안에 칙칙한 어둠이 깔렸다. 이불을 덮고 누워 잠을 청했다. 그렇지만 뜻대로 잠이 오지 않았다. 몸을 좌우로 뒤척거려야 했다.

'왜 나는 어떤 것에도 매력을 느끼지 못하고 있을까?'

억지로 교육대학에 들어갔고 그래서 시작된 사도의 길.

'내가 머무를 곳이 아니다.'

문득문득 그런 생각이 들었다. 뚜렷한 다른 목표가 있는 것도 아닌데 막연하게 그런 생각이 들었다.

'정신적으로 문제가 있는 것이 아닐까. 진 선생님과의 관계도 그렇다.

진 선생님은 나와 결혼허고 싶어 헌다. 그렇지만 나는 그게 아니다. 결혼이란 그 자체에 매력이 느껴지지 않고 여자에 흠뻑 빠져들지도 못허는 것은 무엇 땜시 그럴까. 이게 아닌데, 이게 아닌데. 아이들을 가르칠 때나, 진 선생님과 데이트헐 때나, 선생님들과 고스톱을 칠 때나, 선생님들과 술을 마실 때나, 그런 생각이 들었다. 교직에 첫 발령을 받아 많은 상황과 부딪치며 부산하게 움직일 때와 달리 돌아서 혼자 고요한 시간과 만나면 이게 아닌데, 라는 생각이 고개를 드는 것이었다. 이게 아니라면 무엇이어야 헌다는 말인가.'

그도 그 해답을 알 길이 없었다. 마을 탁 씨나 학교 아저씨는 정이 가는 따뜻한 사람들이었지만 그들과 헤어지고 나면 왠지 공허하다는 느낌에서 벗어날 수 없었다. 매사가 그랬다.

그는 용인 읍내 산장 레스토랑에서 진 선생님과 마주 앉아 저녁을 먹고 있었다. 정식을 먹으면서 맥주잔이 서너 번 왔다 갔다 하자 얼굴이 금방 벌겋게 충혈되어 왔다. 진 선생님은 거부하는 것 없이 주는 대로 맥주를 받아마셨다. 그녀는 그에 비해 꽤 심각한 표정을 짓고 있었다. 여유 있어 보이는 그와는 대조적이었다.

"진 선생님, 지가 부족한 점이 많은 것 같아요. 사회생활 초년생이고 그러다 보니 결혼 준비도 허지 못혔거든요. 지에게는 결혼이 쪼깨 이른 것 같아요."

말이 없는 진 선생님은 잔을 들고 맥주만을 홀짝거리고 있었다.

"진 선생님은 지허고 많이 다르잖아요. 후딱 결혼혀야 헌다는 입장을 알고 있습니다. 그런 것을 아는 지가 진 선생님을 잡아놓는 것은 죄악이라고 생각헙니다. 진 선생님은 누구허고도 행복헐 수 있을 겁니다."

"그러니까 요점은 그만 만나자, 그것 아닙니까. 우리 시원하게 이야기합시다. 빙빙 돌리면 서로 피곤하니까 말입니다."

말이 없던 진 선생님이 맥주잔을 탁자 위에 소리 나게 놓으며 언성을 높였다.

"꼭 그런 뜻은 아닙니다. 지가 진 선생님을 좋아허고 있는 것은 사실입니다. 그렇지만 지는 결혼헐 수 없는 입장이라는 이야기입니다. 누구허고도 지금은 결혼헐 수 없습니다. 결혼보다는 뭔가 지 일을 찾아 몰두해 보아야겠다는 생각이 듭니다."

"잘 알았으니까 저 먼저 가볼게요."

진 선생님이 포크를 탁자 위에 놓더니 자리를 박차고 일어났다. 그녀는 옷깃을 잡으려는 그의 손을 뿌리치고 문 쪽으로 총총히 떠나갔다. 그가 계산을 끝내고 밖으로 나왔을 때 그녀의 모습은 보이지 않았다.

그는 시내를 정처 없이 걸었다. 가로수 은행잎들이 가로등 불빛 속에서 곤두박질치고 있었다. 막상 진 선생님과 헤어진다고 생각하니 마음이 착잡했다. 은행잎들을 발끝으로 걷어차면서 읍사무소 쪽으로 걸었다.

교무실. 교장 선생님과 교감 선생님이 은밀히 이야기를 주고받고 있고 교무주임과 새마을주임은 책상 앞에 앉아 학급경영록을 쓰고 있다.

교장 선생님: (진 선생님과 임 선생님의 빈자리를 흘깃흘깃 쳐다보며) 비난이 수그러질 줄을 모르니 어떻게 해야 하지요?

교감 선생님: 글쎄요. 강경하게 나갈 수는 없을 것 같은데요.

교장 선생님: 교감 선생님, 학교 아저씨를 좀 불러오세요.

교감 선생님: 네, 알겠습니다. (교감 선생님이 교무실을 나와 숙직실로 뛴다)

교장 선생님: (책상 앞에 앉아 두 주임을 향해) 선생님들은 무슨 이야기 못 들었습니까?

교무주임: 많이 들었지요.

새마을주임: 요즈음에는 두 사람의 관계가 멀어진 모양이던데요.

학교 아저씨가 교감 선생님과 함께 교무실로 들어서 교장 선생님 앞으로 다가간다.

교장 선생님: 아저씨는 임 선생님하고 제일 친하니까 잘 알 것 같은데 말입니다. 임 선생님과 진 선생님의 관계가 멀어졌다고 하던데 그게 사실이요?

학교 아저씨: 사실입니다. 깨끗이 끝낸 모양입니다.

교장 선생님: 그 이유가 뭐라고 하던가요?

학교 아저씨: 자세한 이야기는 못 들었습니다. 끝냈다는 말만 본인한테서 들었습니다.

교장 선생님: 임 선생님의 태도가 근래 조금 이상하지 않습니까?

학교 아저씨: 저도 그걸 느끼고 있습니다. 술 마시고, 고스톱 치고, 연애하고, 하는 그런 것을 기피하려는 눈치입니다. 심리적 동요가 있지 않았나 생각합니다.

교감 선생님: 배구부에 쏟는 정열도 전에 비해 많이 줄었습니다. 왜 그

러지요?

학교 아저씨: 저도 잘 모르겠습니다. 혼자서 조용히 독서하고 싶어 하는 것 같았습니다. 옆구리에 꼭 소설책을 끼고 다니던데요. 전에는 그러지 않았거든요.

상구가 소설책을 들고 교무실로 들어서자, 이야기하던 사람들이 입을 닫고 사무를 보는 척한다.

그가 생각해 낸 것은 책을 많이 읽어 삶의 안목을 키워보겠다는 것이었다. 그래서 매주 토요일 용인 서점에 들러 소설책을 사 왔다. 틈나는 대로 책을 읽었다. 그러나 그것도 그의 생각대로 용이하게 전개되지 않았다. 시간이 없었다. 고스톱, 술, 숙직 등 현실 생활에 적응하다 보니 책을 읽을 시간이 없었다. 그래서 그가 생각해 낸 것은 다른 학교로의 전출이었다. 타 시군으로 가고 싶은 사람은 내신하라는 말을 듣고 그가 일착으로 서류를 교감 선생님 앞에 제출했다. 그는 관외인 안양시를 지원했다.

10

벽 타기

벽에 매달려 있으면
너울대는 하얀 안개
어깨를 감쌌다

미끄러질 때마다
벌렁거리는 불안
눈덩이처럼 불어났다

발아래
버스를 기다리는 사람들
발을 동동 굴렀다

아파트 창마다 불빛이 내걸릴 때
퇴근하는 사람들 발걸음 서두르면
뒷발질하며 암벽을 올랐다

그가 안양으로 발령받았다. 3월인데도 바람은 꽤 차가웠다. 학교에서는 그에게 4학년 5반 담임과 문예라는 담당 사무를 안겨주었다. 시골에서 도시 학교로 발령받아 잘 적응할 수 있을지 처음에는 걱정을 많이 하였지만 그것은 기우에 불과했다. 적응하는데 특별히 어려운 점은 없었다. 다만 문예라는 사무를 맡아 공문서를 처리하다 보니 아동 문학작품을 많이 접하게 되었으며 거기에 따른 안목이 요구되었다. 동시, 동화, 독후감에 대한 전문적인 안목이 요구되었던 것이다. 거기에 특별한 안목을 갖고 있지 못한 그로서는 당황하지 않을 수 없었다. 그래서 그는 동시와 동화를 읽으며 아동문학을 이해하기 위해 노력했다. 국내 아동문학 작가들의 동시집과 동화책을 닥치는 대로 읽었다. 관악 백일장이니, 교내 백일장이니, 무슨 글짓기 대회 작품 제출이니, 무슨 독후감 쓰기 대회 작품 제출이니, 공문은 일주일에 두 건 이상 꾸준히 날아왔다. 그는 그 공문들을 처리하기 위해 '아동 글짓기 지도 방법'이라는 책자를 사다가 탐독하기도 했다. 조직된 문예반 어린이들에게 원고지 쓰는 법부터 꼼꼼하게 지도해 나갔다. 문예반 어린이들이 상을 타오면 자신이 상을 받은 것처럼 기뻤다.

국내 아동문학 작가들의 작품을 거의 다 읽었다고 자부심을 가질 때쯤 되자 동화를 한 편 써보고 싶다는 충동이 일었다. 그래서 그는 원고지 20장짜리 '아기 참새'라는 동화를 한 편 써서 서울신문사 문화부로 보냈다. 서울신문 5면에는 주말 동화라는 코너가 있었다. 그는 거기에 투고한 것이었다. 작품을 보내고 두 달이 지나도 동화는 신문에 게재되지 않았다. 물론 아무런 소식도 없었다. 휴지통으로 들어갔구나, 라고, 생각했다. 재도전하기 위해 그는 두 번째 동화를 탈고했다. 200자 원고지 19장이었다. 제목은 '나무와 비둘기'였다. 역시 그는 그 작품을 서울신문사 문화부에 투고했다. 며칠 후 신문사 문화부에서 연락이 왔다. 투고된 작품이 선정되었으니, 사진과 약력을 보내달라는 것이었다. 그로서는 반갑지 않을 수 없었다. 전화를 받으면서 가슴이 벌렁거리는 흥분 때문에 말을 제대로 할 수 없었다. 그러나 그는 그 사실을 누구에게도 말하지 않았다. 신문에 글이 실리지도 않았고, 이제 시작이다, 라는 생각 때문에 겸손해야 된다고 여겼던 것이다. 설레는 마음으로 토요일이 오기를 손꼽아 기다렸다. 일주일이 무척 지루하게 느껴질 정도로 시간이 느리게 가는 것 같았다.

신문에 동화가 실리자 선생님들은 그를 작가라고 불렀다. 시골에서도 연락이 왔다. 동생이 신문에서 형의 얼굴과 글을 보았다면서 축하 전화를 해주었다. 막상 신문에 글이 실리고 보니 생각했던 것보다 마음이 흡족하지 못했다. 글이 서툴러 보이고 아동문학 작품이라서 남들이 우습게 보는 것 같았다. 그렇지만 그는 공식적인 언론 매체에 처음 글을 발표해 보는 셈이어서 그 동화가 작품성을 떠나 의의 있다고 판단했다. 그는 신문에 나온 글과 사진을 오려 앨범 속에 고이 간직해 두었다.

그 무렵 시골에 계신 아버지가 돌아가셨다. 위장병으로 고생하시다 아버지는 결국 위암으로 생을 마감했다. 그는 일주일 동안 상가를 내고 고향으로 내려가 마지막 가는 아버지 앞에 머리를 숙였다. 비통한 심정으로. 시골에서 농사지으며 고생만 하시다 돌아가신 아버지. 호강 한번 시켜드리지 못한 것이 회한으로 몰려와 눈가가 먹먹했다. 눈가를 훔치자, 곁에 있던 동생이 말했다. 아버지가 돌아가시기 며칠 전에 눈물을 흘리며 후회하셨다고.

"공부허려고 덤비는 놈이나 확실허게 가르쳐 놓았어야 허는디 밑에 있는 동생들도 가르쳐야 헌다고 니 형을 반 토막 교육대학에 보낸 것이 한스럽다. 니들이 다 공부를 못헐 줄은 꿈에도 생각 못 혔다. 니 형을 크게 가르쳐 놓았으면 벼슬 한 자리는 헐 수도 있었을 텐디 말이다. 니 형을 가르치지 못헌 것은 아비의 실수였다."

모든 것이 지나간 이야기였다. 그는 조금도 아버지가 원망스럽지 않았다. 지금의 위치에 자신이 서 있으며 지금 여기가 항상 새로운 출발점이라고 생각하고 있었다.

교사 월간지 '교육자료'라는 책이 있다. 그 월간지는 매월 교사들의 문학 작품을 받아 심사한 후 추천 우수작으로 게재한다. 3회 추천을 받는 교사는 교육자료 천료 작가로 인정해 준다. 그는 그 코너에 아버지를 소재로 하여 쓴 콩트를 한 편 응모하였다. 한 달 후에 나온 심사평은 문학성이 돋보이는 탁월한 작품이라고 칭찬을 아끼지 않았다. 매우 기분이 좋았다. 마치 유명 작가가 된 것처럼 마음이 달떴다. 그는 1회 추천을 받고 천료 작가가 될 수 있다는 꿈에 부풀어 흥분된 나날을 보내었다. 서울신문에 동화를 발표하고 교육자료에 1회 콩트 추천을 받자, 교육청 장학사까지 그를 작가로 인정해 주었다. 교육청에서 문학 작품을 심사해야 할 때가 있으면 어김없이 그를 불렀다. 심사가 끝나면 장학사는 심사료라고 하면서 봉투까지 건네주었다. 봉투를 받고 보니 묘한 기분이었다. 그는 자신이 프로 작가라도 된 듯한 기분이었다. 그때 그는 자신에게 말했다.

"나는 아마추어라고, 아마추어라니까."

교육자료 천료 작가가 되는 길이 그렇게 쉽지만은 않았다. 다섯 번째 투고해서야 콩트 2회 추천을 받을 수 있었다. 다섯 번 투고하기까지 낙방할 때의 참담한 기분을 어떻게 설명해야 할까. 벼랑에서 굴러 물속에 풍덩 빠져 버린 기분이었다. 물속에서 허위적이며 몸부림치고 있는 형상이라고나 할까. 그때 그랬다. 비참한 기분으로 어둠의 벽과 만나야 했었다. 좀처럼 벽이 뚫릴 것 같지 않았다. 그렇게 허위적이다가 간신히 물가로 나오면 지긋지긋하게 느껴지던 콩트가 새롭게 다가오면서 작품을 써야 한다는 강한 충동과 만났다. 그러면 그는 다시 작품을 쓰기 시작했고 그렇게 탈고한 작품을 퇴고해서 교육자료에 투고하곤 하였다. 2회 추천을 끝내자 3회는 예상보다 쉽게 통과할 수 있었다. 3회 추천작은 '도둑'이었다. 문학적 재능이 있어 보인다느니, 속도감 있는 문장으로 독자를 사로잡는다느니, 소설을 써보면 좋겠다느니, 심사평은 칭찬으로 나열되어 있었다. 심사평 중에서 그의 시선을 끈 것은 본격적으로 소설을 써보면 어떻겠느냐는 권유 형식의 구절이었다. 천료 소감 곁에 사진까지 붙어나오자 자신이 큰 작가라도 된 듯한 엉뚱한 흥분 속으로 빠져들었다. 그러나 그의 그러한 흥분은 얼마 못 가서 가라앉았고 그 자신이 착각하고 있었다는 사실을 깨닫게 되었다.

'진짜 소설을 한번 써보아야 헌다.'

그러한 생각이 들면서 지금까지 쓴 콩트는 별것 아니라는 생각을 하게 되었다.

'진짜 소설이 따로 있고 콩트는 가짜 소설이란 말인가?'

그는 그런 문제에 봉착하게 되었다.

'아니여, 콩트도 좋은 소설이 될 수 있당게. 콩트도 소설이니께 말이여.'

그는 자신이 진짜 소설을 써왔다고 생각했다. 그렇지만 왠지 허전했다. 단편소설을 한 편 써보고 싶다는 충동을 버리지 못했다. 시와 소설을 써보아야 본격 문학을 했다고 말할 수 있을 것 같았다. 지금까지 반 토막 문학을 해왔다는 생각이 들었다. 그는 심한 갈증을 느끼면서 시와 소설을 열심히 읽었다. 피츠제럴드와 메레디트가 쓴 소설 작법을 사다가 정독해 보기도 했다. 그러나 이렇게 소설을 써야 한다는 명쾌한 해답은 쉽게 얻어지지 않았다. 국내 작품, 외국 작품 가릴 것 없이 닥치는 대로 시와 소설을 읽었다. 그러다 보니 그는 학교생활에 리듬을 타기가 어려웠다. 선생님들과 어울리기를 기피하고 혼자서 책을 읽으려고 하니 당연히 그러한 문제가 파생될 것은 뻔한 이치였다. 그는 퇴근 시간이 되면 총알같이 교문을 빠져나와 하숙방으로 향했다. 불꽃을 향해 날아가는 불나비처럼 그는 소설을 써보겠다는 강한 창작열로 불탔다. 그는 밤이 되면 저녁을 먹고 잠시 휴식을 취한 뒤 책상 앞에 앉아 책을 펼쳤다. 그는 곧 무아지경으로 들어가 물고기가 헤엄치듯 상상 속의 공간을 유영해 다녔다. 황홀했다. 뜨거웠다. 그는 참으로 그 뜨거운 열기를 실감할 수 있었다. 미친다는 것이 무엇인지 비로소 그는 깨달을 수 있었다.

시골에서 올라온 어머니가 그의 하숙방을 찾았다. 그가 퇴근해서 돌아오자, 어머니가 방에서 나온다.

상구: (고개를 숙여 인사를 드리며) 어머니 오셨어라우. 연락도 없이 오셨네우잉.

어머니: (상구의 가방을 받으며) 그렇게 되었다. 니 일로 급헌 일이 생겨서.

상구: 그게 무신 일인디요? (방으로 들어와 옷을 추리닝으로 갈아입는다)

어머니: (가방을 윗목에 놓으며) 굉장히 중요헌 일이어. 너도 이자 살림을 차려야 허지 않겄냐.

상구: 긍게 여자 때문에 오신 것이구만요.

어머니: 그런 셈이다. 좋은 색시가 나타났다. 한 번 선을 보거라.

상구: 지는 생각 없구만요. 장가는 늦게 갈랍니다.

어머니: 니 나이가 몇 인디 그러냐. 모든 것은 때가 있는 거여. 전문대학 나와 유치원 선생을 허고 있다고 허드라. 어미가 여자의 얼굴을 보았다. 인상이 좋아 어미는 마음에 들더라.

상구: 지 일은 지가 알아서 헐 것인 게 너무 신경 쓰지 마세요. 공부를 헌 다음에 서서히 헐 겁니다.

어머니: 무신 공부를 헌다고 그러냐. 박사 공부를 헌다는 말이냐?

상구: 그건 아니지만 비슷해요. 나중에 알게 될 것이구만요.

어머니: (방 안에 쌓여 있는 책들을 가리키며) 공부헌다고 이 많은 책들을 산 거냐. 돈을 모아서 집을 사야 결혼헐 것인게 그렇게 알고 있거라잉.

상구: 그것도 지가 알아서 헐 것이구만요. 어머니보고 돈 보태달라고 허지 안 헐 것이니께 걱정허지 마세요.

어머니: 참말로 니가 변했구나. 어미의 말을 가볍게 여기는 것 보니께 말이여.

상구: 그렇다면 죄송허구만요. 의도는 그것이 아니었응게 이해허세요. 지도 이자 클 만큼 컸지 않아요. 너무 걱정허지 마세요.

밖에서 그를 부르는 소리가 들려 문을 열어보니 하숙집 아줌마가 밥상을 들고 서 있다.

아줌마: 식사하세요. 어머니 밥도 가져왔어요. 입에 맞을지 모르지만 한 번 드셔보세요.

상구가 밥상을 받아 방 가운데에 놓는다.

어머니: 고맙구만이라우. 지가 와서 폐가 될지 모르겄네요잉.

아줌마: (활짝 웃는 얼굴로) 그런 소리 하지 마세요. 아들 하숙집에 와서 밥 몇 끼 먹는 게 무슨 폐인가요. 당연히 드셔야지요.

어머니: 평소 이야그는 많이 들었구만요. 지 아들을 먹여주고, 재워주고, 빨래해 주고, 참 감사허구만요.

아줌마: 공짜로 먹는 것도 아닌데요, 뭐. 저로서는 할 일을 하고 있을

뿐입니다.

어머니: 좋은 색싯감이 있어서 한번 보라고 부랴부랴 올라왔더니 생각이 없다고 허네요.

아줌마: 때가 되면 가야 하는데요. 저도 색시가 하나 있어서 소개해 줄려고 했더니 안 보신다고 해서 그만두었네요.

어머니: 중이 제 머리는 못 깎으니까 아줌마가 좋은데 있으면 또 말씀 혀주세요. 상구란 놈 장가를 보내야 지가 마음을 놓겄당게요.

상구: 식사해야지라우. 지도 계획이 있당게요.

아줌마: 임 선생님은 어머니 말씀을 잘 들어야 해요. 그렇지 않으면 나중에 후회한다니까요. 그럼 식사하세요. 국 다 식겠네요. 많이 드세요.

어머니: 잘 먹겄구만이라우.

아줌마가 문을 닫고 떠나가자, 어머니와 상구는 숟갈을 들고 저녁을 먹기 시작한다.

안양 생활은 그가 용인에서 보냈던 것과는 판이하였다. 용인에서는 사람들과 어울려 자신의 존재를 잃어버린 채 홍청망청 시간을 보내었다면 안양에서의 생활은 사람들과 어울리기를 기피하고 홀로 책과 씨름하면서 자신을 발견해 나가는 외로운 나날이었다. 고스톱, 당구, 술을 거의 하지 않았다. 몸이 아프다, 약속이 있다, 는 핑계를 대면서 모임이 있을 때마다 살짝 뒤로 빠지곤 하였다. 사람들과 어울리는 것이 싫은 것은 아니었지만 읽지 않은 많은 책과 접하기 위해 시간을 내지 않으면 안 되겠기에 그는 그런 변칙을 썼던 것이다. 낮에는 직장 생활을 하는 관계로 독서를 할 수 없어 밤의 시간을 최대한 활용하려고 하다 보니 그런 묘책을 쓰지 않을 수 없었다. 그가 읽어야 할 책들은 너무도 많았다. 시집과 소설집을 읽어야 하는 것은 물론이거니와 사회학, 역사학, 철학에 관계된 책들을 부지런히 읽었다. 해방 신학, 헤겔 철학 서설, 주역, 존재와 무, 종속이론이란 무엇인가, 도덕경, 칸트 철학 입문, 역사란 무엇인가, 권력 이동, 제3의 물결, 변혁 시대의 한국사, 소설의 이론, 시시포스의 신화, 현상학의 이해, 죽음에 이르는 병, 죽음의 철학, 짜라투스트라는 이렇게 말했다, 현대 사회의 제문제 등 그때 읽었던 책들이었다. 그는 밤마다 책을 읽으면서 거대한 산과 만나곤 하였다. 산을 오르다 암벽에 부딪쳐 피를 흘렸다. 그래도 그는 산 오르기를 멈추지 않았다. 읽어야 할 많은 책들. 문단의 흐름을 파악하기 위해 월간지와 계간지도 구독하지 않을 수 없었다.

'아, 밤은 왜 그리도 빠르게 지나갔던가.'

팔십 평생 아무리 열심히 읽는다고 해도 홍수처럼 쏟아져나오는 책들을 다 섭렵할 수 없다는 사실을 깨달았다. 다 읽지 못한다면 아무리 천재라 할지라도 모든 현상과 이치를 깨닫지 못할 것이다. 거기에 인간의 한계가 있었다. 우리가 지성인이네, 박사네, 하며 칭송하는, 소위 배운 사람들은 이 지상에 널려 있는 지식의 귀퉁이만을 혀로 핥은 인간들임이 틀림없을 것이다. 결국 실력이 있다고 하는 사람들은 아는 것보다 모르는 것이 훨씬 많을 것이다. 그런데도 그들 실력이 있다고 하는 사람들은 목을 빳빳이 세우고 이 세상의 모든 것을 꿰뚫어 본 양 떠들고 다녔다. 가관인 셈이었다. 인간이 얼마나 미약한 존재인가. 다른 동물에 비해서 능력이 우위에 있다고 하는 것은 인정되지만 인간 능력 그 자체가 신에 비교할

만큼 위대하다고 하는 것은 억지라는 것을 알았다. 코끼리의 엉덩이 부분에서 논 사람들은 코끼리의 머리 부분에 존재하는 것과 다리 위에서 생활하는 인간들의 형상을 정확히 그릴 수 없을 것이었다. 그게 인간이었다. 인간은 많은 오류를 범할 수 있었다. 그것은 그만큼 부족하기 때문일 것이다. 큰소리 치고 다닐 수 없으며 어깨에 힘을 주고 다닐 수 없었다. 책을 읽을수록 자신의 존재가 자꾸만 작아지는 기이한 현상과 만났다. 바람 앞의 등불처럼 위태위태한 것이 사람이라는 사실도 깨달았다. 자연사, 사고사, 병사 등의 원인으로 사람들은 낙엽처럼 어느 순간 떨어져 땅속에 묻히고 있었다. 그는 그것을 목격할 수 있었다. 무생물로 전락함으로써 흙으로 돌아가는 것이 인간이었다. 그러한 것은 매우 짧은 과정에서 이루어지고 있었다. 벌레처럼 미약하고 무력한 것이 인간이란 것을 깨달았을 때 머릿속에 떠오른 것은 겸손이라는 단어였다. 그는 말을 줄이고 거북이처럼 느리게 그러나 결코 멈춤이 없이 꾸준하게 책을 읽으며 글을 쓰기 위해 노력했다. 최선을 다하는 것이 그의 몫이라고 생각했다. 그는 그렇게 소설을 썼다. 그런데 겸손한 태도로 글을 쓴다고 해서 좋은 문장이 나오는 것도 아니었다. 가까스로 90장짜리 단편소설을 탈고하여 신춘문예에 응모를 해보았지만, 작품의 행방은 알 수가 없었다. 심사평에 언급되지도 않고 작품은 어디로 자취를 감춘 채 행방이 묘연했다. 월간지 문학사상이나 계간지 창작과비평에 작품을 투고해 보았지만, 작품의 행방이 묘연하기는 마찬가지였다. 답답했다. 소설이 격을 갖추기는 한 것인지, 소설의 문장이 뒤틀리지는 않았는지, 그는 알 수가 없었다. 코밑에 있는 점을 스스로 볼 수 없듯이 그는 자기 작품을 스스로 감식할 수 없었다.

그 무렵 그는 관양동에 있는 학교로 발령받았다. 소설에 빠져 새로 부임해 간 학교의 어린이들 문학 지도는 소홀했다. 심신이 피로한 탓인지 아이들의 글을 보고 하나하나 지적해 줄 수 없었다. 수업을 끝내고 나면 몸이 나른하고 피로하였으므로 아이들 글짓기 지도에 눈 돌릴 여력이 없었다. 그래서 그는 아예 원고지 쓰는 법도 지도하지 않았다. 집에서 밤늦게까지 원고지와 씨름한 후 무거운 몸으로 수업을 끝내고 나면 그는 물 먹은 종이처럼 퍼져 있기 십상이었다. 그렇게 흐물대다 퇴근하여 돌아오면 저녁을 먹고 잠깐의 휴식을 취한 뒤 책상 앞에 앉아 원고지와 사투를 벌였다.

그는 거의 외출하지 않았다. 평일은 물론 일요일도 하숙방에 묻혀 책을 읽거나 글을 썼다. 일요일마다 외출하는 다른 하숙생들과 대조적이었다. 그러다 보니 하숙집 아줌마가 그를 좋아할 리 없었다. 하숙집에서는 하숙하는 사람들이 휴일마다 외출하여 밥을 먹지 않아야 남는다고 했다. 그런데 그는 하숙방을 무슨 진지처럼 사수하고 앉아 꼼짝하지 않았다. 일요일 밥상을 가져온 하숙집 아줌마의 표정이 딱딱하게 굳어 있는 것을 발견하였다. 그는 아줌마에게 돈을 더 찔러주지 않을 수 없었다. 푸른 지폐를 댓 장 옆구리에 찔러주면 곧 아줌마의 표정은 나긋나긋한 태도로 돌변했다. 그는 돈의 위력을 실감할 수 있었다.

신춘문예나 월간지 신인상에 응모해 보아도 심사평 한번 받아보지 못하고 예선 탈락했다. 그래서 그는 소설가 지망생들과 교류해 보면 어떨까, 하는 생각을 하게 되었다. 그때 노크하게 된 곳이 신문사 문화센터 소설연구반이었다. 3개월 코스로 동료들과 일주일에 한 번씩 만나 글쓰는 이야기와 소설 합평회를 통해 서로의 소감을 주고받았다. 그의 작품도 어김없이 합평회라는 도마 위에 올라가 칼질을 당하였다. 그때의 합평회 분위기는 살벌했다. 작품이 싹수없게 느껴졌는지 몰라도 누구 하나 칭찬해 주는 사람이 없었다. 그를 혼내주기 위해서 단합한 사람들의 태도 같았다. 매정한 사람들이었다. 결점을 지적해 줄 때마다 부족한 작품 때문에 송구스럽다는 생각보다는 반발심이 생기면서 거부감이 강하게 치밀어올랐다. 너희들은 잘 쓸 수 있느냐, 는 물음에 그는 그렇다고 동의할 수 없었다. 가슴 속에서는 주먹만 한 것이 치밀어오르면서 얼굴이 붉으락푸르락하여 참기 어려웠다. 그렇지만 그는 참을 수밖에 없었다. 그에게 인신공격을 해 온 것은 아니니까 말이다. 구성이 난잡하다느니, 문장이 어색하다느니, 수식이 과장되어 있다느니, 주제가 약하다느니, 결말이 약하다느니, 대화가 어색하다느니, 인물의 성격을 살리지 못했다느니, 전반적으로 욕심이 앞섰다느니, 하면서 조각조각 칼질을 해대었다. 그의 얼굴은 벌겋게 달아올라 있었다. 그렇지만 그는 치밀어오르는 열기를 꾹꾹 누르며 모멸스러운 순간을 참아내었다. 그는 작품에 대해서 이렇다 저렇다 변명하지 않았다. 부족하다는 것을 시인하면서 고개만 꾸벅거리며 죄지은 사람 모양 움츠린 자세를 보였다.

합평회가 끝나면 뒤풀이로 술자리를 가졌다. 그는 그 장소에서도 별말이 없이 소주잔만 기울이었다.

'열심히 좋은 작품만 쓰면 되는 것이지 무신 말이 필요허단가.'

그는 평소 그렇게 생각해 왔다. 그가 신앙처럼 신봉하는 말이었다.

11월 들어 날씨가 쌀쌀해지더니 그에게 신춘문예 바람이 불어왔다. 밤이면 밤마다 좋은 단편소설 한 편을 쓰기 위해 끙끙대었다. 종소리 같은 소설을 써보아야겠다는 자세로 바짝 긴장해서 책상 앞에 앉으면 손끝이 떨리면서 붓이 무디게 나아갔다. 원고지를 찢고 또 찢고 그러다가 시간만 보내었다. 댓 장 쓰다 보면 주제와 소재가 신통찮아 보이면서 헛고생만 하고 있다는 생각이 들었다. 그럼 그는 다시 첫 단계인 구상부터 시작하곤 하였다. 그러다 보면 감기, 몸살에 걸려 뼈마디가 욱신거리는 고통과 만나야 했다. 고열로 누워 앓는 소리를 내면서도 그는 소설만을 생각했다.

12월 초순 그는 가까스로 단편소설 한 편을 만들어 냈다. 피와 땀을 찍어 쓴 소설이었다. 사할린이라는 이국에서 고국을 그리며 살아가는 한인 동포들의 애환을 그린 소설이었다. 그는 '둥지를 찾아서'라고 제목을 붙였다. 네 번 정도의 퇴고를 거친 다음에 컴퓨터에 입력시켜 인쇄를 뽑았다.

토요일 오후 신춘문에 원고를 마감하는 날이었다. 그는 직장을 마친 후 작품이 든 가방을 들고 서울로 가는 전동차에 몸을 실었다. 전동차 속은 퇴근하는 사람들로 인하여 만원이었다. 작품을 만드는 과정에서 생긴 피로가 쌓여 몸은 찌뿌드드했지만, 마음은 가벼웠다. 귀중품을 가방 속에 넣고 가는 기분이기도 하고 이 소설이 자신을 구원해 줄지도 모른다는 설렘이 일기도 하였다. 그는 가방을 전동차 시렁 위에 올려놓고는 시선을 그곳에서 떼지 않았다. 그는 등 뒤쪽이나 좌우에서 밀어붙이는 사람들에 의하여 이따금 목이 휘어지는 고통을 감내해야 했다. 짜증스러웠지만 웬지 그러한 것들에 신경이 가지 않았다. 밀면 밀리고 밟으면 밟히면서 오로지 가방만을 응시하였다.

'이번에는 심사평을 받아보겠지.'

심혈을 기울여 쓴 소설이기 때문에 누가 보아도 느낌은 같으리라 생각했다. 그러나 심사자에게 신경이 조금 쓰이는 것은 사실이었다. 누가 심사를 하느냐에 따라서 문학 작품은 추락과 비상을 하므로 관심이 가는 것을 어찌할 수 없었다. 역대 심사자가 누구였으므로 이번에도 그 심사자가 나올 것이다, 라는 예상쯤은 하고 응모했던 그였다. 그는 마음속으로 김아무개 소설가가 심사했으면 하고 기대했다. 원고를 들고 심각한 표정으로 작품을 읽고 있는 심사자의 얼굴이 떠올랐다.

''둥지를 찾아서'라는 제목이 괜찮더니 역시 전반적으로 세련되었군. 글을 오래 써본 습작의 흔적도 보이고 말이야.'

소설을 다 읽고 난 심사자가 만족한 표정을 짓는다.

"이 전동차는 청량리행 열차입니다. 다음 내리실 곳은 시청 앞이 되겠습니다. 내리실 문은 왼쪽입니다. 안녕히 가십시오."

전동차가 멎자, 그는 가방을 들고 밖으로 나왔다. 많은 사람 속에서 부대끼다 밖으로 나오니 몸이 조금은 가뿐해진 느낌이었다. 지하도 밖으로 나오자, 찬바람이 코트 깃을 흔들어 댔다. 바람이 매우 차갑게 느껴졌다. 지하도 출구에서 신문사까지 가는 길은 그렇게 멀지 않았다. 빌딩 숲을 지나 신문사 사옥으로 들어서자 따뜻한 공기가 그를 맞았다. 그는 잠시 서서 얼굴과 귀를 번갈아 가며 손으로 문질러 주었다. 그러자 차갑게 식은 볼과 귀가 곧 따뜻해져 왔다. 안내에게 물어 신문사 편집국을 찾아갔다. 작품이 든 봉투를 꺼내 앞뒤를 살펴보았다. 주소와 그의 이름이 정확히 기록되어 있었다.

'공들여 쓴 소설이기 땜시 이번엔 당선되겄지. 그렇지 않다면 심사평이라도 들어볼 수 있겄지.'

문화부가 있는 쪽으로 걸음을 옮기려 하자 가슴이 뛰기 시작했다. 그는 왼쪽 가슴에 손을 얹고 문화부로 걸음을 옮겼다. 문화부에는 대부분 자리가 비어 있었다. 아가씨가 하나 앉아 책을 보고 있었다. 그는 그 아가씨 가까이 다가갔다. 그러고는 공손하게 말했다.

"문화부 기자님이신가요?"

"네, 그런데요."

그녀는 그를 한 번 힐끗 쳐다보더니 다시 책 위로 시선을 보냈다.

"신춘문예 응모 작품을 가져왔는디요."

"거기 책상 위에 놓고 가세요."

그녀는 보지도 않고 옆에 있는 빈 책상 위를 가리켰다. 그녀의 시선은 책장 위에 말뚝처럼 박혀 있었다. 그는 빈 책상 위에 작품을 반듯하게 놓았다. 신춘문예 응모 작품이라고 쓰인 서류 봉투 몇 개가 눈에 띄었다. 그 봉투들은 어지럽게 널려 있었다. 그는 작품을 책상 위에 놓고 돌아 나오면서 몇 번이고 뒤를 돌아보았다.

'작품이 제대로 접수되어 심사자에게 넘어가기나 헐까?'

그는 불안했다. 그리고 왠지 허망했다. 끙끙대며 공들여 쓴 소설을 집 밖에 버리고 온 듯한 기분이었다. 그의 심각한 태도와 달리 신문사에서는 작품을 너무 가볍게 취급하는 것 같아 불쾌했다.

'내가 쓸데없는 걱정을 하는 것인지도 모른당게. 내가 너무 예민해져

있어서 그럴 거라구. 문화부에 갖다 주었으니께 심사허겄지.'

그는 편집국을 나와 엘리베이터를 타기 위해 버튼을 눌렀다.

밖으로 나오자, 찬바람이 안면을 때렸다. 그는 몸을 웅크리고 지하철 출입구가 있는 쪽으로 걸어갔다.

'이자 끝났다. 죽이 되든 밥이 되든 주사위는 던져졌다니께.'

그렇게 생각하자 아까의 불안했던 마음은 씻은 듯 사라지고 홀가분했다. 목뒤에 붙은 주먹만 한 혹을 떼고 나온 기분이었다.

'그냥 맨정신으로 집에 갈 것이 아니렁게. 한 잔 걸쳐야 쓰겠어.'

호프, 라고 쓰인 맥주집이 눈에 띄었다. 그는 그 술집을 향해 걸음을 옮겼다.

12월 27일. 썰렁한 포장마차에서 세 사람이 소주잔을 꺾고 있다. 그들은 신문사 문화센터 소설연구반 회원들이다.

소설가 지망생 1: (잔을 만지작거리며) 올해는 이미 끝난 겁니다. 당선된 사람에게는 크리스마스 전에 연락이 간다니까요. 우리 모두 고배를 마신 겁니다. 이게 어디 한두 번입니까. 이제 이골이 났다니까요.

상구: 참말로 비참헙니다. 나는 피를 찍어 썼는데 말입니다. 어떻게 써야 당선될 수 있는 겁니까. (담배를 뻑뻑 빨아댄다)

소설가 지망생 2: 나는 최종심에서만 10년을 놀고 있는 겁니다. 소설이 사람 잡아먹는 귀신이라니까요. 그걸 알아야 합니다. 소설 쓴다고 인생 망친 사람들 많단 말입니다. 의욕만 가지고도 안 되는 것이 소설이라니까요.

소설가 지망생 1: 그건 맞는 말입니다. 자, 들면서 이야기합시다. (세 사람은 잔을 들고 부딪친다. 그러고는 세 사람이 동시에 잔을 비운다)

상구: 소설을 귀신이라고 허니께 쪼깨 이상허네요. 지는 소설이 찬란한 그 무엇으로 느껴진다니께요. 비참함을 느낄 때도 있지만 그건 잠시던디요. 지 소설을 사람들이 읽는다고 생각허면 황홀허단 말입니다. 그리고 소설은 영원헐 수도 있으니께요. 소설 쓰는 일은 해볼 만헌 작업 아닙니까.

소설가 지망생 2: 임 선생님은 많이 낙방해 보지 않아서 아직 모를 겁니다. 저처럼 직업도 없이 소설에 매달려 보면 아실 겁니다. 앞이 캄캄할 때가 한두 번이 아니라니까요. 생계 걱정, 소설 걱정, 건강 걱정, 어느 것 하나 만만한 게 없단 말입니다. 예선에서 탈락하면 아예 포기하고 길을 바꾸겠는데 그것도 아니고 최종심에서 계속 미끄러지니까 미치고 환장하겠습디다.

소설가 지망생 1: 저는 조금 최 형의 말을 이해할 수 있을 것 같습니다. 소설을 써온 연수가 최 형만큼 되지는 않았지만, 저도 많이 고생했거든요. 소설을 쓰다 보면 어느 직장에 오래 나갈 수 없더라구요. 임 선생님처럼 안정된 직장이 아니어서 그런지 몰라도 말입니다.

상구: 그러고 보니께 지가 제일 초보자인 셈이네요. 직장과 소설은 깊은 관계가 없을 것 같은디요. 물론 직장에 따라서 활동 범위가 다르기 땜시 소설을 쓰는 양상이 다를 것 같기는 허지만 말입니다.

소설가 지망생 2: 직장이 없으면 빨리 당선되어야 한다는 긴박감과 떨어지면 어쩌나 하는 불안감이 가중되어 심신을 피로하게 한다니까요. 집

사람이 긁는 바가지에 대해 대책이 없단 말입니다. 마음이 안정되어야 글도 쓰겠습디다.

소설가 지망생 1: 집사람이 저를 폐물 취급한다니까요. 그러다 보니까 술을 더 먹게 되더군요. 소설을 버리고 싶을 때가 하루에도 수십 번입니다. 그렇지만 돈을 벌 줄도 모르고 잘한다고 하는 것은 소설뿐이다 보니까 어떻게 할 수 없더군요. 이러지도 저러지도 못하고 오늘까지 밀고 왔습니다.

소설가 지망생 2: 한 마디로 글 쓰는 직업은 할 만한 것이 못 됩니다. 돈을 못 벌어서 그러한 것도 있지만 그보다는 글 쓰는 생활이 현실 생활 리듬과 맞지를 않다 이 말입니다. 현실에 충실하면 소설이 멀어지고 소설에 충실하면 현실 생활에서 겉돌게 된다는 말입니다. 이렇게 저렇게 스트레스를 받는 것은 작가란 말입니다.

상구: 드시면서 이야기합시다. (잔을 들고 부딪친 다음 세 사람이 일제히 술잔을 꺾는다. 탁자 위에는 빈 소주병 4개가 나란히 서 있다) 임 선생은 글쓰기 시작한 지 얼마 되지 않았으므로 일찌감치 작가 되기로 헌 것을 포기하라. 뭐 그런 것 아닌가요. 지는 포기하지 않을 겁니다. 가는 디까지 한 번 가볼 생각입니다.

소설가 지망생 2: 임 선생님, 오해는 하지 말아요. 그런 뜻은 아니니까.

소설가 지망생 1: 임 선생님이 너무 예민하게 반응을 보이십니다. 우리가 지금까지 보내온 경험담이라고 할까, 넋두리라고 할까, 그런 것이니까 부담 없이 들으세요. 사실 작가가 되어 내일 등단한다 해도 별 볼 일 없는 것 아닙니까. 산 넘어 산이란 말입니다. 글쓰기라는 것이 여러 차례의 벽을 넘어야 하는 지옥 훈련 같다니까요. 문단의 벽이 얼마나 두터운데요.

상구: 지는 그런 것 잘 모르겠어요. 그냥 좋은 작품을 쓰면 된다고 생각하고 있습니다.

소설가 지망생 2: 그럼 좋은 작품이란 것이 뭡니까. (술잔을 들고 홀짝거리다가 말을 잇는다) 우리 문단을 보면 몇 사람의 권위자에게 인정받을 경우 좋은 작품, 훌륭한 작가로 부상한단 말입니다. 그게 좋은 작품, 훌륭한 작가인가요. 권위자가 아닌 대중에게 인정을 받으면 천박하다고 비하하고 말입니다. 문단에는 몇 개의 그룹이 지어져 있고 그 안에서 인정받으면 그 안에서만 좋은 작품으로 평가해야 하는데 그렇지 않고 밖을 향하여 좋은 작품이라고 떠들어댄단 말입니다.

소설가 지망생 1: 맞는 말입니다. 임 선생님 잘 들어두어요. 나중에 실망하지 말구요. 신춘문예에 계속 떨어시면 저는 독자적으로 무소의 뿔처럼 밀고 나갈 겁니다. 독자적으로 책을 출간해서 시대를 초월한 미래의 독자들에게 그 가치를 묻고 싶습니다.

상구: (손목시계를 쳐다보며) 그러니까 어디 눈치 보지 말고 정말 좋은 작품을 쓰기 위해 노력하라, 그 이야그가 아닌가요. 시간이 많이 지나갔는디요. 그만 일어나야 되지 않을까요.

소설가 지망생 1, 2: 그럽시다.

(세 사람은 자리에서 몸을 일으킨다)

1월 1일. 일요일 오전 10시. 신춘문예에 떨어진 건 확실했다. 그러나 심사평이나 읽어보아야겠다는 생각으로 중앙 일간지 신문을 모두 구입했다. 심사평이 나온 곳도 있었고 그냥 당선작 발표만 한 신문도 있었다. 다행히 그가 작품을 응모한 신문사 소설 심사평은 나와 있었다. 그는 심사평을 펼쳐 든 순간 긴장하여 눈을 신문 가까이 바싹 들이댔다. 그러고는 심사평을 읽어 내려갔다. '둥지를 찾아서'에 대해 어떤 심사평이 나와 있을까. 그러나 끝까지 다 읽어 내려가던 그는 실망하지 않을 수 없었다. 심사평 어디를 찾아보아도 '둥지를 찾아서'라는 구절은 나와 있지 않았다. 언급조차 되지 않았던 것이다.

'아니야, 잘못 읽었을 것이랑게.'

다시 신문을 펼쳐 들고 꼼꼼하게 읽어보아도 결과는 마찬가지였다. 그는 신문을 손에서 슬그머니 놓아 버렸다. 그 순간 그는 가슴 한 귀퉁이가 와그르르 무너지는 소리를 들었다.

'예선 탈락혔당게.'

그 자신이 길바닥 위에 버려진 것만 같은 비참한 생각이 들었다. 기대가 컸던 만큼 실망도 컸다. 앞이 가물거려 시야가 잘 가늠되지 않았다. 내리는 눈발 때문이라고 생각하고 그는 눈가를 쓱 훔쳤다. 그래도 시야가 가물거리기는 마찬가지였다. 그는 허리를 굽히고는 땅에 떨어진 신문을 집어 들었다. 신문을 뒷주머니에 쑤셔 넣고는 기타 다른 신문들을 펼쳐 들고 당선자들의 이름을 하나하나 확인해 보았다. 혹시 아는 사람이 당선되지 않았나 하는 생각에서였다. 문화센터에 나가는 소설연구반 회원들의 이름은 찾아볼 수 없었다. 거세게 내리는 눈발은 바람을 타고 꽃잎처럼 흩날렸다. 거리의 자동차들은 느리게 미끄러져 갔다. 그는 신문들을 접어 옆구리에 끼고는 석수대교 쪽으로 걸었다. 짧은 치마를 입고 종종걸음을 치는 여자들을 곳곳에서 목격할 수 있었다. 눈발이 목뒤로 떨어질 때마다 선득거리는 냉기로 인하여 으스스 몸을 떨어야 했다.

'예선 탈락혔다는 것은 기본기도 갖추지 못혔다는 뜻이랑게. 한 땀 한 땀 바느질허듯 쓴 소설인디 말이여. 교육자료 콩트 추천을 받을 때는 칭찬을 받았는디 말이여. 이렇게 비참허게 깨질 수 있당가. 당선은 아니어도 심사평은 받아볼 수 있을 거라고 생각혔는데 말이여.'

절벽 아래로 떨어져 허우적거리고 있는 자기 모습이 떠올라 그는 질끈 눈을 감아 버렸다. 눈을 감았다 떠도 그 영상은 좀처럼 그의 머릿속에서 사라지지 않았다. 그러다가 그는 옆을 지나쳐 가는 여자의 어깨와 부딪쳤다.

"이 남자가 어디를 보고 다니는 거여! 재수 없게!"

30대로 보이는 중년 여자는 잔뜩 인상을 찌푸리며 그를 노려보았다.

"죄송헙니다."

그는 머리를 숙여 공손하게 말했다.

"별꼴을 다 보겠네!"

여자는 퉤, 침을 뱉더니 싸늘하게 돌아서 가던 걸음을 옮겨놓기 시작했다.

'확실히 재수가 없는 날이구먼. 길거리 여자헌티 욕을 먹고 말이여.'

그는 지나치는 사람과 부딪치지 않기 위해 전방 시야를 잘 가늠하며 인도를 따라 터덜터덜 걸었다.

석수대교 중간 지점에 왔을 때였다. 승용차가 급정거하면서 끽, 소리를 내었다. 그 소리는 석수대교 일대의 평화로운 분위기에 찬물을 끼얹었다. 길 가던 사람들의 시선이 일제히 그 승용차로 쏠렸다. 승용차 뒤에는 트럭이 멈추어 있었다.

"야이, 새끼야! 미쳤냐!"

트럭 기사가 창밖으로 고갤 내밀고는 욕설을 내뱉었다. 승용차 운전자는 대꾸가 없었다.

곧 상·하행선 차들이 물 흐르듯 순조롭게 차선을 타고 미끄러져 갔다. 다리 밑으로는 벌건 흙탕물이 굽이쳐 흘렀다. 그는 다리 난간에 서서 굽이쳐 흐르는 물줄기를 하염없이 바라보았다. 바람에 흩날리는 눈발은 꽃잎처럼 나풀거리고 있었다. 냉기를 실은 바람은 안면에 차갑게 와닿았다. 바바리코트 자락이 바람에 깃발처럼 펄럭이었다. 바람은 코트 깃을 헤집으며 안으로 파고들었다. 그는 목을 잔뜩 움츠리고는 코트 칼라를 세웠다. 그러자 조금 안온한 느낌이 들기는 했으나 냉기를 막아주지는 못했다.

'소설가가 되기 위혀서는 얼매나 더 고통을 겪어야 된다는 말이대여. 소설가 지망생인 최 형과 김 형은 나보다 더 고생을 헌 모양이던디. 그럼 나는 아직도 더 많은 고생을 혀야 된다는 말 아니여. 그러니께 나는 당선되려면 많이 기다려야 된다는 이야그구만. 그건 아닐 것이구만. 소설이 당선되고 안 되고는 경력순이 아니랑게. 능력 있으면 될 것이여. 내년에는 꼭 당선되고 말 것이구만. 예선도 통과허지 못혔다는 것은 챙피스러운 일이당게. 신문이여 잘 가거라. 그럼, 내년을 기약허자구나.'

그는 신문을 조각조각 찢어 안양천 물줄기 위로 연신 던졌다. 신문 조각들은 하얗게 내리는 눈발 속에서 낙엽처럼 곤두박질치며 내려앉았다. 종잇조각들은 물줄기를 타고 굽이쳐 하류로 정처 없이 떠내려갔다. 아니 그의 해체된 고통이 산산이 부서져 흘러갔다. 연신 신문을 찢어 날리는 그의 동작은 몇 끼 밥을 굶은 사람처럼 맥이 탁 풀린 모습이었다. 그의 시선은 동동 떠내려가는 종잇조각 위에 머물러 있었다.

무수한 쓰러짐, 자질을 의심하는 좌절의 늪, 결코 포기할 수 없다는 오기, 끝이 보일 것 같지 않은 어두운 터널 속에서의 사투로 인해 피폐해져 가는 육신, 발로 차고 주먹으로 치고 나중에는 망치로 두드려도 끄떡없을 것 같은 벽, 그 벽 앞에서 흔들림, 그리고 주위와의 단절, 인적이 뜸한 오솔길로의 구보, 거기에서 파생된 고독, 아파트가 무너지지 않을까 걱정하는 불안 심리, 그는 그랬다. 김 형이나 최 형도 그런 과정을 거쳤을 것이었다. 어떤 유명 소설가는 50년째 응모해서 신춘문예 중편 부문에 당선되었다고 했었다. 오랜 시간 뼈 아픈 세월을 삼켰을 유명 소설가. 그는 그에게서 동병상련의 아픔을 느꼈다. 떨어지고, 좌절하고, 일어서고, 다시 떨어지고, 또 좌절하고, 다시 일어서고, 그걸 반복하다 나이만 먹은 그. 당선되어야 결혼하다는 계획을 콘크리트 구조물처럼 단단하게 구축해 놓은 그. 그 계획을 취소한다는 등의 생각은 꿈에도 한 적이 없었다.

"너도 이제 가정을 가져야지. 나이가 몇이냐."

어머니는 그를 볼 때마다 한숨을 내쉬었다.

"소설이 당선되어야 가능헌 이야그랑게요. 자식 하나 없는 폭 잡으세요."

그는 깊이 박힌 말뚝처럼 흔들림이 없었다.

오직 소설만을 생각했고 거기에 매달렸다. 소설은 마약과 같은 것이었다. 그는 그렇게 생각했다. 사람을 황홀하게 하는가 하면, 절망하여 좌절의 늪에서 허우적이게 하기도 하고, 오랜 세월 동안 영혼 깊숙이 침투하여 중심부를 흔들면서 육신을 쇠꼬챙이로 만들어 버리는 괴물이었다. 그 괴물 때문에 생을 불행하게 마감해야 하는 작가들도 우리 주위에는 많이 있었다. 이 땅에 공식적으로 단편소설 한 편 발표하지 못하고 마지막 잎새처럼 슬프게 죽어가는 것은 아닐까. 그는 마른 삼대처럼 말라버린 육신을 내려다볼 때마다 그런 불안 심리에 빠지곤 하였다. 잠을 자고 나면 식은땀이 온몸을 적셨다. 옷이 땀에 젖어 끈적거렸다. 그렇게 땀을 흘리며 잘 때는 악몽에 시달리곤 하였다. 눈을 뜨면 형상도 없이 사라져 버리는 꿈. 그런 꿈에 시달리기 때문인지 자고 일어나면 몸이 납덩이처럼 무거웠다. 그래도 그는 포기할 수 없었다. 몸 바쳐온 지날 세월이 너무 아쉬워 소설을 버릴 수 없었다. 앞으로 가자니 산이 첩첩 그를 가로막았고 뒤로 가자니 억울하고 원통한 핏빛 세월이 그를 용납하지 않았다. 그는 진퇴양난의 고통 속에서 고민하지 않을 수 없었다.

"상구야, 결혼해야 쓴다. 니 나이가 몇이냐. 니 동생들을 보거라. 다 장가가서 애기를 갖지 않았느냐. 너는 장남이란 말이다. 나중에 엄청나게 후회헐 것인 게 두고 보거라잉."

"지는 후회 안 헐 것인 게 그렇게 알고 계세요. 소설이 당선되기 전에는 결혼 안 헐 겁니다."

"소설이 뭐냐. 소설이란 것이 사람 잡아먹는 흡혈귀와 같은 것이 아니냐. 글쟁이는 가난하게 산다고 혔다. 아이들이나 잘 가르치고 혀서 나중에 교장도 되고, 장학사도 되고, 교육장도 허고, 그러면 오죽 좋겄냐잉."

"지는 그런 것에 관심 없다니께요. 승진 안 헐 겁니다. 조금 다니다 그만두어야지요. 글을 써서 먹고 살 것이라니까요."

"니가 완전히 미쳤구나. 뻥 갔다니께. 교직이 얼매나 좋은 직업인디 버린다고 그러냐. 절대루 그런 소리는 말거라잉."

어머니까지 그에게는 장애물로 다가왔다. 그럴수록 그는 주먹을 그러쥐면서 마음을 다잡았다. 결코 소설을 포기할 수 없다고. 전진, 전진. 그의 가슴 깊은 곳에서 그런 소리가 들리는 듯했다. 아니 그는 분명 그 소리를 들었다. 그럼, 그는 원고지를 붙잡고 신들인 듯 글을 써 내려갔다. 그 결과 그는 문학 월간지와 계간지 신인상에 응모하여 심사평을 여러 번 받았다.

'이자 곧 당선이 되겄지.'

그는 낙관적으로 생각했다. 그러나 그의 생각은 빗나갔다. 소설을 응모하면 최종심에 올라가 당선 문턱에서 미끄러지곤 하였다. 그렇게 몇 년을 보내고 나자, 그의 몸과 마음은 지칠 대로 지쳐 버렸다. 얼굴이 창백했으며 마음은 극도의 불안 상태를 보였다. 잠근 문을 두세 번씩 확인해야 직성이 풀렸다. 소설 외의 세상 어떤 것에도 흥미가 일지 않았다. 예쁜 여자를 보아도 무덤덤했으며 돈뭉치를 보아도 갖고 싶다는 충동이 일지 않았다. 만 원짜리 지폐 1억 원이 있다면 육교 위에 올라가 뿌리겠다는 말을 공공연하게 하고 다녔다. 문제는 소설이었다. 그는 그것만을 생각했다. 학급 아이들을 귀가시키고 텅 빈 교실 안을 서성이고 있을 때도 소설 소재를 찾는데 골몰했다. 그러나 쓸만하다고 생각되는 소설 소재는 좀처럼 그의 곁에 다가오지 않았다.

11

벽 너머 마을

실개친 물소리
마을은 물에 젖어 있었다

마을 뒤 상수리나무 숲에서
까치들이 물기를 털고 날아올랐다

진눈깨비가 내리는 날
마을 뒤 상수리나무 숲에
까마귀 떼가 날아와 앉았다

마을은 꽁꽁 얼어 버렸다
한 치의 틈도 없이

90년 모 계간지에 단편소설 3편을 투고하였다. 크게 기대는 하지 않았다. 닦고 닦은 최선의 작품을 보낸 것으로 만족했다. 기대했다가 그 기대가 무참히 무너져 내리는 절망을 수없이 맛보았으므로 그는 또 그러려니 그렇게 생각했다. 그러던 어느 날 모 계간지에서 전화가 걸려 왔다. 신인투고에 당선되었으니까, 사진을 가지고 급히 내사 하라는 것이었다. 수화기를 든 손이 떨렸다. 당선되었다니. 얼마나 기다려 왔던가. 그는 말을 제대로 하지 못했다. 떨리는 목소리로 알았다고만 대답했다. 무엇을 알았다는 것인지 수화기를 내려놓고 나자 통 기억이 나지 않았다. 한 가지 확실하게 기억되는 것은 소설이 당선되었다는 그 말 한마디였다. 그 한마디로 충분했다. 그는 더 알고 싶은 것도 없었다. 가슴 속은 뜨거운 희열로 충만되어 있었다. 그는 방 안을 바장이다 나중에는 껑충껑충 뛰었다. 껑충거리며 뛰자, 방바닥이 쿵쿵 울리었다.

'내가 시방 어린애처럼 방방 뛰고 있다니. 아래층에서 미쳤다며 욕을

헐지도 모른당게.'

그는 우뚝 멈춰 서서 담배를 한 대 태워 물었다. 담배를 입에 물고는 베란다로 나왔다. 담배를 깊게 빨아들였다가 서서히 내뿜었다. 연기는 하늘거리며 허공 저편으로 산산이 부서져 날아갔다. 창밖에서 들어오는 공기가 꽤 차가웠다. 그래서 그는 곧 문을 닫았다. 창밖으로 보이는 풍경은 단조롭게 느껴지는 아파트 숲이었다. 그는 베란다 철골조에 몸을 기대고 아파트 숲 일대를 하염없이 바라보았다. 그의 손가락 사이에는 반쯤 타들어 간 담배가 끼워 있었다. 신인 두고에 당선되어 문단에 등단한다고 생각하자 그동안 좌절의 늪에서 허우적이던 지난 시간이 허망하게 느껴졌다.

'이자 청탁도 받을 수 있고 그렇게 혀서 작품을 발표헐 수도 있겄지.'

흥분된 그의 감정은 가라앉을 줄을 몰랐다. 그는 거의 타들어 간 담배를 베란다 바닥에 놓고 실내화 앞부리로 문질렀다. 그러고는 거실로 들어와 전화기 앞에 앉았다. 어머니가 계시는 집에 전화를 걸었다.

"여보세요, 어머님이세요. 상구여요."

"너구나. 어쩐 일로 전화를 혔냐."

"기쁜 일이 생겨서요."

"그게 무신 일인디?"

"소설이 당선되었당게요."

"소설이 어떻게 되얐다고?"

"당선이요. 이자 작가 면허증을 딴 것이나 마찬가지랑게요."

"긍게 소설가가 되었다 그 말이냐?"

"예, 맞아요."

"잘 되었구나. 기쁘다잉. 상구야 이놈아, 니가 그렇고롬 질기게 굴더니 기어코 해냈구나. 그렇다고 학교에 사표를 내면 안 된다잉?"

"알았어라우. 문학성을 인정받아야 사표를 내는 것이지 당선되었다고 금세 학교를 그만둘 수 있나요."

"어미가 허락허기 전에는 절대루 사표를 내지 말 거라. 알아들었냐?"

"그렇게 헐팅게 걱정허지 말어요."

"그럼 너 이자 결혼혀야 쓰겄다. 소설이 당선되면 결혼헌다고 약조헌 것을 기억허지야."

"기억허고 있당게요. 좋은 여자가 있으면 헐랍니다."

"잘 생각혔다. 이자 이 어미도 살 것 같구나잉."

아귀탕을 가운데 놓고 앉아 세 사람이 잔을 주고받으며 술을 마시고 있다. 벌건 얼굴들이지만 정신은 말짱하다.

소설가 지망생 1: 임 선생님이 계간지 신인 투고에 당선된 것을 보니까 반갑더라구요. 그래서 내가 곧바로 전화했다니까요. 우리 한잔하자고 말입니다. 문화센터 소설연구반 출신이라서 그런지 내가 꼭 당선된 것처럼 마음이 붕 뜨더라니까요.

소설가 지망생 2: 나도 그런 느낌을 받았어요. 내가 당선된 것처럼 기쁘더라구요.

상구: 하여튼 두 분 전화까지 주시고 고맙구만이라우. 우리가 시방은 소설연구반 활동을 허지 않지만 당시에는 얼마나 자주 만났습니까.

소설가 지망생 1: 오래만에 만났지만, 며칠 전에 만났던 것처럼 가깝게 느껴지네요. 이제 임 선생님은 공인입니다. 행동과 작품에 책임을 져야 한다니까요. 하여튼 축하드립니다.

상구: 고맙구만이라우. 열심히 써볼 생각이구만요. 그렇지만 자신은 없당게요.

소설가 지망생 2: 자신이 없는 것, 그것이 정상 아닙니까. 나도 임 선생님의 등단을 축하드립니다. 글을 쓴 경력으로는 선배 되지만 당선 경력으로는 후배가 되었네요.

소설가 지망생 1: 최 형 너무 기죽을 것 없습니다. 등단이 어렵기는 하지만 사실 목표를 달성해 놓고 보면 별것 아닌 것이 그거라고 합디다. 신춘문예에 당선하고도 잠자는 작가들이 얼마나 많습니까. 기량이 문제지 당선이 문제는 아니라니까요.

상구: 김 형 말이 맞당게요. 지도 그렇게 생각허고 있으니께요. 그럼 한 잔씩 들고 이야기헙시다. (그가 위하여, 라고 외치자, 김 형과 최 형이 잔을 부딪친다. 아귀탕 국물이 보글거리며 탁자 위에서 끓고 있다. 주위는 술잔을 기울이는 사람들로 인하여 시끌벅적하다. 세 사람은 거의 동시에 술잔을 비운다. 그러고는 술잔을 오른쪽으로 돌린다)

소설가 지망생 2: 김 형이 말한 것처럼 내가 기죽은 것은 아닙니다. 등단 못 하고 무명으로 글 쓰는 것보다 등단해서 인정받는 작가가 되어 활발하게 활동하면 더 좋은 것 아닙니까.

소설가 지망생 1: 최 형이 무슨 말을 하고 있는지 알 것 같습니다. 그러니까 최 형은 아직도 신춘문예를 포기하고 있지 않다는 얘기군요.

소설가 지망생 2: 포기한 지 오래되었습니다. 생각이 그렇다는 것뿐입니다. 등단이라는 절차 없이 작품으로 인정받아 문단에서 두각을 나타내는 작가들 있지 않습니까. 저는 그런 작가들을 모델로 삼아 글을 쓰고 있습니다.

상구: 그리서 창작집도 내시고 장편소설도 출간허셨군요. 그게 등단 절차 아닌가요. 무신 당선만 되어야 등단이나요.

소설가 지망생 1: 나도 등단이라는 절차를 거치지 않고 모 출판사에서 창작집을 냈지만, 어느 평론가 하나 언급을 해주지 않더라니까요. 작품이 부족해서 그렇겠지만.

소설가 지망생 2: 저는 작품이 꼭 부족해서만은 아니라고 생각하는데요. 문단에는 몇 개의 그룹이 있지요. 그 그룹 회원들이 다른 작가들에 대해서는 배타적이라니까요. 저는 그걸 염두에 두고 있습니다.

상구: 어디서 많이 들어본 이야그 같네요.

소설가 지망생 2: 문학지의 주간을 모르는 사람은 설령 좋은 작품을 가지고 있다 하더라도 그 잡지에 단편 하나 발표하기가 어렵다니까요. 하늘의 별 따기만큼이나 어렵다니까요. 이게 문단의 현실입니다.

소설가 지망생 1: 그래서 저는 평소 이렇게 말합니다. 한국 문학사는 후대에 다시 쓰여야 한다. 당대에는 좋은 작품, 좋은 작가가 묻힐 수 있다. 현실로 볼 때 그런 개연성은 충분하지 않습니까?

상구: 그러니께 문단이 열려 있지 못허고 닫혀 있다는 이야그 같군요. 조금은 겁나는데요.

소설가 지망생 1: 임 선생님이 잘 지적해 주셨습니다. 바로 그겁니다.

자, 한 잔씩 마십시다. (세 사람은 잔을 부딪친다)

소설가 지망생 2: 세상에서 가장 신나는 곳은 술자리이고, 세상에서 가장 입맛 당기는 것은 술이라니까요. 아무리 먹고 고생해도 사흘만 지나면 또 술 생각이 난다니까요.

소설가 지망생 1: 그건 저도 마찬가지입니다. 자, 우리 부딪칩시다.

마땅한 자리가 생겨 결혼하려고 보니까 자금이 부족했다. 그래서 그는 한 가지 묘안을 생각해 냈다. 그것은 소설을 응모해 당선 상금을 받아내는 것이었다. 당선 상금 200만 원이면 부족분을 충분히 보충할 수 있다는 계산이 나왔다. 그래서 그는 모 지방지 신춘문예에 당선될 수 있다고 믿어지는 두 개의 단편을 응모했다. 결과는 그의 생각대로 맞아떨어졌다. 그는 크리스마스 다음 날 당선 전화를 받았다. 처음 계간지에 투고하여 당선되었을 때 같지는 않았지만, 마음은 매우 흐뭇했다. 200만 원을 받아 결혼 비용에 보태 썼다.

제주도로 신혼여행을 가서 아내에게 그 사실을 알렸더니 그녀는 싱긋 웃으며 말했다.

"그렇게 돈 버는 방법도 있군요."

결혼을 한 지 두 달쯤 지났을 때였다. W 계간지 K 기자한테서 전화가 걸려 왔다.

"임 선생님이십니까. 저는 W 계간지 K 기자인데요. 늦게나마 등단과 결혼을 축하드립니다. 언제 한번 만났으면 좋겠는데 어떻습니까?"

"그러지요, 뭐. 지가 한번 찾아갈게요. 내일 당장 어떻습니까."

"별 약속은 없습니다."

"그럼, 지가 내일 오후 6시에 잡지사로 갈게요."

약속하고 전화를 끊었다.

K 기자와는 만난 적이 있었다. W 계간지 신인 투고에 응모했을 때였다. K 기자한테서 전화가 왔었다. 당선되었다는 연락 대신 한번 만나자고 요구해 왔다. 그래서 그는 K 기자와 시간 약속을 하고 만났다. 간단히 점심을 함께했던 것으로 기억하는데 그때 K 기자는 밥상 앞에서 말했다. 진작 만나보고 싶었다고.

'이제 등단할 모양이구나.'

그는 그렇게 생각했다. 그러나 그게 아니었다. 작품을 다시 투고해 보았지만, W 계간지에서는 연락이 오지 않았다. 결국 그는 다시 작품을 써서 다른 모 계간지에 투고했고 그렇게 해서 당선의 영광을 얻었다.

오후 6시 W 계간지 사무실을 찾았다. K 기자는 그를 반갑게 맞이해 주었다. 편집장과 주간에게도 인사를 시켜주는 친절을 보였다. 무엇인가 잘 풀릴 모양이라고 생각했다. 작품이라도 하나 청탁해 온다면 얼마나 좋겠는가. 그는 은근히 그걸 기대했다.

그는 K 기자와 단둘이 사무실을 나와 갈빗집으로 들어갔다. 갈비를 안주 삼아 술잔을 주고받았다. K 기자도 소설을 쓴다고 하였다. 당선 경력은 없지만 문학지에 단편소설을 서너 편 발표한 적이 있다고 하였다. 이야기를 주고받으며 그는 은근히 원고 청탁을 기대하고 있었지만 K 기자의 입에서는 그 말이 나오지 않았다. 당돌하게 작품을 하나 실어달라고 부탁하고도 싶었지만 끝내 입에서는 그 말이 튀어나오지 않았다. 대신 K 기자는 그에게 이런 요구를 해왔다.

“작가 그룹이라는 모임이 하나 있는데 같이 한번 활동해 보시지요. 제가 거기서 총무를 보고 있거든요. 임 선생님을 추천하기 위해 이렇게 만나자고 했습니다.”

그는 기대하는 원고 청탁이 아니어서 실망했다.

“작가 그룹이라는 이름을 많이 들어서 알고 있어요. 한번 생각혀보지요.”

“나오시면 선배 작가분들도 만날 수 있고 창작의 고통을 위로받을 수 있어 좋습니다. 한 달에 한 번씩 모임을 갖고 그 자리에서 회원들의 작품을 평하는 합평회 시간도 마련하고 있습니다.”

“그동안 아는 선배 작가도 없이 혼자 글을 외롭게 써왔는디 잘 되었네요. 나가는 방향으로 혀보지요.”

그는 술을 마시고는 빈 잔을 K 기자에게 건넸다. 그는 잔에 찰랑찰랑하게 술을 따랐다. K 기자의 얼굴은 홍시처럼 붉어 있었다.

퇴근하여 돌아오자, 아내가 쪽지를 건넨다. 거기에는 이렇게 쓰여 있다. 작가 그룹 모임. 0월 00일 오후 00시. Y 소설가네 집. 합평회 작품명. Y 소설가의 근작, 그해 가을. K 기자 올림.

상구: (읽은 쪽지를 책상 위에 놓으며) 여기에 쓰여 있는 것 외에 다른 말은 없었어?

아내: 꼭 참석해달라고 했어요. 시간 나면 한번 전화드린다고 하던데요.

상구: 그리고 다른 전화는 없었어?

아내: 없었는데요. 어디 전화 올 만한 곳이라도 있나요?

상구: 그건 아니여. 혹시 어떤 잡지사에서 원고 청탁이 없었나 혀서. 등단허기 전이나 후나 청탁이 없기는 똑같구만. (상구는 수건을 들고 세면장으로 들어간다)

0월 00일 00시. Y 소설가네 집. Y 소설가 서재에 상을 하나 차려놓고 작가 그룹 회원들이 빙 둘러앉아 음식을 먹고 있다.

K 기자: (노트를 펼쳐 들고는) 그럼 음식을 먹으며 자연스럽게 이야기를 시작해 보지요. 그럼, 먼저 작가 그룹에 새로 가입하신 임상구 선생님을 소개하겠습니다. 임 선생님은 안양에서 교사로 아이들을 가르치고 있으며 모 계간지와 모 지방지에 단편이 당선되어 등단하셨습니다. 박수로 환영하여 주십시오. (박수 소리가 방 안을 쥐흔든다)

상구: (일어나 정중하게 인사를 올린 뒤) 감사헙니다. 여러 가지로 부족헙니다. 잘 부탁드립니다. (조심스레 자리에 앉는다)

K 기자: 다음은 Y 선배님의 '그해 가을'을 읽으신 회원 여러분의 독후감을 들어볼 시간입니다. 자연스럽게 이야기하시지요.

J 소설가: '그해 가을'을 재미있게 읽었습니다. 여기서 재미라는 말은 흥미라는 말과 다릅니다. 동학혁명이라고 하는 역사적 사건을 어느 쪽에서 조명하고 있느냐, 그 점에 유의해서 읽었는데요. 동학혁명에 전혀 가담하지 않고 구경만 한 사람들의 입장에서 사건을 보려고 했다는 것이 인상적이었고 그 점이 저의 관심을 끌었습니다. 재미있게 읽었습니다.

L 소설가: 저에게 가장 먼저 와닿는 것은 문장이더군요. 감성이 묻어나는 문장, 밀도가 있는 문장. 그게 Y 선생님의 원숙함을 느끼게 해주었습니다. 한 가지 거슬리는 점이 있다면 밀도를 생각한 나머지 문장을 너무 서술적으로 끌고 가지 않았나 하는 생각이 들었습니다. 대화의 생동감을 살리지 못한 것이 아쉽게 생각되었습니다.

K 기자: Y 선배님은 동학혁명만을 물고 늘어지는데 그게 작품의 특성이며 또한 작가의 한계로 보였습니다.

Y 소설가: (약간 흥분된 얼굴로) 완벽한 작품은 있을 수 없지요. 삶에 완벽이라는 낱말을 붙일 수 없고 완벽한 사람도 없듯이, 완벽하지 못한 것이 예술이란 말입니다. 작가에게는 누구나 한계가 있는 것 아닌가요.

T 소설가: 그걸 이미 안다고 가정하고 토론을 시작한 것으로 알고 있는데요. 평론이란 것도 부족한 점을 늘어놓은 것 아닌가요.

Y 소설가는 잔에 술을 따라 혼자 벌컥벌컥 마신다.

K 기자: 임 선생님도 한 말씀 해주시지요.

상구: 헐 말이 없는디요.

K 기자: 그래도 한 말씀 하셔야 합니다. 작품을 읽어보셨으니까, 소감이 있을 것 같은데요.

상구: 그럼 어쩔 수 없구만요. 처음 참석헌 자리이고 혀서 말을 안 헐려고 혔는디요. Y 선배님은 지가 존경하는 선배님이고 혀서 조심스럽습니다.

Y 소설가: 마음 놓고 말씀해 보세요.

상구: 소설이 주로 줄거리 전개에 치중되어 있다는 느낌이 들었습니

다. 그리고 그 줄거리가 시간대 순으로 볼 때 너무 빠르게 진행된다고 느꼈습니다. 그러니까 장편으로 쓸 소재를 무리혀서 중편으로 쓴 것 같았습니다. 그렇지만 순수한 우리말을 많이 구사헌 점은 우리말에 대한 애정을 담고 있는 것 같아 좋게 느꼈습니다.

상구의 말을 듣는 Y 소설가의 표정은 굳어 있다. 소주잔을 주고받으며 진행되는 합평회는 끝이 없을 듯 이어진다.

합평회를 마치고 나온 작가 그룹 회원들이 호프집에서 입가심으로 생맥주를 마시고 있다. Y 소설가는 술을 마시지도 않은 채 잔만을 쳐다보며 심기가 불편한 표정을 짓고 있다.

T 소설가: (Y 소설가를 응시하며) 형님, 한잔하시지요.

Y 소설가: 술 생각이 없어졌네. 많이들 마시라구.

K 기자: 안 마시고 그렇게 앉아 있으면 우리들이 불편하다니까요.

Y 소설가: 자네들이 불편하니까 마셔 달라 그건가.

K 기자: 무슨 말씀을 그렇게 하세요. 저희들만 마시니까 미안해서 하는 이야기지요.

Y 소설가: 신경 쓸 것 없네.

J 소설가: 아까 합평회 때 거슬리는 점이 있었다면 사과드릴게요.

Y 소설가: 기분이 좋은 것은 아니지만 나 아무렇지도 않네. 습작 시절 합평회 자리에서 두들겨 맞은 기분이야.

상구: 선배님, 우리 글 쓰는 사람들은 평생을 습작 기간으로 생각하고 글을 써야 하지 않을까요.

Y 소설가: (얼굴에 노기를 띤 표정으로) 뭐라고? 평생을 습작 기간으로 생각해야 된다고? 맞기는 맞는 얘기지. 그렇지만 건방지게! (상구를 매섭게 노려본다. 금세 분위기는 돌변하여 긴장감이 묻어난다)

상구: 지가 거슬리는 발언을 혔다면 사과드립니다.

Y 소설가: (손가락으로 상구를 가리키며) 네 이놈! 건방지구만. 습작 기간이 어쩌고, 줄거리가 어쩌고, 순수한 우리말이 어쩌고, 하면서 까불어. (손을 부들부들 떤다)

T 소설가: 형님, 나삽시다. 이제 문단에 막 나온 햇병아리 아닙니까. 무엇을 알겠습니까. 참으십시오. (Y 소설가의 팔을 잡고 밖으로 나간다. 그러자 다른 회원들도 일행을 따라 밖으로 나간다)

상구 혼자 호프집에 남아 술잔을 기울이고 있다. 주먹으로 갑자기 볼을 한 대 얻어맞은 기분이다. 상구는 자신이 철저히 혼자라는 사실을 깨닫는다. 상구가 그런 생각을 하고 있을 때 나갔던 K 기자가 호프집에 들어선다.

K 기자: (상구 옆에 앉으며) Y 선배님이 조금 급한 성격을 갖고 있어요. 다른 감정은 없을 거니까 너무 걱정하지 마세요. 사람은 좋으신 분이어요. 처음 와서 떠들었던 것이 몹시 귀에 거슬렸나 봅니다. Y 선배님은 일행들과 함께 길 건너편 호프집에 있습니다. 제가 잘 말씀드릴 테니까 그렇게 알고 계세요. 그럼 가시지요. 제가 술값은 다 지불했습니다.

상구: 그럽시다. 오늘 기분 더럽네요.

두 사람은 호프집 밖으로 나온다. K 기자는 일행과 만난다며 길 건너편 호프집으로 가고 상구 혼자 터덜터덜 인도를 따라 걸음을 옮긴다. 시멘트 못이 콘크리트 벽을 뚫고 들어가다가 장애물을 만나 더 이상 들어가지 못하고 퉁겨져 나오는 그런 영상이 머릿속에서 좀처럼 지워지지 않는다.

한동안 작가 그룹 모임에 나가지 않았더니 K 기자한테서 전화가 걸려왔다. 왜 모임에 참석하지 않느냐. 지난번 호프집에서의 사건 때문에 그러느냐. Y 소설가는 원래 작가 그룹 모임에 잘 나오지 않는다. 그때는 작가 그룹에서 특별히 부탁하여 합평회를 했던 것이다. 다음 모임에는 꼭 참석해달라. 뭐 그런 내용이었다. 지난번 사건 때문에 작가 그룹 모임에 불참했던 것은 아니다. 직장 생활을 하면서 글을 쓰다 보니까 시간이 없더라. 그래서 불참하게 되었다. 다음 모임 때는 나가는 방향으로 노력해 보겠다. 그는 K 기자에게 그런 식으로 말했다.

작가 그룹 모임에 나가고 싶은 생각이 조금도 없었다. 그렇지만 그는 전화를 한 K 기자의 성의를 생각해 나갈 수 없다고 냉정하게 딱 잘라 말하지 못했던 것이다. 다음 모임이 임박해 오면 그때 상황을 봐서 나가든 나가지 않든 어떤 결정을 내려야겠다고 생각했다. 하루하루 시간이 흘러가도 계간지나 월간지에서 청탁이 날아오지 않았다. 그는 초조감을 느꼈다.

'등단헌 작가라고 허지만 일 년 동안 작품 하나 발표허지 못헌다면 기성작가라고 헐 수 있을까?'

작품을 발표하여, 너는 실력이 없으니까 더 공부를 해서 문단에 다시 나와라, 라는 충고라도 들었으면 싶었다. 그러나 그에게는 그런 기회조차

주어지지 않았던 것이다. 작품을 발표하지 못하고 세월만 가면 쏟아져나오는 신인들에 치여 임상구라는 이름은 자취도 없이 사라져갈 것이 아닌가. 좋은 작품을 써서 발표해야 한다는 작가로서의 당위성과 임상구라는 이름이 자취도 없이 사라질지 모른다는 위기감과, 쏟아져나오는 신인들을 제쳐야 한다는 긴박감이 그를 송두리째 사로잡았다.

작가 그룹 회원들이 모임을 끝낸 뒤 사무실에 앉아 환담하고 있다.

J 소설가: (K 기자를 바라보며) W 계간지에 실린 김벌리의 작품 '노인'을 읽어보았나요?

K 기자: 우리 잡지에 실렸으니까 당연히 읽어보았지요. 교정을 보니까 읽지 않을 수 없지요. 또한 돌려 읽은 후 편집회의를 거쳐 통과된 작품에 한해 게재하기 때문에 읽게 되어 있지요. 두 번이나 읽은 셈이지요.

J 소설가: 그럼 W 계간지 편집진의 안목이 그것밖에 안 된다는 얘기입니까?

K 기자: 그 '노인'이란 작품에 문제가 있나요?

J 소설가: 기본 문장도 안 되었더라구요. 어딘가 세련되어 있지 못하고 서툴더라니까요.

K 기자: 그건 편견일 겁니다. 여러 사람이 공감하여 게재한 작품입니다.

J 소설가: 두고 보세요. 그 작품에 대한 혹평이 빗발칠 테니까요.

상구: 지도 그 작품을 읽어보았구만요. J 선배님과 같은 느낌을 받았습니다. 이번뿐이 아니더라구요. W 계간지에 실린 추천작이라는 것이 줄거

리 간추리기식의 작품들로 기본기에 많이 미달 된다는 느낌을 받았어요.

L 소설가: 그건 저도 느낌이 같습니다. 저도 '노인'이란 작품을 읽었습니다. 나도 그런 작품을 쓸 수 있다. 다만 백이 없어서 W 계간지에 발표할 수 없을 뿐이다, 라고 생각했습니다.

T 소설가: 내가 하고 싶은 이야기를 여러분들이 해주니까 속이 시원하네요. 내가 문단에 나온 지 20년 되었습니다. 나름대로는 열심히 썼습니다. 그렇지만 지금까지 창작집 한 권을 내지 못했습니다. 백이 없어서 그렇다니까요.

작가 그룹 회원들 대다수가 고개를 끄덕거리고 있다.

J 소설가: 무슨 계간지에 누구누구, 00 계간지에 누구누구, D 계간지에 누구누구 등 이렇게 잡지사마다 단골들이 있단 말입니다. 그들은 그 잡지사를 안방처럼 들랑거리면서 작품 발표도 하고 창작집도 낸단 말입니다. 물론 일반 작가들에게는 그들이 들랑거리는 것과 비례해서 문턱이 그만큼 높아지는 거구요. 이런 걸 생각하면 어느 때는 울화가 치밀어오른다니까요. 작품 하나를 발표하려면 치사하고 더러운 꼴을 당해야 한다니까요. 작가라는 직업이 알고 보니까 더럽더라구요.

K 기자: 모두 나만 쳐다보면서 말하네요. 나를 성토하기 위해서 계획한 것 같은 느낌이 드네요. 사실은 잡지사 쫄병이라 아무 권한도 없습니다. 여러분들의 작품을 우리 잡지에 하나씩 발표시켜 드리고 싶어도 능력 밖의 일이라 손을 못 쓰고 있습니다.

J 소설가: 이제 사실대로 이야기하고 있군요. 우리는 이미 그 사실을 알고 있습니다. W 계간지는 누구의 손아귀 속에 있는지 다 알고 있다 이

말입니다.

K 기자: 사람들이 하는 일인데 허점이 없겠습니까. 발표 기회가 공평하게 주어지지 못하고 있는 것 저도 잘 알고 있습니다. 그렇지만 어쩔 수 없습니다. 누가 잡지를 이끌어가도 마찬가지일 것입니다. 사람이란 자체가 원래 편견 덩어리 아닙니까.

상구: 인간적인 문제로까지 옮겨가는 것 보니께 이야그가 길어질 모양이네요. 말씀들 허세요. 저 먼첨 일어날게요. (상구가 자리에서 일어나 가방을 손에 든다)

회원들: 우리도 갑시다. (모두 자리에서 일어난다)

컴퓨터 앞에 앉으면 상상이 무디어져 글이 좀처럼 앞으로 나아가지 못했다. 끙끙대다 시간만 보내기 일쑤였다. 그렇게 공들여 작품을 만들어도 작품의 완성도에 대한 불만은 컸다. 객관적인 거리를 유지하기 위해 감정을 최대한 배제한 채 작품을 읽어 내려가면 소설의 허점이 툭툭 불거지기 시작했다. 나중에는 그가 썼는가를 의심할 정도로 소설이 미숙해 보이는 것이었다. 그 지경에 이르면 그는 작품 파일을 휴지통에 버려 버렸다. 좋은 소설, 즉 종소리 같은 소설을 써야 한다는 강박 관념 때문일까. 그는 그럴지도 모른다고 생각했다. 종소리 같은 소설을 쓰려고 하면 할수록 문장은 저 혼자 저만큼 달아나는 것이었다. 소설이 써지지 않을 때 끙끙대며 키보드를 붙들고 있으면 그렇지 않을 때보다 스트레스는 훨씬 가중되어 오기 일쑤였다. 그는 차곡차곡 쌓이는 눈발처럼 스트레스가 누적되어 오면 그걸 이기지 못하고 포장마차로 달려가 소주잔을 꺾었다. 초고

추장에 꼴뚜기를 찍어 먹는 안주의 맛은 별미였다. 그는 꼴뚜기 서너 점으로 소주 한 병을 거뜬히 비우곤 하였다. 그러다 보니까 스트레스가 쌓이는 만큼 술 먹는 횟수도 많아졌다. 포장마차, 호프집, 간이주점 등을 전전하며 술을 마셨다. 그때면 무명작가라는 설움이 술잔 속에 뚝뚝 떨어졌다. 인정받는 작가가 되기 위해 열심히 글을 쓴다는 것이 얼마나 어려운 길인가를 실감할 수 있었다. 또한 하나의 작품을 탄생시키기 위해서는 많은 체력이 소모된다는 것을 피부 절절히 느낄 수 있었다. 소설을 쓰다 피폐해져 버린 자신의 육신을 내려다보고 있으면 콧등이 찡해오면서 애잔한 슬픔과 연민이 물결처럼 밀려오곤 하였다.

'이것이 작가의 길이겠지. 끝까지 견디어 내는 자만이 좋은 작품을 쓸 수 있겠지. 작가는 다 불행한 사람들이니께 말이여. 예술을 헌다는 사람들이 행복허다면서 어쩌고저쩌고허면 그것은 다 거짓에 불과헐 것이구만. 예술가는 이 땅에서 다 버림받은 사람들이니께 말이여.'

12

천둥소리

몹시 바람이 불더니
천둥소리
번개가 일고
비는 오지 않았다

일어서라
일어서라

흔들리는 하늘
흔들리는 길

마른 사막에
천둥소리
비는 내리지 않고
번개가 일었다

일어나라
일어나라

새 학기에 단행하는 정기 인사. 그가 희망했던 호선국민학교로 발령받았다. 그는 낯선 학교에서 새 생활을 시작해야 했다. 환경과 사람들이 낯설어 새 학교에 쉽게 적응하지 못했다. 학교 상황을 살피면서 조심스레 하루하루를 보내고 있을 때였다. 한 떼의 젊은 선생님들이 그를 찾아왔다. 소위 신세대라고 불리는 젊은 층이었다. 그는 교실을 찾아온 그들에게 준비되어 있던 박카스 한 병씩을 건넸다. 그들은 잘 마시겠다는 인사를 건넨 뒤 쉽게 병을 비웠다. 그러더니 그중 한 선생님이 입을 열었다.

"임 선생님께서 본교에 오시게 된 것을 우리 젊은 교사들은 진심으로 환영합니다."

"환영혀 주셔서 고맙습니다."

"우리들은 선생님이 어떤 분이라는 것을 잘 알고 있습니다. 장래가 촉망되는 신진 소설가라는 것을 잘 알고 있습니다."

"그것은 과찬이구만요. 지는 무명작가랍니다."

"선생님, 받으세요."

그들은 그에게 꽃다발을 건네주었다.

"어리둥절허네요. 이게 뭐시다요. 교직 생활 17년 만에 처음 있는 일인디요."

"부담 갖지 마세요. 환영의 뜻에서 드린 것이니까요."

그는 꽃다발을 가슴에 안고는 오랜만에 활짝 웃었다.

"임 선생님, 혹시 본교에 대해 들은 것이 있나요?"

"쪼깨 들었지요. 교원 노조 교사가 많다고 들었는디요. 교원 노조 문제로 TV까지 나온 것을 지가 직접 보았다니까요."

"그럼 다른 말씀 드리지 않겠습니다. 앞으로 많이 도와주십시오."

"힘이 될지 모르지만, 함께 지혜를 모아봅시다. 땅에 떨어져 있는 교육을 그냥 눈으로 보고 지나쳐 갈 수는 없는 것 아니겄소."

교무주임을 따라 식당으로 들어가자, 탁자 둘레에는 많은 선생님들이 앉아 있다.

교무주임: (자리에 서서 큰소리로) 주임 선생님들 이쪽을 잠깐 보세요. 새로 오신 임상구 선생님을 소개합니다. 임 선생님은 중앙 문단에 등단하신 소설가이십니다. 앞으로 임 선생님과 친하게 지냈으면 좋겠습니다. 박수로 환영하여 주십시오. (박수 소리가 식당 안을 뒤흔든다)

상구: (일어나 꾸벅 고개를 숙인 뒤) 술을 한잔 허자고 허시길래 따라 왔는디 환영회라고 허니께 부담이 되네요. 하여튼 고맙습니다요.

숯불 위에서는 돼지갈비들이 톡톡 소리를 내며 익어가고 있다. 술잔들이 오고 가면서 분위기는 활기를 띤다.

연구주임: 임 선생님께서는 발령받기 전 우리 학교 교장 선생님에 대해 들은 바 있을 것입니다. 워낙 무섭기로 유명하거든요.

상구: 무신 말 들은 적 없는디요. 본교에 부임혀서야 선생님들을 통해서 조금 들었습니다. 무섭다고 허신 분도 있고 그렇지 않다고 허신 분도 있더군요.

교무주임: 인정이 있으시고 좋으신 분입니다. 교육관이 뚜렷하시다니까요. 도 장학사를 하다 오셨습니다. 아는 것도 많으신 분입니다.

상구: 지는 교장 선생님이 좋고 나쁘고 허는 그런 것에 신경을 쓰지 않는구만요. 최선을 다해 아이들을 가르치는 것에 신경을 쓰고 있습니다.

새마을주임: (술잔을 들며) 자, 우리 앞에 놓인 술잔을 모두 비웁시다. 학교 이야기해 보아야 술맛만 달아나니까 그만합시다.

체육주임: (술잔을 오른쪽에 앉아 있는 상구에게 건네며) 술잔을 오른쪽으로 돌리는 겁니다.

교무주임: 좋습니다. 마셔봅시다. 한창때 실력으로 마시는 겁니다.

연구주임: 나이가 지긋한 사람들인데 넘어오는 술잔들을 다 마실 수 있을까요?

체육주임: 술꾼들이 무슨 이야기를 합니까. 오늘 한번 잘팍하게 마셔봅시다.

대다수 주임 선생님들은 술잔보다도 고기를 먹는 데 열중하고 있다.

교무주임: 아까 새마을주임이 학교 이야기를 하지 말자고 했는데 어떻게 그냥 지나가겠소. 직업이 선생 아니요. 요즈음 학교 공기가 묘하게 돌

아가는데 우리 주임들이 신경을 써야 합니다. 교장 · 교감 선생님을 잘 보필해 드려야 한다니까요. 그렇지 않으면 젊은것들한테 교장 · 교감 선생님이 봉변을 당한다니까요.

상구: (술잔을 비우고는 빈 잔을 오른쪽으로 넘긴 뒤) 젊은것들이란 어떤 사람들을 가리키는 것인가요?

연구주임: 임 선생님도 답답하네요. 그것도 모르시나요.

상구: (고개를 흔들며) 모르겄는디요.

연구수임: 호선국민학교에 있는 젊은 선생님들을 뜻합니다. 걔들이 조금 버릇이 없다니까요. 직원 조회 같은 공개 석상에서 학교와 교장 선생님을 싸잡아 비난한다니까요.

교무주임: 임 선생님, 걔들을 조심해야 합니다. 걔들이 소위 요즈음 문제 되고 있는 교원 노조 가입 교사들입니다. 잘못하면 임 선생님 신상에 나쁜 해가 갈 수도 있으니까 그 친구들을 조심하라구요.

상구: 그러니께 노조 가입 교사들이 나쁘다 이거 아닙니까. 걔들하고는 놀지 말라 이거지요. 쪼깨 기분이 안 좋은디요.

연구주임: 노조 교사들을 비난하는 것은 아닙니다. 사실이 그렇다는 뜻에서 참고로 이야기해 드리는 겁니다.

상구: 아까 환영회라고 허셨는디요. 노조 교사들을 비판허는 것 보니께 그것도 아닌 것 같네요잉. 무신 목적을 가지고 저를 초대헌 것 같아서 쪼깨 찝찝허네요잉. 학교에 무신 파가 있는 것처럼 느껴지네요.

교무주임: (술잔을 들어 올리며) 자, 우리 마시면서 이야기합시다. 다 같이 건배하는 겁니다. 우정을 위하여! (투명한 소리가 나게 일제히 잔을

부딪친다. 그러고는 잔을 꺾는다. 그렇지만 상구는 잔만 들었을 뿐 부딪치지 않는다. 몹시 불만스러운 표정으로 비우지 않은 잔을 탁자 위에 슬그머니 놓는다)

연구주임: (상구를 응시하며) 임 선생님, 어디 아프세요? 아니면 이 자리가 불편한가요?

상구: (술잔을 가볍게 비우며) 쪼깨 불편허네요. 동 직원끼리의 단순헌 술자리로 알고 참석혔는디 와 보니께 그게 아닌 것 같네요.

교무주임: 임 선생님, 부담 갖지 말아요. 주임들끼리의 단순한 술자리라니까요. 아까 파를 이야기하셨는데 어느 조직이고 그런 것은 다 있는 것으로 알고 있는데요. 솔직히 말씀드려서 우리 학교에도 약간 그런 게 있습니다. 비노조파와 노조파 두 개 그룹이라고 할 수 있지요.

상구: 그렇다면 오늘 여기에 모인 주임 선생님들은 비노조파라고 헐 수 있겄네요.

교무주임: 그렇게도 볼 수 있지요.

상구: 지는 오늘 참석허지 말아야 헐 곳에 온 것 같네요잉.

교무주임: 무슨 말씀을 그렇게 하십니까. 임 선생님도 내년에는 주임을 하셔야지요. 그렇다면 잘 참석하신 겁니다.

상구: 지는 절대 주임 같은 것 허지 않습니다. 그다음 이야그는 화장실 좀 다녀와서 헙시다잉. (일어나 밖으로 나간다. 식당 문을 나서며 혼자 중얼거린다) 먼저 갈라요. 그렇게 알고 있으시오잉. 가시방석 위에 앉아 있는 것 같아서 못 견디겄당게요.

호선국민학교에 있는 두 개 파의 대립은 매우 심각했다. 비노조파는 학교 운영에 대해 주도권을 잡고 있는 층이었고 노조파는 그 주도권 세력이 행사하는 학교 운영에 대해 개선을 요구하는 비판 세력이었다. 비노조파에는 40대 이후의 중진급 이상 되는 교사들이 많았고 노조파에는 20~30대 젊은 교사들이 많았다. 기성세력과 신진 세력으로 구분되기도 하였다. 비노조파는 현재의 학교 운영에 대해 대체로 만족하면서 노조파 교사들이 표방하는 교육 노선에 거부감을 갖고 있었다. 거부감을 갖기로는 노조파 쪽에서 바라보아도 마찬가지였다. 노조파 교사들은 현재와 같은 교육 방법으로 21세기에 적응할 능력 있는 인간을 길러낼 수 없다고 주장하였다. 그러면서 그들은 구체적인 대안들을 제시하며 학교 관리자를 당혹스럽게 하였다. 예를 들면 담임이나 사무 배정에 있어 편파적으로 권한을 행사한다면서 민주적인 학교 운영을 강력히 요구하였다. 담임이나 사무를 맡을 수 없다고 집단적으로 반발하는 방법을 택하기도 하였다. 또한 그들은 국가적 차원의 교육 재정 지원을 강력히 요구하며 농성을 하기도 하였다.

그는 그들의 요구에 공감할 수 있었다. 그가 17년 동안 교육계에 몸담아 오면서 문제점이다, 라고 생각했던 것들을 노조파 교사들이 하나하나 지적하며 개선을 요구할 때 그의 마음은 후련하기까지 하였다. 그는 그러한 노조파 교사들의 활동을 하나의 바람, 또는 운동이라고 보았다. 교육계에 불어온 새바람, 교육계에 밀려온 새 물결, 그런 관점에서 그들의 활동을 지켜보고 협조해 주었다. 그는 노조에 가입해달라는 젊은 교사들의 뜻을 받아들였다. 소위 글 쓴다고 하는 사람이 비노조 그룹에 속해 비속

한 현실과 타협할 수는 없다고 생각했던 것이다. 교육계는 더욱 개선되어야 하며 그 작업은 우리들이 할 일이다, 라고 판단한 그였다. 17년 동안 교육계에 몸담으면서 그가 느낀 점은 참으로 많았다. 교육계는 타성에 젖어 있었다. 공문에 지시된 내용이나 추진하고 교과서대로 수업이나 하는 것이 교육의 전부로 아는 교사들이 많았다. 교장한테 아부해서 근무 성적을 수로 받고 벽지로 가서 벽지 점수만 받으면 승진하여 교장도 하고 장학사도 할 수 있다는 판단 아래 부지런히 뛰는 교사들을 흔하게 목격할 수 있었다. 그게 사도의 길이거니 생각하고 부지런히 뛰는 교사들, 그들은 그러한 타성에 젖어 있었다. 과거에도 그랬으니까, 앞으로도 그래야 한다고 판단하여 현재의 교육 제도와 교육 방법을 그대로 수용하려고만 하였다. 그는 거기에 크게 염증을 느끼고 있었다.

'교육계는 달라져야 한다.'

그는 그렇게 생각하고 있었다. 환경만 해도 그랬다. 200m 전방에서 건물만 보고도 그게 학교임을 알 수 있다. 대한민국에 있는 학교 건물은 그 외형부터가 거의 똑같았다. 획일적이라는 점이었다. 교실로 들어가 보면 실내 환경이 학교에 따라서 크게 다르지 않았다. 대한민국에 있는 초·중·고 교실 환경이 거의 똑같다고 해도 과언이 아니었다. 창의적이고 개성적인 구석은 찾아보기 힘들었다. 탐구하고 그려보며 노래를 부르는 꿈의 학교는 극히 드물었다. 있다면 틀에 박힌 교과서대로 수업을 전개하는 후진교만이 존재할 뿐이었다.

선생님들의 의식도 문제였다. 학교에서 교사의 능력이라고 하는 것은 학교 행사에 대한 계획서를 꼼꼼히 작성할 줄 알고 시간표대로 수업을 꼬박꼬박 전개하며 근무 점수를 수로 받아 빨리 승진하는 것이었다. 그게 문제였다. 승진 못 한 원로 교사는 학교생활에 적응하기 힘들었다. 후배 교사들이 무능하다고 내려다보며 자존심을 잘근잘근 짓밟기 때문이었다. 승진하려고 하기보다는 참된 교육을 하기 위해 전문적인 학습 지도 능력을 배양해야 한다. 그 풍토 조성은 당국에서 정책적으로 뒷받침해 주어야 할 일이라고 그는 판단하였다. 방향 감각을 상실한 정책의 실종은 교육계의 크나큰 문제였다.

호선국민학교 젊은 교사들이 주장하고 비판하는 것은 그의 생각과 크게 다르지 않았다. 그래서 그는 노조 교사들과 행동을 함께 하면서 참된 교육이란 주제를 내걸고 토론회도 가져보았으며 교무실에서 밤늦게까지 농성하며 참 교육을 외쳐보기도 하였다. 학교장 선출제와 임기제, 그리고 학교 인사위원회를 구성하여 담임과 사무를 그 위원회에서 배정을 해야 한다고 외쳤다. 촌지 추방을 표방하기도 하였다. 교장은 학교의 왕이더냐, 촌지를 추방하자, 장학사는 군림하지 마라, 교육 재정을 확보해 주어라, 학교 사무를 간소화하라, 교사는 교장의 부하가 아니다. 이런 내용의 피켓들이 농성을 하는 교무실에서 물결처럼 출렁거렸다.

그러다가 밤늦게 집에 돌아와 마감 뉴스를 시청하면 전국적으로 연일 계속되고 있는 교원 노조 문제가 톱 기사로 취급되고 있었다.

비노조파와 노조파의 갈등은 곳곳에서 첨예한 양상으로 나타났다. 회식이 있는 날이면 서로 다른 식당에서 술을 마시며 상대를 격렬하게 비난하였다. 또한 학교 복도에서 우연히 마주칠 때도 서로가 모르는 사람들처럼 고개를 모로 돌린 채 지나쳐 갔다. 그뿐만 아니라 직원 조회가 있는 날이면 서로 얼굴을 붉히며 언성을 높이기 일쑤였다. 비노조파에서 이렇게 하자고 발언하면 노조파에서는 저렇게 하는 것이 더욱 교육적으로 바람직하다며 이유를 달았고, 노조파에서 이렇게 하자고 의견을 제시하면 비노조파에서는 저렇게 하자며 이의를 제기하곤 하였다. 물론 교장은 비노조파 교사들을 두둔하였다. 문제는 여기서부터 발생하였다. 노조파 교사들이 책상을 치며 교장의 독단적인 학교 운영에 대해 하나하나 성토하고 나왔다. 그쯤 되면 교장이 격한 목소리로 현행법 어쩌고저쩌고하면서 노조파 교사들을 위협하였다. 파면, 해고, 고소, 어쩌고저쩌고하면서 떠들어대었다. 나중에는 교장을 두둔하는 비노조파 교사들이 들고일어나 노조 교사들에게 폭언을 퍼부었다. 급진적이네, 현실에 맞지 않네, 정치적이네, 버릇이 없네, 싸가지가 없네, 덜된 인간이네, 하면서 거칠게 공격하고 나왔다. 집단 편싸움으로 갈 수도 있는 위기일발의 순간까지 갔다가 아슬아슬하게 극한 충돌을 모면한 경우가 여러 번이었다. 그런 상황 속에서 끓어오르는 울화를 참지 못하고 그는 교장의 멱살을 잡을 뻔한 적도 있었다. 말리는 사람이 없었다면 그는 교장의 멱살을 잡고 흔들어버렸을 것이었다.

어느 날 교장은 직원 조회에서 이렇게 말했다.

"나는 조금도 자리에 연연하지 않을 것입니다. 교직 경력 40년입니다. 이제 신물이 납니다. 조금도 무서운 것이 없습니다. 이제 결단을 내릴 때가 왔다고 판단합니다. 노조 교사 여러분들로 인하여 학교가 파행적으로 운영되는 것을 더 이상 방치할 수 없다는 결론을 내렸습니다. 교장의 허가도 없이 광화문 노동자 총 궐기대회에 참석하여 교사로서의 책무와 품

위를 손상하였으므로 응분의 책임을 반드시 물을 것입니다. 상부의 강력한 지시도 내려와 있습니다. 이번 토요일까지 기회를 주겠습니다. 그때까지 시말서를 내지 않으시고 노조에서 탈퇴하지 않으시면 전원 징계위원회에 회부하여 파면 조치하겠습니다."

말을 끝내는 교장의 태도에서는 비장감마저 느껴졌다. 한동안 교무실에는 착 가라앉은 무거운 공기가 적병처럼 자리를 차지하고 있었다.

그의 앞에 아내가 침통한 표정으로 앉아 있다. 방구석에서는 아이가 쌔근쌔근 자고 있다.

아내: (그의 무릎을 치며) 어디 이야기해 보아요. 우리는 이제 어떻게 먹고 살아야 되나요.

상구: (아내의 등을 토닥이며) 걱정 말라니께. 글도 쓰고 혀서 벌어보아야제.

아내: 글을 써서 번 돈으로 세 식구가 먹고 살 수 있겠어요. 어림도 없다구요. 다른 선생님들은 노조에서 탈퇴하여 무사했다고 하던데요. 쓸데없는 고집으로 당신만 당했잖아요.

상구: 나만 당한 것은 아니여. 여섯 명이나 당했어. 하늘이 무너져도 솟아날 구멍이 있다고 혔잖아. 무신 길이 열리겄지.

아내: 예슬이도 생각해야지요. 먹이고 가르칠려면 돈이 필요하단 말이어요. 당신에게 예쁜 예슬이가 있다는 것도 모르나요.

상구: 알고 있어. 당신보다 신경을 더 많이 쓰고 있으니께 그렇게 알고 있으라구.

밖에서 인기척이 들린다. 문을 열자 낯선 여자 둘이 손에 선물 꾸러미를 들고 서 있다.

손님 1: 임상구 선생님 댁이 맞나요?

아내: 맞는데요.

손님 2: 안녕하세요. 저희들은 임상구 선생님이 담임했던 반 학부형들이어요.

상구: (마루로 나오며) 지는 잘 모르겄는디요.

손님들: 안녕하세요! (상구에게 정중히 인사를 올린다)

상구: (조금은 어색한 표정으로)안녕허세요!

손님 1: 저는 윤경이 엄마예요.

손님 2: 저는 지혜 엄마구요.

상구: 네, 이자 알겄구만요. 안으로 들어오시지요.

손님들 방으로 들어와 아랫목에 앉는다. 아내는 차를 준비한다면서 부엌으로 향한다.

손님 1: (윗목에 놓인 선물 꾸러미를 응시하며) 선생님 드시라고 토종꿀을 한 병 가져왔어요. 제 동생이 한봉을 하거든요.

손님 2: 저는 양주 한 병하고 쇠고기를 조금 사 왔습니다.

상구: 그냥 오시지 그러셨어요. 지는 이자 담임도 아닌디요.

손님 1: 그런 말씀 마세요. 우리 윤경이는 선생님이 제일 좋으신 분이라고 매일 이야기해요. 다시 학교에 나오셔서 우리 윤경이를 좀 맡아주세요. 선생님이 마음만 바꾸면 되는 것 아닌가요.

상구: 이자 끝났습니다.

손님 2: 우리 지혜도 윤경이와 비슷해요. 선생님이 제일 훌륭하시대요. 다시 아이들을 맡아주세요. 친구가 그러던데요. 선생님이 마음만 바꾸면 된다고 하던데요.

상구: 지도 교단에 서고 싶지만 이자 그렇게 헐 수 없게 되었당게요.

손님 1: 우리 새마을어머니회에서 집단적으로 임 선생님 구명 운동을 전개하려고 하거든요.

손님 2: 저희들은 선생님을 학교에 모시기 위해 최선을 다할 것입니다. 선생님, 용기를 잃지 말고 계세요.

상구: 말씀이라도 고맙습니다. 그렇지만 마음대로 잘 안될 것입니다. 괜헌 고생허지 마세요.

아내가 쟁반에 차를 내온다.

뒤척거리다가 눈을 떴을 때 방 안은 어두웠다. 그는 자리에 일어나앉았다. 움직이자, 침대가 삐거덕거리는 소리를 내었으나 귀에 거슬리는 정도는 아니었다. 그는 먼저 방 안에 불을 밝혀야 한다고 생각했다. 침대에서 내려와 벽을 더듬었다. 그러자 출입문 가까운 벽 위에서 딱딱한 이물질이 차갑게 손에 와닿았다. 그는 직감으로 그게 스위치라고 생각했다. 손끝으로 스위치를 올리자 찰칵, 하는 소리가 나더니 형광 램프가 깜박거렸다. 방 안은 투명한 빛의 입자들로 가득했다. 아내는 아이와 함께 침대 곁 방바닥 위에 누워 고이 잠들어 있었다. 아내와 아이의 숨소리가 박자라도 맞추듯 고음과 저음을 반복적으로 되풀이하고 있었다. 참 평화로운 정경이었다. 그가 잠을 못 이루고 뒤숭숭해 있는 것과는 대조적이었다. 사랑스러운 아내와 아이, 그는 그들을 위해 돈을 벌어야 한다고 생각했다. 그러나 그게 용이하지 않다는 데 문제가 있었다. 글을 써서 돈을 번다는 것도 쉬운 것이 아니었고 그렇다고 교직에서 쫓겨난 지금 새로운 직장을 금방 구한다는 것도 여간 어려운 일이 아니었다.

"선생님, 선생님!"

이렇게 외쳐 부르는 반 아이들의 목소리가 환청처럼 들려오면 뭉클한 가슴을 잡고 부르르 진저리를 쳐야 했다. 그리운 반 어린이들, 그러나 그들 앞에 설 수 없는 그, 잃어버린 직업 그리고 비틀거리는 생계 문제, 암초에 걸려 꼼짝 못 하는 항로 잃은 배, 그 배 위에서 글쓰기, 모든 것이 그에게는 얽힌 실타래처럼 엉망으로 뒤섞인 셈이었다.

활짝 열린 길이 펼쳐질 수는 없을까. 그는 가슴이 답답했다. 그래서 그는 깊게 숨을 들이쉬며 심호흡을 해보았다. 그래도 가슴이 답답하기는 마찬가지였다. 상하좌우 앞뒤에는 온통 벽뿐이었다. 각진 궤짝 속에 갇힌 기분이었다. 우람하게 버티고 있는 벽들이 그에게는 강한 압박감으로 다가왔다. 벽들이 조금씩 움직이며 그를 압박해 오고 있다고 생각했다. 반복적으로 심호흡을 해보아도 가슴이 답답했다. 그는 기지개를 켜고는 주섬주섬 옷을 꿰어 입었다. 그러고는 도망쳐 나오듯 문을 열고 밖으로 나왔다.

'아, 밀물처럼 다가오는 상쾌한 공기!'

가슴을 펴고 심호흡하면서 마당으로 나왔다. 마당에는 가로등 불빛이 질펀히 깔려 있었다.

'몇 시나 되었을까?'

그는 문득 손목시계를 바라보았다. 23시 30분. 생각했던 것보다 밤이 깊어 있지는 않았다. 밖은 방보다 활동하기가 훨씬 자유스러웠고 쾌적했다. 방으로 들어가고 싶지 않았다. 방은 그를 구속하는 억압의 공간으로 생각되었다. 그는 엇걸어 팔짱을 끼고는 한가롭게 마당 한가운데를 바장이었다. 한참을 왔다 갔다 하면서 움직이자, 대문 밖으로 나가고 싶다는 충동이 일었다. 대문 밖을 상상하자 마당은 손바닥만 한 크기로 작게만 느껴졌다.

'그리어 잠도 오지 않고 허니께 마을 고샅을 배회허다 와서 자도 되겄지. 그리어 나가보는 거여.'

그런 생각을 하자 마음이 설레기 시작했다. 담장으로 둘러싸인 울안을 벗어나기 위해 대문 쪽으로 걸음을 옮겼다. 철 대문 앞에 이르러 그는 걸음을 우뚝 세우지 않을 수 없었다. 육중한 철 대문이 꼭 잠겨 있었던 것이다. 그는 잠금쇠를 아래로 내린 다음 안전고리를 풀었다. 문을 앞으로 당겼다. 찰칵 소리를 내며 대문이 열렸다. 그는 숨을 죽인 채 조심스레 밖으로 나왔다. 그는 경사진 마을 고샅길을 내려가기 시작했다. 전방 시야를 응시하다 깜박거리는 불빛 하나를 발견하였다. 그 불빛은 손짓해 그를 부르고 있었다. 그는 불빛을 향해 부산하게 걸음을 옮겼다. 멀리 교회의 벌건 십자형 첨탑이 시야에 들어왔다. 고개를 좌우로 돌리자, 십자형 첨탑이 다섯 개나 시야에 포착되었다. 하느님을 부르는 어린 양들의 기도 소리가 환청처럼 들렸다. 그는 교회와 무관하다고 생각하고 불빛을 향해 가던 걸음 멈추지 않았다. 마을 고샅에는 어둠이 도둑고양이처럼 웅크리고 있었다. 그가 움직일 때마다 바짓가랑이에 엉겨 붙은 어둠이 오징어 먹물처럼 일렁이었다. 걸음을 옮기자, 그 불빛이 조금씩 커지면서 가까이 다가왔다.

불빛 안으로 들어서자 사람들이 탁자 앞에 앉아 소주잔을 꺾고 있었다. 주공아파트와 미륭아파트에 사는 사람들일 것으로 생각했다.

'나처럼 잠을 이루지 못허는 사람들이겄지. 아니여, 그것도 아닐 것이구만. 2차, 3차를 끝낸 술꾼들이 집에 들어가기 전에 입가심으로 한잔씩 꺾고 있을 것이구만.'

그는 자리를 잡고 앉았다. 주인아저씨가 낯설지 않았다. 어디서 많이 본 듯한 인상이었다. 그래서 그는 아저씨에게 물었다.

"아저씨, 어디서 많이 본 것 같은디요. 잘 기억이 안 나네요."

"저도 그런데요."

"아저씨, 혹시 국민은행 뒤에서 포장마차 허셨어요?"

"했습니다. 그럼, 그때 저희 집에 오신 손님이시군요."

주인아저씨는 장사가 잘 안되어 이쪽 비산시장 앞으로 자리를 옮겼다고 했다. 여기서 장사를 시작한 지 닷새째라고 하였다. 그는 어묵 국물과 소주 한 병을 시켰다. 돈이 딸랑거려 그가 좋아하는 꼴뚜기 안주는 시킬 수가 없었다. 그는 술과 안주가 나오자, 국물을 입에 떠넣어 목부터 축여주었다. 소주잔에 술을 따라 잽싸게 비웠다. 그는 연거푸 석 잔을 비웠다. 소주가 조금도 쓰게 느껴지지 않았다.

"아저씨, 밤늦게까지 허실려면 힘드시겠어요. 세상 살기가 어렵당게요."

"힘들고 그런지는 모르겠어요. 이게 직업이니까요. 부양가족들을 위해 돈을 벌어야 된다고 생각하면 오히려 힘이 나지요."

부양가족을 위해 힘드는 줄도 모르고 돈을 번다는 아저씨. 가족을 사랑하는 마음 그리고 삶에 대한 꿈, 그런 것이 아저씨에게는 있어 보였다.

'그럼 나는 뭔가. 나에게는 대책이 없다니께. 막연허단 말이시. 직장도 없고, 소설도 쓰지 못허고 있으며, 비록 소설을 썼다고 허더라도 발표헐 길이 막혀 있지 않은가.'

그는 자신이 비참하다는 느낌으로부터 벗어날 수 없었다. 넘치는 술잔을 들어 목구멍 깊숙이 털어 넣었다. 국물을 떠서 입에 넣었다. 얼굴이 화끈거려 손으로 더듬자 뜨거운 열기가 감지되었다.

포장마차 안으로 말쑥한 신사 한 사람이 들어와 앉았다. 신사의 얼굴은 벌겋게 충혈되어 있었다. 술을 마신 것 같았으나 중심이 흔들리는 정도는 아니었다. 신사는 소주 한 병과 안주로 장어구이를 시켰다. 신사는 담배를 피워 물었다. 넥타이를 당겨 느슨하게 풀더니 연신 한숨을 길게 내쉬었다. 계속 담배를 피워 대는 것 하며, 한숨을 내쉬는 것 하며, 우울한 표정 하며, 신사는 어딘가 수심이 깊어 보였다.

얼마의 시간이 지나자, 포장마차 안에는 주인과 신사와 그와 세 사람만 남게 되었다. 가을날 늦은 밤의 포장마차 풍경은 왠지 쓸쓸하게 느껴졌다. 썰렁한 바람이 지나갈 때마다 포장마차에 붙은 비닐 조각이 너덜거렸다. 정감있게 느껴지는 것이 있다면 어묵 국물이 담긴 솥 속에서 모락모락 피어오르는 뽀얀 김이었다. 신사는 잔에 다급하게 술을 딸더니 가볍게 비웠다. 그러고는 안주도 먹는 것 없이 담배만 피워 댔다.

"참 더럽구만!"

신사는 신경질적으로 중얼거렸다.

“제가 실수한 것이라도 있나요?”

“주인아저씨 때문에 그런 것이 아닙니다. 팔자가 더러워서 그래요.”

“저는 저 때문에 그런 줄 알았네요. 어디 세상일이 마음대로 풀리나요.”

“세상에는 나처럼 박복한 사람도 없을 것입니다.”

신사는 연거푸 소주를 석 잔이나 비웠다. 신사의 시선은 한 군데 고정되어 있지 못하고 불안하게 움직이었다. 신사는 안주에 손을 대지 않았다. 그렇게 강술을 마신다면 신사는 얼마 못 가 의식을 잃고 쓰러질 게 뻔했다.

그는 신사의 태도에서 동병상련의 아픔을 느꼈다. 그리고 강술만 마셔대는 신사가 염려스러웠다.

‘무신 일을 당헌 것일까. 나보다 비참헌 상황이 아니겄지.’

그는 신사가 무엇 때문에 괴로워하는지 궁금하였다. 신사와 함께 술을 마시며 우여곡절을 듣고 싶었다. 그래서 그는 용기를 내어 신사에게 말을 걸었다.

“형씨, 우리 둘 다 외롭고 괴로운 사람 같은디 합석허면 어떻겄소?”

“합석이요?”

신사가 그의 얼굴을 빤히 쳐다보았다.

“이야기도 허면서 술을 함께 마십시다. 사귀고 보면 다 이웃 아니요.”

“좋지요. 그럽시다.”

그가 안주와 술병과 술잔을 들고 신사 곁으로 다가갔다.

“인사나 헙시다. 지는 임상구라고 헙니다.”

그는 신사에게 악수를 청하였다.

"오달수입니다."

신사는 그의 손을 잡고 정중하게 고개를 숙였다. 그는 신사의 태도에서 배운 사람이라는 것을 직감으로 느낄 수 있었다.

두 사람은 술잔을 앞에 놓고 나란히 앉아 있다.

상구: (잔을 비운 뒤) 한 잔 받으십시오. (신사 앞에 잔을 놓고는 술을 따른다)

신사: 빨리 드셨네요. 저도 한 잔 드릴게요. (술을 마시고는 잔을 상구에게 건넨다)

상구: (술잔을 바라보며) 오늘 저녁은 왜 그런지 통 술이 취허지 않네요.

신사: 저도 그런 것 같은데요.

상구: 마시는 디까지 마셔봅시다.

신사: 그럽시다.

상구: 형씨의 표정에 안 좋은 일이 있다고 쓰여 있는디 그것이 무신 일이어요?

신사: 신세 더럽게 되었구만요.

상구: 저보다는 더럽지 않겠지요. 직장에서 쫓겨난 무직자랑게요. 억센 힘에는 당해 낼 재간이 없습디다.

신사: 그거야 직장을 또 구하면 되겠지요. 저는 그런 일이라면 그래도 조금 여유를 찾을 수 있을 것 같아요.

상구: (담배에 불을 붙이며) 형씨가 어떤 일을 당혔는지 몰라도 너무 쉽게 이야그허는 것 같네요잉. 남의 일이라 그럴 수 있겠지요. 지는 참말

로 참기 어려운 수모를 당혔습니다. 참 교육을 내세우며 오직 어린이만을 위해 일혔다니께요. 그 결과가 요 꼬락서니입니다.

신사: 선생님이셨군요. 노조 문제 때문에 파면당하신 것 같구만요.

상구: 그렇게 되얐습니다. 분허고 억울허고 원통혀서 잠을 자지 못허고 있다니께요. (담배를 깊게 빨아들였다가 거칠게 내뱉는다)

신사: 선생님의 고통은 저의 것에 비하면 약과입니다. 내용을 알면 누구나 그걸 인정할 겁니다.

상구: 무신 일을 당혔는디요?

신사: (담배에 불을 붙여 깊게 빨아들였다가 거칠게 내뱉고는) 1년 전에 교통사고로 하나 있는 아들을 잃었습니다. 그 아픔이 채 가시기도 전에 아내가 위암이란 사형선고를 받은 겁니다. 제 이야기가 사실처럼 느껴지지 않을 것입니다. 그렇지만 어디까지나 사실입니다. 이런 상황에서 누구를 위해 회사에 나가겠습니까. 오늘 사표를 내고 오는 길입니다. 아내가 죽으면 저도 죽어버릴 생각입니다. 저는 아내를 무척 사랑하거든요. (신사는 술을 목구멍 깊숙이 털어 넣는다)

상구: 이야그를 듣고 보니께 상황이 저허고는 비교가 안 되네요. 먼저 위로의 말씀을 드릴게요. 그렇다고 죽으면 안 되지요. 생명은 어떤 논리로도 비하헐 수 없는 고고헌 아름다움 그 자체이니께요.

신사: 저는 죽음을 각오하고 있습니다. 아내와 자식을 잃고 무슨 재미로 살겠습니까. 결혼할 때 아내와 같이 죽자고 약속했습니다. 저는 그 약속을 지킬 것입니다. 때로는 죽음이 아름다울 수도 있지 않습니까.

상구: 죽음을 변명과 논리로 타당화허면 안 된다니께요. 아내를 끝까

지 포기허지 마십시오. 그래도 생각대로 풀리지 않을 때는 죽음이 아닌 다른 길을 모색혀 보아야 쓰겄지요.

신사: 술이나 마십시다. 자신의 삶은 방치해둔 채 타인의 삶에 대해 충고하는 사람들을 보면 좀 이해가 안 가던데요.

상구: 충고허는 것처럼 들렸다면 죄송헙니다. 의도적은 아니었다니까요. 술이나 마시지요.

두 사람은 술을 마시고는 잔을 주고받는다.

그는 신사와 헤어진 뒤 인도를 따라 걷기 시작했다. 휘청휘청 걷는 그의 걸음걸이는 매우 불안했다. 몸의 중심이 흔들려도 그의 의식만은 또렷했다. 인도 왼쪽 6차선 도로 위로 불 밝힌 차량들이 눈을 부릅뜬 채 빠르게 질주해 갔다.

'세상은 어찌도 그리 불공평허단가. 신사와 같은 그런 불행헌 사람을 만나게 된 것은 나에게 아픔이었어.'

우울한 표정으로 포장마차 천장을 연신 쳐다보던 신사의 얼굴이 삼삼하게 떠올랐다. 그는 신사에 비해 행복한 사람이라고 생각했다. 그렇지만 그러한 그의 생각은 오래가지 못했다. 신사의 얼굴이 잊히면서 신사에 대한 기억도 희미하게 퇴색되어 갔다. 반면에 그의 의식 중심부를 차지하면서 서서히 부각되어 오는 것은 자신의 어려운 처지에 대한 아픔과 폭력에 대한 혐오 증세였다. 이 땅에 양심이 있는 자와, 진실을 숭배하는 자와, 성실함을 끝까지 견지하는 자와, 민주화에 앞장선 자와, 고독한 예술을 하는 자들은 변방으로 밀려 숨을 죽이고 있는 것이 엄연한 현실이었다. 횃불을 든 자에게 고통이 따르며 희생이 수반되었던 것은 장구한 세월 속의 역사적인 교훈이었다. 그는 그러한 귀결 과정을 인지하고 있으면서 자신이 그 대상이 되었다는 것에 대해서는 자랑스러움 대신 가슴 아픈 처연함으로 다가왔다. 홍수처럼 밀려온 시대의 거친 물살에 치여 현실의 뒤안길로 사라진 사람들이 자신 말고도 수없이 많을 것이었다.

'누구 때문인가? 누구 때문이지?'

그는 어둠 속을 향하여 이렇게 물었다. 그렇지만 어둠 저편에서는 아무런 응답도 없었다. 6차선 도로를 질주하는 차들만이 거친 소음을 뿌리며 어둠 속으로 사라져 갔다. 그는 전방 시야를 똑바로 응시하였다. 눈을 부릅떴다. 전방 시야 속에는 어둠의 장벽만이 콘크리트 벽처럼 우람하게 버티고 서 있었다.

"너 때문이다. 너야말로 이 시대의 독버섯이란 말이다."

그는 그 어둠의 벽에 저항이라도 하듯 까만 허공을 발로 차고 주먹으로 내지르면서 앞으로 걸어갔다.

"너 때문이야! 개자식 너 때문이란 말이다!"

그는 이렇게 외치면서 앞으로 나아갔다. 그러다가 어느 순간 그는 중심을 잃고 곤두박질쳤다. 쿵, 하는 소리가 나면서 그의 둔부에 먹먹한 통증이 전해졌다.

'재수 없게 웅덩이에 빠지다니.'

밖으로 나오기 위한 몸부림을 하였다. 손을 허우적이며 흙벽을 기어오르려 하였지만 그게 용이하지 않았다. 손과 발이 미끄러워 곤두박질치기 일쑤였다. 그러다가 그는 길다란 막대기를 하나 발견하였다. 그걸 짚고 가까스로 기어 나올 수 있었다.

"하수도 보수 공사를 헌다고 파헤쳐 놓은 곳이구먼. 재수 옴 붙은 날이랑게."

그는 신발에 묻은 물기와 흙을 털어내기 위해 껑충껑충 뛰었다. 물 먹은 신발 속에서 부걱부걱 소리가 났다. 발이 돌멩이를 매단 것처럼 무거웠다. 그는 한참을 뛰다 걸음을 옮겨놓기 시작했다. 주공 1단지를 지나 시장으로 들어가는 길목에서 우회전하였다. 거리에는 주차해 있는 승용차들이 거북이처럼 엎드려 있었다. 승용차들 사이를 빠져나가 시장 안으로 들어가지 않고 좌회전하여 주택가 골목으로 들어섰다. 골목에는 가로등 불빛이 질펀히 깔려 있었다. 대문을 열고 들어가 방으로 들어서면 아내는 자다 일어나 깜짝 놀랄 것이다. 그럼 그는 아내에게 잠이 오지 않아 마당에서 담배를 한 대 피우고 들어오는 길이라고 말할 것이었다. 그는 걸음을 옮기며 그런 답변 자료를 생각했다.

'술을 어디서 마셨냐고 닦달허면 어떻허지?'

그게 문제였다. 그때는 거실에 있는 매실주를 마셨다고 말할 것이었다. 그러면 아내는 그의 말을 사실로 믿고 다시 곤한 잠 속으로 빠져들 것이었다.

그는 걸어가며 '머나먼 고향'이란 유행가를 흥얼거리기 시작했다.

머나먼 남쪽 하늘 아래/ 그리운 고향/ 사랑하는 부모 형제/ 이 몸을 기다려…….

그 노래는 그의 18번이기도 하였다.

유행가를 흥얼거려도 가슴이 답답하게 느껴지기는 마찬가지였다. 직장을 빼앗기고 소설도 써지지 않는 현실. 당장 대두되는 생계 문제를 어떻게 해결해야 할 것인지. 뚜렷한 해결책이 없는 그로서는 가슴이 답답했다.

“여보, 내가 붕어빵을 구워 팔 거예요. 한 푼이라도 벌어야지요.”

처음 아내가 그렇게 말했을 때 그는 강력히 반대하고 나왔다.

“걱정 마. 내가 해결헐 것인 게 조금만 참아. 노동을 혀서라도 목구멍에 거미줄 치지 않게 헐 거야. 염려 놓고 있어.”

그는 그렇게 말했다. 그러나 아내는 그의 뜻을 받아들이지 않았다. 며칠 후 아내는 그에게 사전 협의도 없이 일방적으로 결행한 결과를 통고 형식으로 말했다.

“붕어빵 굽는 기계를 사놓았어요. 생계 문제를 앉아서 해결할 수는 없잖아요. 상의하면 당신이 반대할 것 같아 그냥 구입했어요. 저에게 맡기세요. 당신은 시간 나는 대로 직장을 구해보고 소설이나 열심히 쓰세요. 예술가의 아내는 고생한다는 것을 알고 시집왔기 때문에 이미 각오가 되어 있었던 거예요.”

붕어빵이라도 구워서 돈을 벌려는 아내의 강력한 뜻을 꺾을 수는 없었다.

“정 뜻이 그렇다면 어디 한번 혀보라구. 돈 못 벌어온다고 나를 원망허지는 말고.”

그렇게 말하자 아내는 밝게 웃으며 여유 있는 표정을 지었다. 아내가 말했다.

“일성(4살 먹은 사내 아이)이를 업고 장사를 해야 되는데 그게 힘들 것 같아요. 당신은 내가 힘겨워할 때 일성이나 좀 돌봐주어요.”

그는 그렇게 하겠다고 대답했다. 생각하면 기특하고 고마운 아내였다. 그를 타박하고 바가지를 긁으며 절망스러워할 수 있는데도 불구하고 아내는 스스로 생계 문제를 양어깨에 짊어지려는 적극성을 보였다.

지금쯤 종일 붕어빵을 구워 판 피로 때문에 곤한 잠에 빠져 있을 아내. 아내가 고생하며 돈을 버는 만큼 남편인 그에게 다가오는 정신적 부담은 가슴에 강한 압박감으로 다가왔다. 남편으로서 자신의 역할을 다하지 못하고 있는 무능함. 그는 아내 보기가 민망스러웠다. 그는 괴로웠다. 가슴 속이 답답했다. 그래서 이번에는 최성수의 ‘동행’이란 대중가요를 크게 외쳐 부르며 걸음을 떼어놓았다. 노랫소리는 골목 저편으로 큰 울림이 되어 퍼져나갔다. 휘청거리는 걸음걸이는 불안했으며 걸음을 옮겨놓을 때마다 물이 들어간 신발 속에서는 부걱거리는 소리가 났다. 그는 악을 쓰며 노래를 부르다 맞은편에서 다가오는 강한 불빛과 만났다. 건장한 두 명의 사내가 그의 앞으로 다가왔다.

‘지나가는 사람이겠지.’

그는 노래 부르기를 멈추지 않았다. 그러던 어느 순간이었다. 강한 불빛이 그의 눈동자를 찔렀다. 질끈 눈을 감지 않을 수 없었다. 그는 걸음을 세운 것과 동시에 노래를 멈추었다.

“경찰입니다.”

사내 하나가 큰 소리로 외쳤다. 눈을 뜨자 강한 불빛은 어디로 가고 없었다. 불빛 대신 그의 앞에는 제복을 입은 두 명의 사내가 막대기처럼 꼿

꼿꼿하게 서 있었다. 사내들의 손에는 손전등과 테이저건이 들려 있었다.

"신고받고 출동했습니다."

한 경관이 그의 앞으로 한 발짝 다가오며 말했다.

"신분증 좀 봅시다."

경관의 말은 굵고 명료했으며 정중했다.

그는 주머니를 뒤졌다. 지갑 속에 든 주민증을 내보였다. 주민증을 보고 고개를 갸웃거리던 경관이 말했다.

"경찰서까지 좀 갑시다."

옆에 서 있는 다른 경관은 그의 행색을 요모조모 살폈다. 그 경관이 말했다.

"고 형사 오늘 순찰하다 대어를 낚은 것 같소. 잘 보시오. 안양 박달동에서 일어난 유부녀 강간 살인 사건 용의자와 많이 닮지 않았소? 그 범인이 확실할 겁니다. 인상착의가 강간 살인 사건 용의자와 비슷하단 말입니다."

"그런 것도 같네요. 이름도 똑같네요."

"무신 말씀들을 함부로 허십니까. 저는 전직 교사였습니다. 무명작가지만 소설을 쓰기도 허구요. 경찰서로 끌려갈 만큼 큰 죄를 지은 적이 없습니다. 저는 선량한 시민이란 말입니다. 동명이인이겠지요."

"경찰서로 가서 이야기합시다."

그는 경관들에게 끌려가 강제로 봉고차에 실려졌다. 그렇지 않아도 속이 답답하여 괴로워하고 있었는데 경찰서까지 끌려가게 되었다고 생각하자 가슴 속에서 울화가 치밀었다.

"선량헌 시민을 이렇게 사정없이 끌고 가도 되는 거요?"

그는 봉고차 문을 열고 밖으로 나가려는 자세를 취했다.

"형씨, 한번 혼나고 싶소. 잘못하면 골병들어 돌아가니까 가만히 있는 것이 좋을 거요."

두 명의 경관이 그를 끌어다가 의자에 쑤셔 박더니 양팔을 허리 뒤로 젖혀 서서히 들어올리기 시작했다. 그러자 양어깨가 찢겨나가는 것처럼 아팠다.

"아, 아앗!"

그는 비명을 질렀다.

"까불면 죽는다는 것을 알고 있으시오."

경관들은 쩝쩝거리며 껌을 씹고 있었다. 봉고차는 한산한 아스팔트 길을 미끄러져 갔다.

그는 컴퓨터 앞에 앉아 있는 낯선 경관과 마주 앉아 있다.

경관: (키보드를 두드리다 멈추고는) 이름이 뭐지요?

상구: 임상구라고 허구만요.

경관: 직업은?

상구: 직업은 없는디요. 그냥 놀고 있구만이라우.

나이, 주소, 주민등록번호, 전직, 집 전화번호 등을 물었을 때 그는 비교적 상세히 사실대로 말했다.

경관: 왜 경찰서에 끌려오게 되었지요?

상구: 깊은 밤 집으로 가는디 경찰이 붙잡습디다.

경관: 어디를 다녀오는 길이었습니까?

상구: 잠이 오지 않아 밖으로 나왔다가 술을 한 잔 마시고 집으로 돌아가는 길이었구만이라우. 그게 잘못되었다는 이야그인가요?

경관: 그건 아니오. 야밤중에 고성방가했지요. 그건 처벌 대상입니다. 그리고 박달동에서 일어난 살인 사건 때문에 안양 일대 검문검색을 강화하고 있는 중입니다. 그 그물에 댁이 걸려든 겁니다.

상구: 무신 사건이요?

경관: 유부녀 강간 살인 사건입니다. (경관은 그에게 예리한 시선을 꽂는다. 동요되는 그의 표정을 포착해 내기라도 할 것처럼)

상구: 저는 그 사건과 무관헙니다. 어서 이 경찰서 밖으로 나가게 혀주시오.

경관: 이름이 똑같고 인상착의가 비슷해서 어떤 확신이 서기 전에는 훈방할 수 없습니다.

상구: 그러니께 형사님은 지가 그 범인일 수도 있다는 이야그인가요?

경관: 범인이 아니라는 것을 100% 보장할 수는 없지 않소.

상구: (언성을 높이며) 범인이 아니라면 아니지 무신 증거를 내놓아야 헙니까. 죄가 없는 무고한 시민을 잡어다가 이렇게 고통을 주는 것은 인권침해라는 것을 알고 있소? 나도 가만히 있지 않을 거요.

경관: 한번 혼나 볼 거요? 여기가 어디라고 감히 큰소리로 협박까지. (경관이 그를 향하여 눈을 부릅뜬다)

상구: (상구도 지지 않고 경관을 노려보며) 지는 유부녀 강간 살인 사건허고 전혀 관계가 없당게요. 처자식이 기다리고 있는 집으로 가야 되니

까 어서 보내주시오.

경관: 잘 협조를 해주고 신원이 밝혀지면 곧바로 훈방할 겁니다. 좋게 이야기할 때 고분고분하게 나오시오. 그렇지 않으면 서로 거북하니까 말이요.

상구: 그러니께 형사님은 지에게서 무엇을 원허고 기십니까?

경관: 물음에 사실대로 대답만 하면 되는 것이요.

상구: 좋수다. 그렇게 혀봅시다.

경관: 어제 5시와 6시 사이 어디에 있었습니까?

상구: 비산사거리에 있는 다방에 있었습니다.

경관: 다방 이름은?

상구: 약속다방이었습니다.

경관: 약속다방이라. (경관은 빠르게 자판을 두드려 댄다) 거기서 누구를 만났습니까?

상구: 다방 아가씨허고 차를 한 잔 혔구만이라우.

경관: 그때 차를 마셨던 아가씨의 이름이 뭐요?

상구: 미스 장이라고만 알고 있구만요.

경관: 전직이 교사라고 했는데 학교를 그만둔 때는 언제였소?

상구: 두 달 전쯤 됩니다.

경관: 왜 그만두었지요?

상구: 그만둔 게 아니고 쫓겨난 것이구만요.

경관: 쫓겨난 이유가 뭐요?

상구: 노조에 가입혀서 무단으로 집회에 참여혔다고 목을 자릅디다.

그래서 괴로워 술을 한잔 혔습니다. 지도 불쌍헌 놈입니다. 대한민국 공권력은 약자에게 강허고 강자에게 약허더군요.

경관: 그런 이야기는 하지 맙시다. 서로 곤란하니까. 그러면 쫓겨난 뒤로 어떻게 지내왔나요?

상구: 그런 것까지 꼬치꼬치 말혀야 헙니까. 그건 어디까지나 사생활 아니겄소.

경관: 답변하기 싫다면 말하지 않아도 좋소. 대충 이 정도 해둡시다. 지금 집으로 돌려보내 주는 것은 아닙니다.

상구; 그럼 언제 보내준다는 이야그입니까. 곧 날이 샐 텐데 말이요.

경관: 신원조회를 해놓았으니까, 연락이 오면 즉시 훈방 조치할 겁니다.

"잠깐 눈을 좀 붙이시오."

경관은 육중한 철 대문을 열고 안으로 그를 밀어 넣더니 쿵, 소리가 나게 문을 닫았다. 그는 잠시 낯선 벽 사이에 서서 어리둥절했다. 사방은 온통 벽이었다. 벽에 붙은 작은 전구가 실내 공간에 빛을 뿌려주고는 있었으나 어둠을 밀어내기에는 역부족이었다. 희끄무레한 어둠 속에서 우렁우렁 울리는 사람의 말소리가 들렸다. 그는 직감적으로 벽 사이에 자기 말고도 다른 사람이 있다는 사실을 깨달았다. 사람의 말소리가 멎자, 실내에는 고요한 정적이 감돌았다. 그는 신경을 곤두세우고 주위를 둘러보았다. 어둠이 엉겨 붙은 벽과 벽 사이에 웅크리고 있는 희끄무레한 어둠만이 시야에 들어왔다. 정적과 어둠이 만들어 낸 분위기는 섬찟한 공포감을 불러일으켰다. 무서운 괴물이 희끄무레한 어둠 속에서 불쑥 나타나 그의 멱살을 잡고 흔들어 버릴 것만 같았다. 그는 움찔 몸을 떨었다. 그러고는 조심스레 한 걸음 앞으로 나아갔다. 그러자 그의 주위에 포진하고 있던 어둠이 먹물처럼 일렁이었다.

'그런데 뭘까?'

전방 어둠 속에서 꿈틀하고 움직인 것은. 그는 두 번째 발걸음을 옮겨 놓으려다 흠칫 놀라지 않을 수 없었다. 그는 그 자리에 막대기처럼 우뚝 서버렸다. 그의 앞에서 뒤척거렸던 어둠이 사람이었다는 것을 깨달은 것은 한참 뒤였다. 그는 안도의 한숨을 내쉬었다. 그는 시간이 지남에 따라서 주위가 조금씩 밝아지는 현상을 감지할 수 있었다. 벽 밑에 흑염소처럼 웅크리고 있는 사람은 자신과 같은 경우에 처해 있는 사람일 것으로 생각했다. 퀴퀴한 땀 냄새가 코를 찔렀다. 그렇지만 그는 그러한 것에 신경을 쓸 계제가 되지 못했다. 술을 마셔서 그런지 몸이 납덩이처럼 무거웠다. 그게 문제였다. 그는 아무 데나 대고 눕고만 싶었다. 우선 벽에 대고 기대앉아야겠다고 생각하고 앞으로 걸음을 옮겨놓았을 때였다. 뒤에서 누군가 그의 뒷덜미를 포달스럽게 움켜잡는 바람에 잠시 몸의 균형을 잃고 허둥거려야 했다. 가까스로 균형을 잡고 몸을 꼿꼿하게 세우자 낯선 사내가 그의 앞에 불쑥 모습을 드러냈다. 희끄무레한 어둠 속에 드러난 사내의 얼굴은 세모꼴이었다. 그는 바짝 긴장하지 않을 수 없었다.

"무슨 죄로 들어온 놈이지?"

사내의 말씨는 불손하기 짝이 없었다.

"살인 용의자와 닮은 죄입니다."

그는 잔뜩 겁을 먹고 떨리는 음성으로 대답했다.

"너 혹시 전과자 아니야?"

"아닌디요."

"너 내가 누군지 알아?"

"모르는디요."

"내가 전과 4범 김홍경이다. 안양 일번가를 주름잡던 깡패 두목 김홍경이란 말이다."

"들어본 것 같은디요."

"너 까불면 나한테 죽을 수도 있어."

"알았구만이라우."

"이 새끼 봐라 무얼 안다고?"

사내가 갑자기 음성을 높였다. 그는 깜짝 놀라 몸을 부르르 떨었다.

"지가 실수라도 혔나요?"

"그래 실수했다. 형님을 몰라본 죄다. 너 내가 맛을 한번 보여주지."

사내가 순간 그의 복부에 주먹을 내질렀다. 그는 앗, 하고 비명을 지르며 주저앉았다. 복부를 움켜잡았다. 창자가 찢겨나가는 것 같은 통증이 일었다.

"일어나, 엄살떨지 말고."

사내가 그의 뒷덜미를 움켜잡고 일으켜 세웠다. 그는 복부의 통증으로 고통스러운데도 불구하고 엉거주춤 몸을 일으켜 세웠다.

"너 내 말 잘 들어. 여기서 너 같은 것 하나쯤은 죽여버릴 수 있어. 나는 이미 인생을 포기한 놈이야. 그건 안양 사람들이 다 알고 있어. 여기는 내 작은집이란 말이다. 안양교도소는 내 큰집이고."

"알아들었구만이라우."

"너 나한테 죄지은 것 있지?"

"없는디요."

"또 한 번 혼나 볼래. 맛을 보여줄까. 들어왔으면 짜아식아 형님한테 신고를 해야 할 것 아니야."

"아, 네. 죄송허게 되었구만이요."

"너 돈 가진 것 있으면 내놓아."

사내는 그의 앞에 손을 내밀었다.

"천 원짜리 두 장뿐인디요."

"그거라도 어서 내놓아!"

사내가 언성을 높였다. 언제 사내의 주먹이 복부를 강타해 올지 모를 일이었다. 그는 와락 겁이 났다. 그래서 그는 재빨리 지갑 속에서 돈을 꺼내 사내의 손에 쥐어 주었다.

"너도 별 볼 일 없는 놈이구나."

사내는 그의 등을 가볍게 토닥여 주었다. 그러고는 어둠이 웅크리고 있는 구석 쪽으로 또각또각 사라졌다.

"참 더럽구만."

그는 작게 중얼거렸다. 사내가 알아듣고 혹시 공격해 올지도 모른다는 두려움 때문에 구석 쪽을 힐끗힐끗 바라보았다. 그러나 사내는 못 들었는지 아무런 반응을 나타내지 않았다. 다행이다 싶었다. 그는 벽에 기대앉았다. 마루가 깔린 바닥에서는 썰렁한 냉기가 올라왔다. 썰렁하기로는 벽도 마찬가지였다. 그는 몸을 둥글게 웅크리지 않을 수 없었다. 그러나 문제는 냉기보다 극도의 피로감이었다. 우선 몸을 편안하게 해놓고 봐야 할 것 같았다. 벽에 기댔던 몸을 떼고 바닥에 일자로 길게 누웠다. 그러자 몸 구석구석에 몰려 있던 피로가 서서히 빠져나가는 것 같은 안락함을 느낄 수 있었다. 하체의 피로를 풀어주기 위해 서너 차례 무릎을 굽혔다가 펴주었다. 그러다가 그는 발끝에 뭔가 딱딱한 이물질이 와닿는 것을 느꼈다.

"무슨 감정으로 머리를 발로 차는 거요?"

탁한 음성이 그의 발 쪽에서 들렸다. 그는 반사적으로 무릎을 꺾으며 벌떡 일어나앉았다.

"미안허구만요. 모르고 그만."

"앞으로 조심하시오."

두 번째 탁한 음성이 들렸다. 그러고는 끝이었다. 그는 그 자리에서 오른쪽으로 몸을 조금 움직이었다. 다시 길게 누웠다. 반듯이 누워 천장을 말똥말똥 쳐다보았다. 피로감이 엄습해 와 금방 잠들 수 있을 것으로 생각했던 것과는 달리 의식이 초롱초롱 해왔다.

'왜 일이 잘 안 풀리는지 모르겄당게. 이번 일만 혀도 그렇지. 경찰서까지 오게 되고 또 깡패 두목에게 폭행까지 당혔으니 말이여.'

그는 그러한 사실들이 그의 힘으로는 극복할 수 없는 능력 밖의 것임을 깨달았다. 분하고, 원통하고, 그래서 울화가 치밀어오르지만 저항해 볼 수 없는 현실, 저항해 보려고 일어서면 주위가 온통 벽뿐인 현실. 그는 벽 사이에 누워 끙끙 앓는 소리를 내며 연신 몸을 뒤척거렸다.

"임상구 씨, 훈방이요. 어서 나오시오."

문 쪽에서 들려온 그 소리가 유치장 실내 공간을 줴흔들었다. 그는 부스스 자리에서 일어나앉았다. 훈방이라는 그 말이 그에게는 반갑게 들렸다. 몸을 일으켜 문 쪽으로 걸음을 옮겼다. 그는 병든 닭처럼 시들해진 모습으로 흐느적흐느적 발걸음을 떼어놓았다. 문 가까이 다가가자, 경관이 그러한 그의 모습을 보고 말했다.

"임상구 씨, 어디 아픕니까?"

경관은 문을 열어놓고서 그를 기다리고 있었다. 그는 고개를 젓는 것으로 대답을 대신했다.

"그럼 뭐요. 훈방이라는데 기쁘지 않단 말이요?"

"당연헌 결과를 두고 기쁘다고 허면 쪼깨 이상허겄지라우."

"아무튼 빨리 나오시오."

경관은 손으로 그의 팔을 잡더니 밖으로 세차게 끌어당겼다. 그는 강한 힘에 끌려 나오다 문턱에 발이 걸려 넘어질 뻔했다. 머리끝이 꼿꼿이 서는 아찔한 전율이 전신을 훑고 지나갔다. 그는 가까스로 몸의 중심을 잡고 순간의 위기를 모면할 수 있었다. 그가 밖으로 나오자, 육중한 철문이 쿵, 소리를 내며 닫혔다.

"갑시다."

경관은 그의 팔을 잡고 사무실 쪽으로 끌었다. 어둑한 지하실 계단을 올라오자, 창밖엔 뿌연 아침이 다가와 있었다. 지하실 속에 있는 유치장과는 공기부터가 달랐다. 열린 창으로 밖의 맑은 공기가 밀물처럼 밀려오고 있었다. 그는 맑은 공기를 마시기 위해 가슴을 펴고 창 쪽을 바라보며 심호흡했다.

"뭐 합니까. 빨리 갑시다."

경관이 잡았던 그의 팔을 당기며 걸음을 재촉하였다.

사무실에 도착하자 경관은 그에게 자리를 권하면서 친절을 보였다. 다소 위협적으로 나왔던 어제의 태도와는 판이하였다.

"임상구 씨의 신원은 확실하게 밝혀졌소. 강간 살인 사건과는 무관함이 밝혀졌기 때문에 훈방하는 것이요."

나긋나긋하게 나오는 경관의 말씨가 그에게는 몹시 거슬렸다. 거칠게 다루다가도 날카로운 발톱을 숨기고 부드럽게 나오는 경관들의 태도, 그들의 이중적인 태도가 그에게는 강한 거부감으로 다가왔다. 경찰에게 당했다고 생각하자 몹시 기분이 언짢았다.

경찰서 밖으로 나오자, 아침 해가 동녘 하늘에 둥실 솟아오르고 있었다. 그는 무거운 몸을 이끌고 불안스레 걸음을 옮겼다. 빠르게 질주하는 거리의 차들이 어지럽게 지나쳐 갔다. 강소주만 마신 탓일까. 뱃속이 텅 비어 버린 것 같은 공복감과 금방이라도 무너져 내릴 것 같은 무력감이 찾아와 걷기가 힘들었다. 또한 뱃속이 느글거리며 자꾸만 헛구역질이 솟았다. 사거리에는 신호 대기에 걸린 차들이 딱정벌레처럼 엎드려 있었다. 그는 왼쪽으로 꺾어 명학역으로 가는 인도를 따라 걷다 담장 벽에 대고 토악질을 해대었다. 웅크리고 앉아 목을 길게 뽑고는 끄윽끄윽 토해내자 누런 분비물이 질질 흘러나왔다. 위 벽을 손톱으로 할퀴는 것 같은 통증이 일었다. 고통스러웠다. 그는 뱃가죽을 움켜잡고는 잠시 담장 벽에 기대앉아 동녘 하늘을 응시하였다. 아침 해와, 그 해를 받쳐주는 산과, 산

위에 포진해 있던 누런 구름들과, 우뚝 솟은 아파트들이 흔들려 보였다. 위통은 좀처럼 멈출 것 같지 않았다. 그는 다시 몸을 돌려 담장 벽에 대고 끄윽끄윽 헛구역질을 해대었다. 눈에서는 연신 끈끈한 액체가 흘러나왔다. 그가 신음을 토해내며 끙끙 앓고 있어도 어느 행인 하나 그에게 관심을 보이는 사람이 없었다. 행인들은 스치는 바람처럼 또각거리는 구두 마찰음을 뿌리며 명학역 쪽으로 분주히 지나쳐 갔다.

'어서 집으로 가야 헐 텐디. 아내가 나를 엄청나게 기다리고 있을 것인디. 내가 아이를 돌봐야 아내가 붕어빵 장사를 나갈 수 있을 것인디 말이여.'

그는 고통으로 신음을 토해내면서도 어서 집으로 가야 한다는 생각에 빠져 있었다. 조금 위통이 가라앉자, 손으로 벽을 짚고 몸을 일으켜 세웠다. 담장 벽을 따라 명학역 쪽으로 휘청휘청 걸었다. 그가 걷는 모습은 흡사 육중한 벽 옆에 서 있는 가는 삼대가 한들한들 움직이는 형상이었다.

벽과 꿈의 소나타

초판 1쇄인쇄 2023년 11월 26일
초판 1쇄발행 2023년 11월 30일

저 자 박규현
발행인 박지연
발행처 도서출판 도화
등 록 2013년 11월 19일 제2013 - 000124호
주 소 서울시 송파구 중대로34길 9－3
전 화 02) 3012 - 1030
팩 스 02) 3012 - 1031
전자우편 dohwa1030@daum.net
인 쇄 유진보라

ISBN | 979－11－92828－35－0 *03810
정가 15,000원

***이 책은 경기도, 경기문화재단의 지원을 받아 발간되었습니다.**

도화道化, fool는
고정적인 질서에 대한 익살맞은 비판자,
고정화된 사고의 틀을 해체한다는 뜻입니다.